从徐霞客到梵高

余光中 著

中国友谊出版公司

自 序

《从徐霞客到梵高》是我继《掌上雨》和《分水岭上》之后的第三本纯评论文集。其中的十四篇文章，一半写于香港，一半写于高雄；最早的一篇写于一九八一年，最晚的则写于一九九三年。

十二年来，除了这些之外，我写的评论文字还应该包括五万字的长文《龚自珍与雪莱》（见皇冠版的《四海集》）、前后六届梁实秋翻译奖译诗组得奖作的评析（约五万字），以及为各种专著、各种选集所写的序言（约十五万字），合计至少尚有二十五万字未辑印成书。书名《从徐霞客到梵高》，因为其中有四篇文章析论中国的游记，另有四篇探讨梵高的艺术，占的分量最重。游记既为散文的一体，往往兼有叙事、写景、抒情、议论之功，因此论游记即是论散文。近年来我写的散文渐以游记为主；或许正因如此，乃有兴趣来深究中国传统的山水游记。至于写梵高的四篇，则均为一九九〇年所作，因为那年正逢梵高逝世百载，全世界都被他的向日葵照亮。《破画欲出的淋漓元气》一文，先后刊于《追寻梵高足迹》之摄影展特辑与台湾《中国时报》的（人间）副刊，也是我在台北市立美术馆演讲的原稿。我曾为了那场演讲，特地从梵高的画册里拍了六十多张幻灯片，现场放映，为演讲生色不少。七月中旬，我们果真千里迢迢，飞去荷兰观赏梵高的百年大展，事后更乘兴去巴黎北郊，凭吊梵高兄弟的双墓。所思所感，发而为文，知性的一篇成为《壮丽的祭典》，感性的一篇就是《莫惊醒金黄的鼾声》。非但如此，那年四月我还一连三天写了《星光夜》《荷兰吊桥》《向日葵》三首诗，均以梵高的画为主题。一九九〇年，真是我的梵高年。

不幸梵高年结束了还不到四天，三毛便自杀了。陪着她一同火葬的，是她最钟爱的三本书：《红楼梦》《小王子》《梵高传》。梵高也是自己结束生命的，不知道这件事对她有没有“示范”的诱因，但是艺术家的传记感人之深，却是显然的。要是问我还有什么未竟之业，答复是，再译几部画家的传记，其中必不可缺埃尔·格列柯的一部。可惜高阳遽已作古，否则他也许能为我们写一部徐霞客传。我说“也许”，只因他的小说之胜多在人情世故，事情总在户内发生，而要写徐霞客传，笔锋就得驰骋于户外，叙事抒情，就得将人置于天地之间了。我总觉得，迄今尚未用诗为徐霞客造像，好像欠了他一首长诗。

至于指陈中文如何恶性西化，危言中文如何变态扭曲，一向也是我写评论文章的重点。这本文集里也有这么两篇。读者若想进一步了解我在这方面的坚持，可以参阅我收入《分水岭上》论白话文的三篇长文。其实我每次论析翻译或散文的问题，也必定会把笔锋转回中文的时弊，惹得一些炫奇骛新的作家怨言啧啧，认为我是在规范文体，妨碍了创作的自由。其实我曾一再声明，中文的美德有其常态，在日常表情达意的文章里应该遵守，要是不知爱惜，不知好歹而任意作践，必将招来混乱的恶果，沦于西化、僵化、冗化之境。至于直觉而感性的文学创作，当然可以多般试验，享受文法的豁免权。不过创新的效果仍须反衬在常态的背景上，始得彰显。譬如鹤立鸡群，若是不见了鸡群，或是鸡鹤难分，甚至鹤多于鸡，也就谈不上什么鹤立不鹤立了。

其实，每一位作家的文体、风格，就是他不落言筌然而身体力行的文体观、风格论。我说“每一位作家”，连评论家也不例外。天经地义，作家就是文字的艺术家，对待文字正如画家之于色彩，音乐家之于节拍，要有热爱，更需功力。我必须强调，评论家也是一种作家，所以也是一种艺术家，而非科学家。对于艺术，他没有豁免权。他既有评断别人文字艺术的权利，也应该有维护本身文字艺术的义务。说得更清楚些，评论家笔下的文章如果不够出色，甚至有欠清通，那他进入文坛的身份就可疑了。遗憾的是：时下颇有一些批评家与理论家，在西方泛科学的幻觉之下，以求真（？）自命，而无意也无力求美，致其文章支离破碎，木然无趣，虽然撑了术语和原文的拐杖，仍然不良于行。

我认为一位令人满意的评论家，最好能具备这样几个美德：首先是言之有物，但不能是他人之物，尤其不可将西方的当令理论硬套在本土的现实上来；其次是条理井然，只要把道理说清楚就可以了，不必过分旁征博引，穿凿附会，甚至不厌其烦，有如解答习题一般，一路演算下来；再次是文采斐然，不是写得花花绿绿，滥情多感，而是文笔在畅达之中时见警策，知性之中流露感性，遣词用字，生动自然，若更佐以比喻，就更觉灵活可喜了；最后是情趣盎然，这当然也与文采有关。一篇上乘的评论文章，也是心境清明，情怀饱满的产物，虽然旨在说理，毕竟不是科学报告，因为它探讨的本是人性而非物理，犯不着脸色紧绷，口吻冷峻。

我这一生，写诗虽逾七百首，但是我的诗不尽在诗里，因为有一部分已经化在散文里了。同样地，所写散文虽逾百篇，但是我的散文也不尽在散文里，因为有一部分已经化在评论里了。说得更武断些，我竟然有点以诗为文，而且以文为论。在写评论的时候，我总是不甘寂寞，喜欢在说理之外驰骋一点想象，解放一点情怀，多给读者一点东西。当然，这样的做法并非刻意为之，而是性情如此。我不信评论文章只许维持学究气，不许流露真性情。

一九九三年底

于西子湾

目录

杖底烟霞

——山水游记的艺术

1

自古中国的哲学把天、地、人称为三才。人本来生于天地之间，却因文明日繁而心萦于世务，身陷于尘网，不得亲近自然。隐士逸民之类是例外，但是离群索居并非易事，不仅长沮、桀溺实际上难与鸟兽为群，就连谢枋得、张岱之流在日常生活上也必然有许多困境，《招隐士》一文早已危乎其言了。一般士人的折中办法，是在春秋佳节登山临水，访寺寻僧，短则一日跋涉，长则旬月流连。至于游者，当然勇怯有别，劳逸各殊：有的像袁枚，既怕走路，又怕晒太阳；有的像徐宏祖，不辞长征，更无畏艰险；有的像谢灵运，僮仆数百人，伐木开径，惊动官府；有的却像戴名世，从江宁到北京，一路淋雨，困于水乡，到达时不但行李湿透，而且满身泥浆。经历虽然不同，却都是人与自然相对，而所见所感，发而为文，便成游记。

“庄老告退，而山水方滋”：在刘勰心目中本来是指山水诗，近人却认为《游名山志》的作者谢灵运不但是山水诗的大师，也是山水游记的远祖。可是《游名山志》的零星片段，比起柳宗元的《永州八记》来，显得太过单调，比起谢灵运自己的山水诗句来，也觉逊色，根本达不到王羲之所谓的“游目骋怀，极视听之娱”。中国游记的真正奠基人当然是柳宗元：到了《永州八记》，游记散文才兼有感性和知性，把散文艺术中写景、叙事、抒情、议论之功冶于一炉。这种描述生动感慨深沉的文体，对后来的游记作者影响久长，众所皆知，不再多赘。我感到好笑的是，后人学柳，不但在大处脱胎，甚至在小处效颦，到面目相似的地步。以下且举数例：

其一，中国游记作者发现了美景，不愿私有，而欲公之同好，广沾后人。柳宗元在游记中一再申述此意：“永之人未尝游焉。余得之，不敢专也，出而传于世。”（见《袁家渴记》）“惜其未始有传焉者，故累记其所属，遗之其人。”（见《石渠记》）“古之人其有乐乎此耶？后之来者有能追予之践履耶？”（见《石涧记》）司马迁乃千古寂寞人，要把文章藏诸名山，传之其人；柳宗元“来往不逢人，长歌楚天碧”，也是千古的寂寞人，却反过来，要把奇山异水藏在文章里，以传后人。这传统，从朱熹到恽敬的游记里，屡加强调。[1]其二，中国文人耽爱山水，不但登临欣赏，也讲究卧游坐观，以小喻大，以近喻远，把山水人文化。柳宗元在“八记”中说：“攀援而登，箕踞而遨，则凡数州之土壤，皆在衽席之下。其高下之势，岈然洼然，若垤若穴。尺寸千里，攒蹙累积，莫得遁隐。萦青缭白，外与天际，四望如一。然后知是山之特立，不与培塿为类。”在《永州韦使君新堂记》里，他又说山石林泉之胜“效伎于堂庑之下，咸会于谯门之内”。后来苏辙、范成大、麻革、周叙、徐宏祖、袁枚等

---

① 朱熹《百丈山记》末句：“因各别为小诗以识其处，呈同游诸君，又以告夫欲往而未能者。”周叙《游崇阳记》末句：“因累书其事于简以识予是游之勤。并各书一通，一以遗巩邑广文吴公，俾想见兹游之胜；一以留登封学宫，以备他日好游者之故实云。”钱谦益《游黄山记》第八篇末论长松雷殛仆地：“兹松也，其亦造物之折枝也欤！千年而后，必有征吾言而一笑者。”朱彝尊《游晋祠记》末云：“盖山川清淑之境，匪直游人过而乐之，虽神灵窟宅，亦凭依焉而不去。岂非理有固然者欤！为之记，不独志来游之岁月，且以为后之游者告也。”恽敬《游庐山记》末句：“敬故于是游所历，皆类记之，而于云独记其诡变足以娱性逸情如是，以诒后之好事者焉。”恽敬观庐山之云，一游不足，再游未餍，致有三游之念，其《游庐山后记》末句云：“天池之云，又含鄱岭、神林浦之所未见。他日当赢数月粮居之，观其春秋朝夕之异，至山中所未至，亦得次第观览，以言纪焉，或有发前人所未言者，未可知也。”仅此数例，足以说明古人认为山水之胜，游者有义务公之时人并传之来者：山水不朽，传山水之不朽者也隐然有不朽之感。

人都这么说，钱邦芑简直就照抄了[①]。我甚至怀疑苏轼等人爱玩奇石假山，跟这种坐玩造化的谐趣也有关系。其三，柳宗元状溪石曰“若牛马之饮于溪”，姚鼐状溪石则曰“若马浴起，振鬣宛首而顾其侣”。姚之学柳，显而易见。

虽然《永州八记》前承元结的《右溪记》，后启宋明以降的游记，但唐人记游的文学并不限于散文。杜甫的名诗如《渼陂行》《彭衙行》《自京赴奉先县咏怀五百字》《北征》等其实都通于游记；只是记游诗毕竟是诗，比起散文的游记来，在写实的骨架上总不免多发挥想象与感慨，不像散文游记在中国的传统上照例是走写实路线，连日期、地点，甚至游伴都详细交代。例如苏轼的小小品《记承天寺夜游》，短短八十四字，交代时间、空间与同游者的字句，竟用

① 苏辙《黄州快哉亭记》：“盖亭之所见，南北百里，东西一舍……变化倏忽，动心骇目，不可久视，今乃得玩之几席之上，举目而足。”范成大《游峨眉山记》：“山绵延入天竺诸蕃，相去不知几千里，望之但如在几案间。”麻革《游龙山记》：“林峦树石，栉比楯立，皆在几席之下。”周叙《游崇阳记》：“山势岈然环抱，视寺之台殿，山之林壑，若在席下，是为达磨面壁庵。”徐宏祖《游雁宕山日记》：“海中玉环（岛名）一抹，若可俯而拾也……望四面峰峦累累，下伏如丘垤。”袁枚《峡江寺飞泉亭记》：“以人之逸，待水之劳，取九天银河，置几席间作玩，当时建此亭者，其仙乎！”钱邦芑《游南岳记》：“下视溪山与田畴村坊，间杂映带，青碧萦绕，攒蹙累聚，浓淡不一……回视其下，向所穷力攀陟若不可升者，皆培塿匍伏，若蚁垤蚓穴，与溪流岩树，凸凹相间，岈然洼然，绕白围青，近瀰烟霞，远际天碧……”中国作家群袭前人写景之句，尚有一例。杜甫七律《望岳》前二句云：“西岳崚嶒竦处尊，诸峰罗立如儿孙。”从此后人登高一望，四周的低峰就越看越像儿孙了。钱邦芑《游南岳记》：“初在半山，上睇五峰，若并尊。登祝融，则烟霞、碧萝诸峰，又若儿孙罗立。”罗文俊《游岳麓记》：“纵目一视，诸峰罗列，真如儿孙远迩之间。延野绿而混天碧，柳子之言，洵非欺我。”柳宗元《永州韦使君新堂记》中之句“迩延野绿，远混天碧”其实又上承陈之张正见《山赋》所云“青天共色”。袁枚《游黄山记》：“晚，云气更清，诸峰如儿孙俯伏。”郁达夫《钓台的春昼》：“向西越过桐庐县城，更遥遥对着一排高低不定的青峦，这就是富春山的山子山孙了。”

了近乎四分之一的篇幅。他的许多记游诗，像《腊日游孤山访惠勤惠思二僧》等，除了诗题标明时、地、人之外，本文就不再照顾这些细节。唐人诗中最接近游记的，韩愈的《山石》是一个好例子：除了末四句稍发感慨之外，全诗悉依时间顺序描述，写实功夫可比电影。

散文游记要到宋代才有恢弘的规模，不但议论纵横，而且在写景、状物、叙事各方面感性十足，表现出更为持续而且精细的观察力和想象力。例如范成大在《吴船录》中记述峨眉山之游的文字，娓娓道来，详尽而又生动；其中形容“佛现”的一段，前后近五百字，交代光影之轮替，色彩之更迭，有条不紊，那种繁富的视觉经验，在宋以前的游记里实在罕见。他如王质的《游东林山水记》，感性也极浓，不但写景如诗，而且叙事如小说，真是杰作。至于陆游的六卷《入蜀记》，逐日记叙他从山阴到夔州的旅途见闻，夹叙夹议，兼具感性与知性，其分量与规模，遥遥启迪了徐宏祖（徐霞客本名）一类的日记体游记。

游记到了明末，大放异彩，不仅提高了游记本身的成就，更增加了一般散文的光辉。从大手笔的巨制《徐霞客游记》到真性情的山水小品，游记的天地愈益广阔，作者的阵容，除了徐宏祖和公安的三袁，竟陵的钟惺、谭元春之外，还包括王思任、李流芳、张岱、钱谦益等。袁宏道的《虎丘记》《满井游记》，王思任的《小洋》《剡溪》，张岱的《西湖七月半》《湖心亭看雪》等篇，早已成为游记小品的经典之作。王思任和张岱的文体，尤其一反拟古的陋习和道学的酸气，在遣词和语法上的独创简直暗合现代的散文。且看王思任的《剡溪》：

> 将至三界址，江色狎人，渔火村灯，与白月相上下，沙明山净，犬吠声若豹……山高岸束，斐绿叠丹，摇舟听鸟，杳小清绝，每奏一音，则千峦啾答……山城崖立，晚市人稀，水口有壮台作砥柱，力脱帻往登，凉风大饱。城南百丈桥翼然虹饮，溪逗其下，电流雷语。移舟桥尾，向月碛枕漱取酣，而舟子以为何不傍彼岸，方喃喃怪事我也。

这样鲜活大胆的文体，真是"独抒性灵，不拘格套"，作者显示敏于感应自然，敢于驱策文字的爽朗个性，也只有这样的个性，才写得出《让马瑶草》那么淋漓恣肆的书信[①]。这种文字，除了开头一句写月色和犬声学王维而太露痕迹之外[②]，其他各句都别出心裁，一反陈规。"向月碛枕漱取酣"一句，既浓缩了"枕石漱流"的成语，又以"酣"字代替了水的美质。"怪事"原是名词，此地却活用为动词；"文必秦汉"

---

① 马瑶草就是明末的奸臣马士英。王思任这封信是古今最痛快的书信之一，不可不读。由此也可印证：感性十足的美文和大义凛然的作品，可以同出一人之手。不少批评家一看到美文，就迫不及待地斥为脱离现实，似乎每个作家只会写一类文章。

② 王维《山中与裴迪秀才书》："夜登华子冈，辋水沦涟，与月上下。寒山远火，明灭林外。深巷寒犬，吠声如豹。"

的仿古拟古之辈怎敢如此？至于张岱《湖心亭看雪》之句：

湖上影子，惟长堤一痕，湖心亭一点，与余舟一芥，舟中人两三粒而已。

就更以善使计量词闻名，尤其是以“粒”计人。

晚明小品摆脱古文的道貌和陈言，固然清新娱人，但如过重性灵，刻意求真，久之也会流于轻倩俏皮，就像画中的册页扇面，无论怎么灵巧，总不能取代气吞山河的立轴横披。中国游记的集大成者，要推华山夏水的第一知己徐宏祖，也就是烟霞半生的徐霞客。从二十二岁起到五十六岁去世为止，除了丧妣守孝三年和其他原因滞家之外，三十年间他近游远征，多在探胜寻幽途中，游踪遍及华北、华东、东南沿海及云贵高原等十六省，逐日所记，不但描摹风景，而且考察地理水文，洋洋四十万字，无论在篇幅、文采、见识各方面，都不愧钱谦益所赞的“世间真文字，大文字，奇文字”。潘耒为《徐霞客游记》作序，更说：“意造物者不欲使山川灵异久秘不宣，故生斯人以揭露之耶？要之宇宙间不可无此畸人，竹素中不可无此异书。惜吾衰老，不复能褰裳奋袂，蹑其清尘，遂令斯人独擅奇千古矣！”

潘耒在序中又举出旅游的三个条件：“无出尘之胸襟，不能赏会山水；无济胜之支体，不能搜剔幽秘；无闲旷之岁月，不能称性逍遥。”潘耒忘了另一个必要条件：有钱。徐霞客家道富有，在明末乱世又不求功名，加以胸襟高超，精力无穷，自然是理想的壮游客。

更幸运的是，高堂寡母支持他的远游大志，还为他制了一顶远游冠以壮行色。纵然如此，徐霞客之成为古今第一旅行家，还有三点过人之处。第一是他的文采高妙，美景奇观一到笔下，不但鲜活灵动，而且洋溢作者的逸兴豪情，加以日间之游当晚即记，景犹在目，情犹在胸，不假雕琢，已天然有趣。第二是他的学识广博，自谓“髫年蓄五岳志”，早就“博览古今史籍，方舆地志，山海图经，以及一切冲举高蹈之迹，每私覆经书下潜玩，神栩栩动”。所以到他真正登山涉水，尤其是晚年入滇之游，乃能就胸中之所知所疑实地探讨，穷山脉而究水源，不但条理分明，观察精细，更旁及途中所历的关梁阨塞、风土人情和罕见的植物。所著《盘江考》及《江源考》等专文，按照现代知识，亦十九翔实无误。足见徐霞客的游记兼有文学的感性和地理的知性，一般游记在相比之下就显得分量单薄，正如潘耒序中所笑的“近游不广，浅游不奇，便游不畅，群游不久”。第三是他的无畏精神，使他的文才地学得以充分发挥。世上作家和地理学家不少，却很少人像他那样烟霞成癖，嗜游如狂，为了一窥究竟，往往不避艰险，不畏风雨，不计程期，露宿之余，还要吃生果充饥，途中屡次遭窃，进退不得。最长的四年西游，一同出发的有僧人静闻和王、顾二仆，静闻病死途中，二仆不堪劳苦，也先后逃逸，顾仆逃走时更把箱中所有一齐偷走。徐霞客远游时，常须步行，有时遇困，还要和仆人分负行李。通常他清早五时起身，六时出发，午饭往往下午才吃，有时忙于攀涉，甚至不吃。累了一天，晚饭之后还要写日记，少则数句，多则三四千字。这种以全部生命来求美求知的伟大精神，使徐霞客成为中国游记文学的巨擘，更成为中国文化倾慕自然的象征。

清代游记虽多，进展却少，尤其自乾嘉以后，讲求义理、考据、词章三者合一，标榜“味淡声稀，整洁从容”的桐城派古文笼罩了散文的写作，也限制了游记的自然生机。桐城派的文章平易稳健则有之，但不够痛快淋漓，加以思想上总背着“翼道卫教”的包袱，又要花不少篇幅来考证地理沿革，人文变迁，真正写景的时候反而轻描淡写，少见性情，也缺乏感性。徐霞客面对山水，便浑然忘我，不是说“雨廉纤不止，然余已神飞雁湖山顶”，便是说“是峰居黄山之中，独出诸峰上，四面岩壁环耸，遇朝阳霁色，鲜映层发，令人狂叫欲舞”；这种浪漫的激情在方苞、姚鼐的游记里却找不到。

有意和桐城派分道的作家也不少，遥应公安派而主抒写性情的袁枚便是代表。他在《峡江寺飞泉亭记》里曾说：“僧告余曰：‘峡江寺俗名飞来寺。’余笑曰：‘寺何能飞！惟他日余之魂梦或飞来耳。’”这种率性语气就颇近徐霞客了。不过袁枚论文主张“不剿袭陈言”，他在真正创作时却仍然常学前人，未尽自由[①]。和徐霞客相比，他只能算是文士踏青，徐才是勇士探险。袁枚论观瀑之难说：

> 凡人之情，其目悦，其体不适，势不能久留。天台之瀑

① 见第四页注①之二例：一袭柳宗元，一袭杜甫。不过袁枚毕竟才高，游记每有奇想，《游桂林诸山记》便有如下的句子：“又次日，游木龙洞。洞甚狭，无火不能入，垂石乳，如莲房半烂，又似郁肉漏脯，可摘，疑人有心腹肾肠，山亦如之。”

离寺百步；雁宕瀑旁无寺；他若匡庐，若罗浮，若青田之石门，瀑未尝不奇，而游者皆暴日中，踞危崖，不得从容以观。

（《峡江寺飞泉亭记》）

在另一文中，袁枚又描写土人号海马者背他游黄山之状：

余不能冠，被风掀落；不能袜，被水沃透；不敢杖，动陷软沙；不敢仰，虑石崩压；左顾右睨，前探后瞩，恨不能化千亿身，逐峰皆到。当海马负时，捷若猱猿，冲突急走，千万山亦学人奔，状如潮涌。俯探深坑怪峰，在脚底相待，倘一失足，不堪置想。然事已至此，惴栗无益，若禁缓之，自觉无勇。不得已，托孤寄命，凭渠所往，觉此身便已羽化。

（《游黄山记》）

徐霞客寻融县之龙洞，涉水却几乎淹死：

有小溪西来注之，上有堰可涉。循溪而东，从左越坳下。坳皆凭石，层嵌藤刺，冒之不觉陷身没顶，手足失势，倾荡洪涛中，汩汩终无出理。久之竟出坳背，俯攀棘滚崖，出洞左蔬畦，得达洞……若更生焉。

（《粤西游日记二》）

再看他游黄山时如何冒险攀跻：

仰见群峰盘结，天都独巍然上挺。数里，级愈峻，雪愈深，其阴处冻雪成冰，坚滑不容着趾。余独前，持杖凿冰，得一孔置前趾，再凿一孔，以移后趾。从行者俱循此法得度。

（《游黄山日记》）

2

在古典文学里，所谓游记通常是指一篇游赏山水的散文，题目也明白标示所游何地，例如《游岳麓记》。旅游当然不限于山水，像元好问的《济南行记》，龚自珍的《己亥六月重过扬州记》，便以城市为主；其动机也不必在于游赏，像程敏政的《夜渡两关记》，戴名世的《乙亥北行日记》，目的只在赶路，沿途的景色和事件只是偶然相值，并非刻意求来。这些都是游记的支流，主流的游记仍是志在山水，所以如此，除了大自然能满足人的美感并消除世务的烦忧之外，还有悠久的文化因素。

在教育上，中国人素信大自然对性情的陶冶移化之功：孔子就说“知者乐水，仁者乐山。知者动，仁者静”。司马迁少时游踪遍天下，对他日后的治学著述极有益处。苏辙《上枢密韩太尉书》便说：“太史公行天下，周览四海名山大川，与燕赵间豪俊交游，故其文疏荡，颇有奇气。”在同一封信中苏辙又自恨寡陋，愿多游历以开拓胸襟：“所见不过数百里之间，无高山大野可登览以自广[①]……恐遂汩没，故决然舍去，求天下奇闻壮观，以知天地之广大。”语云：“读万卷书，行万里路。”足见名山大川之游，正是读书人修养的要道。在政治上，读书人虽从儒家先忧后乐，以天下为己任，但在情操上却最推崇“功成而不居”的退隐人物，如范蠡、张良之辈。李商隐诗“永忆江湖归白发，欲回天地入扁舟”所咏，正是此意。就算一时不能挂冠归田，也要“百重堆案掣身闲”，乘机多近自然。身逢乱世，为了逃避暴政或异族统治，有为的儒者也被迫变成逸民，隐迹江湖。有心仕进的人，更是一生在宦游、赴任、迁调、贬谪的途中。苏轼便是典型的例子，曾经自叹“此生定向江湖老，默数淮中十往来”。但是贬官之祸往往成了游客之福，所以苏轼在饱啖荔枝之余，又不禁自喜“南来万里真良图”。柳宗元如果不远谪，我们也读不到《永州八记》了。

在宗教上，释道二教深入人心，寺塔道观之类遍布风景区域，天下名山几被占尽，不但气氛幽静而神秘，僧侣之中更多异人，可以谈寂灭，说空有，也难怪文人的游迹不绝。何况山深路远之处，有了寺庙，方便歇脚，甚至可以投宿，僧人熟悉山中路径，又可以为客导游，所以游记之中处处都是衲影钟声。

至于在哲学上，登临之际，面对广阔的空间，游目骋怀，最能

① 苏辙此说颇有问题。他的家乡眉山离有名的峨眉山不过八十公里。

超越小我的大患，冥冥中神往于绵亘的时间，或感千古兴亡，或叹宇宙不朽，总之都到了忘我之境。大致游者如果凭吊古迹，多易惆怅，如果赏玩烟霞，则多心旷神怡，因为一涉人事，总有得失，难以忘言忘机。柳宗元在《始得西山宴游记》中，俯视数州，“心凝形释，与万化冥合”，这才是山水之游的最高哲学境界，此时个体的生命刹那间泯化无迹，已汇入整体的大生命了。“采菊东篱下，悠然见南山”，正是这种“出神”的状态。这种至境，圣人和先知大概常有，山水游记的作家恐怕就只能偶得之于翠微与淼漫之间。柳宗元赞西山“不与培𪣻为类，悠悠乎与颢气俱，而莫得其涯；洋洋乎与造物者游，而不知其所穷”。其实游者的心灵面对壮丽的大自然时，也是悠悠扬扬，投入无限的时空，归于造物，正是陶潜所谓“复得返自然”。

3

散文以功用来区分，素有写景、叙事、抒情、议论之说。游记是散文的一种，当然也有这种功用。一般说来，写景多为静态，属于空间；叙事多为动态，属于时间；抒情则为物我交感的作用，主观的感受可受外物影响，是为情因景生，也可以反过来影响外物，是为境由心造；至于议论，则是跳出主观的抒情，对经验分析并反省，把个别的经验归纳入常理常态，于是经验有了意义，有了条理，乃成思考。这四种功用在一般的散文里往往只有轻重主客之分，绝少相互排斥。景中无事，事中无景，都不够生动。一流的抒情文往往见解过人，一流的议论文也往往笔带情感。下面且录袁宏道《游桃源记》的两段文字，略加分析：

> 众山束水，如不欲去，山容殊闲雅，无刻露态。水至此亦敛怒，波澄黛蓄，递相亲媚，似与游人娱。

这一段本来是写景，用的却是动态的叙事手法，两个主角是山和水，但其动作，也就是所叙之事，却有人的意义。山原来无所谓“闲雅”，水原来也不解“亲媚”，赋山水以人性，便是抒情了。前面我说过：由外而内的“因景生情”和由内而外的“境由心造”，都是抒情。所以苏轼在《后赤壁赋》中所说的“划然长啸，草木震动，山鸣谷应，风起水涌，予亦悄然而悲，肃然而恐，凛乎其不可留也”是抒情；袁宏道的“水至此亦敛怒”也是抒情。

> 晓起揭蓬窗，山色扑人面，不可忍，遽促船行。逾水溪十余里，至沙萝村，四面峰峦如花蕊，纤苞浓朵，横见侧出，二十里内，秀茜阁眉，殆不可状。夫山远而缓则乏神，逼而削则乏态，余始望不及此，遂使官奴息誉于山阴，梦德悼言于九子也。

这一段一共三句话，第一句主要是叙事。“山色扑人面”原是写景，却用叙事的方式，化静为动。这五个字本意是“山色突现，又浓又近”，但一个“扑”字把山色“鞭人面而来”的强烈动感攫住了，不让王安石的“两山排闼送青来”专美于前。其实许多写景的好句都以叙事出之，因为叙事动作鲜明，有戏剧感。苏轼最擅此道，他常把事物间静的关系化成动的演出，《越州张中舍寿乐堂》的前八句是最生动的例子：

青山偃蹇如高人，常时不肯入官府。
高人自与山有素，不待招邀满庭户。
卧龙蟠屈半东州，万室鳞鳞枕其股。
背之不见与无同，狐裘反衣无乃鲁。

回到袁宏道的游记来，当可发现第二句主要在写景，却用一个延伸的明喻来交代。大意是说：从江上望群峰，有如花心，有的是细苞，有的是浓朵，有的见正面，有的见侧面，一路看了二十里，那秀丽鲜艳的山色近在眉际，几乎形容不出。这一句其实也有一点动感，因为峰势纤浓不一，横侧交错，正是舟行二十里的所见，不过这种动感缓而不觉，难和“山色扑人面”相比。倒是峰峦如花蕊的比喻，颇具抒情性[①]。我认为广义的抒情不应限于触景生情的情绪反应，还

① 张晓风的散文《常常，我想起那座山》，把重山复岭比成花瓣，把水上的游人比成花蕊，奇思不下于袁宏道。

应该包括景由心造的自由想象。"落花犹似坠楼人"将花和人的形象叠在一起，是自由想象所造的心境。同样，把峰峦和花蕊叠成一个复象后，读者心目中的"纤苞浓朵，横见侧出，秀茜阁眉"当然已经换了花的形象；虚的花在读者眼前浮现，但没有完全遮没了后面的实的峰峦，如此虚实交射，观者便从现实世界投入了想象世界。文学的比喻正是一种造境，读者明知其假，却愿信假为真，将虚作实；正如英国诗人柯勒律治所说："诗的信念来自读者在刹那之间欣然排除了难以置信的心理。"①

至于袁宏道前文的第三句，却由写景、叙事、抒情转到了议论，不是大发议论，但仍不失为小小的结论。"夫山远而缓则乏神，逼而削则乏态"，已经由个例归纳为原理，由感性进入知性。在感性散文里适时引进知性的概念，是能放能收的表现，也使文势有起伏，有对比，有澄清经验之功。

游记虽如上述，在四种功用之中有所偏重或兼容并包，但散文家未必擅写游记。我认为散文家仍有专才与全才之分，专才或善于议论而拙于抒情，或适相反，全才则无论知性的议论或感性的抒情，都游刃有余。大致说来，散文家中专才多而全才少，现代尤其如此。

---

① In this idea originated the plan of the Lyrical Ballads; in which it was agreed that my endeavors should be directed to persons and characters supernatural, or at least romantic; yet so as to transfer from our inward nature a human interest and a semblance of truth sufficient to procure for these shadows of imagination that willing suspension of disbelief for the moment, which constitutes poetic faith.

(S.T. Coleridge: Biogratia Literaria, Chapter 14.)

游记在散文之中，原则上应该是感性重于知性；因为登山临水、访寺寻僧、过州历郡的过程，必须叙事，事中有景，又必须写景，这两种基本功夫到了家，才能情融于景，情寄于事，三者交流，达到抒情之境。游记作家在写景叙事上必须敏于观察，巧于组织，而且充溢之以感情，振荡之以想象，文章才会踏实，清晰，而有活力。观察力不足，写景便不鲜明。组织力不足，叙事便无条理。感情不真，想象不活，则整篇文章死气沉沉，像一篇不关痛痒的报告。

许多散文作者不懂情之为物飘忽而无形，与其坦陈直说，不如附之景与事较为具体踏实，同时又更为婉转含蓄。不善写景叙事的作者，其实也就不善抒情。古代的散文家多半会写诗，有的更是当行本色的诗人甚至大诗人，当然不至于不会写景。唐宋八大家之中诗人占了五位半。至于宋以后的散文家，除了唐顺之、归有光、方苞、姚鼐等少数特例之外，从吴澄、虞集一直到龚自珍，哪一位不多少是所谓“诗文双绝”，至少是能写诗？而叙事的艺术呢，古代的读书人莫不熟读史传，用意原在探究治乱兴衰之道，但对于写文章，除了引证史实穿插典故之便，还可以提供叙事的条理和笔法。现代的散文家大半不会写诗，也少读史，所以遇到要交代景色的时候，往往一笔带过，或用成语来补观察与想象之不足，而叙事的时候，不是缺乏条理，就是没有波澜。这样的散文家写起游记来时，总难得心应手，于是写景如抄成语典故，叙事如记流水账。在这样的窘境下，抒情也只有任其浅露了。

4

游必有地，亦必以时。地有景色，时分先后，所以游记不可能不写景叙事。至于情，则因景与事而起，景在眼前，事经身历，俯仰流连之际，自然而然已抒情过半，只须在紧要关头，画龙点睛，吐露胸中的感想，抒情便达到了高潮。一般的游兴如果是在山水，则所抒的情大概也是对大自然的赞叹，亦即王羲之所谓的“仰观宇宙之大，俯察品类之盛”。至其极致，便到了柳宗元“心凝形释，与万化冥合”之境。所以游记的抒情通常不是慷慨激昂抚膺歌哭的一类：抒情的对象是自然而非人事，其形态应该比家国师友之情要单纯而恬静。至于议论，则可发可不发，发也不宜太长或太抽象。

游记有时有地，当然更有人。有了人，当然要叙事、抒情、议论。没有人，也可以专写景色，论形势，便成了山水记或地方志，属于舆地学了。《水经注》不但考述地理人文，而且善于写景，饶有诗意，常为后人诗文写景的依据。例如记“三峡”的一段，综述四季景色，乃是当地的常态而非某人某次的经历：“每至晴初霜旦，林寒涧肃，常有高猿长啸，属引凄异，空谷传响，哀转久绝”之类的名句，千古美之，但是山水之中没有人物的活动，所以仍是山水记而非游记。再如龚自珍考察舆地的文章，夹叙夹议，又饶文采，可谓古代最精彩的报告文学，其见识与豪情不是今日的报告文学所能追摹。例如《说居庸关》一文，本来是研究地势与边防的知性文章，却因议论纵横而见气势，更因加入了人的活动，尤其是第一人称的亲身经历，而与游记相通。下面的一段叙事，不下于任何游记：

自入南口，流水啮吾马蹄，涉之琡然鸣，弄之则忽涌忽洑而尽态，迹之则至乎八达岭而穷……蒙古自北来，鞭橐驼，与余摩臂行，时时橐驼冲余骑颠，余亦挝蒙古帽，堕于橐驼前，蒙古大笑。

——一九八二年十二月

中国山水游记的感性

散文形形色色，如以心理活动来勉强区分，则有的侧重感性，有的侧重知性。游记少不了写景叙事，先天上是一种感性的散文，所以游记作者应该富有感性。所谓“感性”，就是敏锐的感官经验。说一篇文章“感性十足”，是指它在写景叙事上强调感官经验，务求读者如见其景，如临其境，如历其事。其实“如见”还是不够的，因为视觉经验之外还要表现听觉、嗅觉、触觉、味觉等。感官经验人人所同，但是要用文字表达时，一般人，甚至一般作家，却只能用熟知习见的成语，因陋就简地复述一些空泛而含混的印象。唯有散文的高手，才能使文字突破抽象符号的局限，直探物象的本体。美国诗人麦克里希在《诗艺》中所说的“一首诗不要意指，要等于”，移以论文，同具灼见[①]。请看宋朝的王质如何写月：

> 冈重岭复，乔木苍苍。月一眉挂修岩巅，迟速若与客俱。
>
> （《游东林山水记》）

通常我们说“新月如眉”或“眉月”，但“月一眉”用眉做量词，乃觉其新颖。“迟速若与客俱”令人想起李白的“暮从碧山下，山月随人归”，但王质的说法更有感性，更有动感，更像电影，因为人走得慢月就慢随，人走得快月就快追，十分传神。再看他如何写水上之游：

> 一色荷花，风自两岸来，红披绿偃，摇荡葳蕤，香气勃郁，冲怀罥袖，掩苒不脱。小驻古柳根，得酒两罂，菱芡数种。复引舟入荷花中，歌豪笑剧，响震溪谷。风起水面，细生鳞甲，流萤班班，若骇若惊，奄忽去来。夜既深，山益高且近，森森欲下搏人。天无一点云，星斗张明，错落水中，如珠走镜，不可收拾。
>
> （《游东林山水记》）

① A poem should not mean / But be.（*"Ars Poetica"*： by Archibald MacLeish）

这真是了不起的写景，视觉、嗅觉、听觉，不但交织，而且生动。香气能“冲怀罥袖，掩苒不脱”，嗅觉经验就可视化、触觉化了。至于视觉经验，也都表现得很有动感：写荷花迎风则“红披绿偃，摇荡葳蕤”，写微风拂水则“细生鳞甲”，写流萤则幽火“班班，若骇若惊，奄忽去来”，写山则“森森欲下搏人”[①]。但最生动的是星映水面的比喻“如珠走镜，不可收拾”；以珠喻星，以镜喻水，本是静态，原也寻常，可是珠走镜上，便加上了动的关系，把水面起伏不定的感觉一并带出，真富感性。可见写景的上策是叙事，再静的景也要把它写动，山水才有生命。也就是说，一般平庸的写景好用形容词，但是警策的写景多用动词，和电影一样。再看元末的麻革《游龙山记》的一段：

> 复坐文殊岩下，置酒小酌。日既入，轻烟浮云，与暝色会。少焉，月出寒阴，微明散布石上，松声翛然自万壑来，客皆悚视寂听，觉境愈清，思愈远。已而相与言曰：“世其有乐乎此者欤？”

此地的感性，真是视听并茂，不但把月色和松涛写活了，而且把游客对两者的反应，用“客皆悚视寂听”六字综合地表现了出来。写

① 可惜这些句子里有一部分是袭柳宗元的《袁家渴记》。兹录柳文如下，以资参照：“每风自四山而下，振动大木，掩苒众草，纷红骇绿，蓊葧香气；冲涛旋濑，退贮溪谷；摇扬葳蕤，与时推移。”苏轼《石钟山记》之句：“大石侧立千尺，如猛兽奇鬼，森然欲搏人。”亦为所袭。

景叙事的文字，有的时候与其描写感性的来源，不如描写感性的后果。例如直接描写美人，有时不如间接描写观者惊羡之色，而直接描写鬼魅，有时不如间接描写观者骇怪之情。“悚视寂听”的表情，反衬出声色之异，效果极佳，正是电影导演乐用的悬宕手法。写景有感性，叙事也可以感性十足，且看徐霞客《游太华山日记》的一句：

> 下至莎萝坪，暮色逼人，急出谷，黑行三里，宿十方庵。

平地上暮色缓来；“暮色逼人”当是山行现象，尤其作者是在下山，暮色来时更快。“逼”字带出“急”字；但再急也没用，人总不如天快，出谷天已“黑”下来，也就是说暮色已经追上人了。“逼”“急”“黑”三字把暮色和人之间动的关系，扣得又紧又有戏剧感；“黑行”二字，浓缩得感性已达饱和点。徐霞客叙事每用奇笔，所谓奇笔，有时是观点与众不同，例如《游黄山日记》一句：

> 松石交映间，冉冉僧一群从天而下，俱合掌言，阻雪山中已三月，今以觅粮勉到此，公等何由得上也。

“公等”是指徐霞客一行冒雪攀山的游客，仰见下山的群僧，乃有“冉冉僧一群从天而下”的奇句，虽胡金铨的武侠片也不过如此了。

再换一个角度，从上面来俯瞰徐霞客《滇游日记》的一景：

复上蹑崖端，盘崖而南，见南崖上下，如蜂房燕窝，累累欲堕者，皆罗汉寺南北庵也。

徐氏《游黄山日记后》也有从上看下的妙句：

扶杖望朱砂庵而登，十里上黄泥冈，向时云里诸峰，渐渐透出，亦渐渐落吾杖底。

云峰落到杖底，暗示攀登之高，既有动感，也饶谐趣。

不到名山，难称名士。反过来说，不经名士登咏，奇山也难成名。所以中国的名山，无一不经古人品题，不但画家比绘，作家更是争咏竞叹。黄山之美闻于海内，为文记游者不可胜数，最有名的古有徐霞客、钱谦益、袁枚，今人则有季羡林。四人的游记长短不一，短者亦近千字，不便全录。为便于比较，只各引其状松之一段：

绝𪩘危崖，尽皆怪松悬结，高者不盈丈，低仅数寸，平顶短鬣，盘根虬干，愈短愈老，愈小愈奇，不意奇山中又有此奇品也……由接引崖践雪下，坞半一峰突起，上有一松裂石而出，巨干高不及二尺，而斜拖曲结，蟠翠三丈余，其根穿石上下，几与峰等，所谓扰龙松是也。

（徐霞客《游黄山日记》）

陟老人峰，悬崖多异松，负石绝出。过此以往，无树非松，无松不奇：有干大如胫而根蟠曲以亩计者；有根只寻丈而枝扶疏蔽道旁者，有循崖度壑因依于悬度者；有穿罅冗缝崩迸如侧生者；有幢幢如羽葆者；有矫矫如蛟龙者；有卧而起起而复卧者；有横而断断而复横者……始信峰之北崖，一松被南崖，援其枝以度，俗所谓接引松也。其西巨石屏立，一松高三尺许，广一亩，曲干撑石崖而出，自上穿下，石为中裂，纠结攫拿，所谓扰龙松也。石笋矼、炼丹台峰石特出离立，无支陇，无赘阜，一石一松，如首之有笄，如车之有盖，参差入云，遥望如荠，奇矣，诡矣，不可以名言矣！松无土，以石为土，其身与皮干皆石也。滋云雨，杀霜雪，勾乔元气，甲拆太古，殆亦金膏水、碧上药、灵草之属，非凡草木也。顾欲斫而取之，作盆盎近玩，不亦陋乎！度云梯而东，有长松夭矫，雷劈之仆地，横亘数十丈，鳞鬣偃蹇怒张，过者惜之。余笑曰："此造物者为此戏剧，逆而折之，使之更百千年，不知如何槎枒轮囷，蔚为奇观也。"

（钱谦益《游黄山记》）

步至立雪台，有古松，根生于东，身仆于西，头向于南，穿入石中，裂出石外。石似活，似中空，故能伏匿其中，而与之相化；又似畏天不敢上长，大十围，高无二尺也。他松类是者多，不可胜记。

（袁枚《游黄山记》）

黄山上的松树比其他地方更奇，是奇中之奇。你只要看一看黄山上有名字的名松，你就可以知道：蒲团松、连理松、扇子松、黑虎松……接引松，此外还不知道有多少松。连那些不知名的大松、小松、古松、新松，长在悬崖上的松，长在峭壁上的松，长在任何人都不能想象的地方的松，千姿百态，石破天惊，更是违反了一切树木生长的规律。别的地方的松树长上一千多年，恐怕早已老态龙钟了，在这里却偏偏俊秀如少女，枝干也并不很粗。在别的地方，松树只能生长在土中，在这里却偏偏生长在光溜溜的石头上；在别的地方，松树的根总是要埋在土里的，在这里却偏偏就把大根、小根、粗根、细根，一股脑儿地、毫不隐瞒地、赤裸裸地摆在石头上，让你看了以后，心里不禁替它担忧起来。

（季羡林《登黄山记》）

黄山四奇，松为第一，记山不可能不记松。就记松而言，前引四文之中应推钱文为冠，徐文次之，袁文更次之，季文居末，似乎中国人写黄山游记，越来越退步了。黄山乃山中之奇，黄山之松乃松中之奇，宜有奇文以传。那株怪异而美的扰龙松，前后经过明清三大家记赏，亦可称松中奇士了。袁枚游黄山，距徐霞客之游为一百六十七年[1]，扰龙松犹健在，恐已数百岁了，但是季羡林文中列举山上名松十二株，却未提扰龙松，难道是破石飞天而去了吗？钱谦益写黄山之松，有远景的综览，也有近景的特写。特写的两株奇松固然感性突出，形象浓缩之中有张力；综览的各种怪松也都赋以生动的姿势，不像季羡林只用“千姿百态”那样欠缺想象的抽象成语敷衍过去。一位作家的才气，可以从他所用的比喻是否妥帖、生动、独特来鉴定。钱氏状独岩孤松，用头上插簪、车上张篷为喻，十分动人，尤其是插簪之喻巧妙非常。写长松仆地之状，则前有“夭矫”，后有“鳞鬣偃蹇怒张”，龙的暗示呼应贴切。徐霞客和袁枚在文中不曾刻意状松，但写松的形态也令人难忘。季羡林的游记却很令人失望：他虽然列举了奇松之名，却未抽样特写，所以只给读者笼统而模糊的概念。他一再对比地说“大松、小松、古松、新松”或者“大根、小根、粗根、细根”来表现松树的“千姿百态”；这种并列的点名方式，缺少立体感的左右交错，前后呼应，感性很低。一篇作品的感性如何，看作者如何用动词，也可知其大概。在

① 徐霞客曾二游黄山，第一次在万历四十四年（公元一六一六年）。袁枚之游在乾隆四十八年（公元一七八三年）。

季文中，松的动词只是“长”“生长”“埋”“摆”；但钱文中松的动词都是暗喻蛟龙的“蟠屈”“攫拿”“夭矫”“横亘”“偃蹇怒张”。哪一组动词更有表情，有感性，一目了然。

泰山之名无人不知，甚至进入许多成语，古今游记自多。其中最有名的，是姚鼐的《登泰山记》，文中最为人称道的，是日出之景。钱邦芑的《游南岳记》里最出色的一景，也是日出，可以拿来和姚文一比：

> 极天云一线异色，须臾成五采。日上，正赤如丹，下有红光，动摇承之。或曰：“此东海也。”回视日观以西峰，或得日，或否，绛皜驳色，而皆若偻。
>
> （姚鼐《登泰山记》）

> 重阴渐豁，霜气在眉。东方白雾中一线霞裂作金黄色，由南亘北，直视万里。少时渐巨，炫为五色，正东赤艳尤鲜。更待之，一轮血紫从层云底奋涌而起，光华万道，围绕炫耀，大地豁朗，心目俱爽。
>
> （钱邦芑《游南岳记》）

姚文末句写日出后诸峰或迎光或背光，迎光则反红，背光则保持原来的积雪白色，但都低于泰山，像弯着腰。相比之下，钱文最后十六字里日既出的景色，就平淡简单，逊色许多。可是写日出本身，钱文的色彩更富丽，动感更鲜活，却比姚文稍胜。姚文的“下有红光，动摇承之”十分高明，把动感表现得灵活之至。不过钱文的色调领域更宽，从“重阴”到“霜气”，从“白雾”到“一线霞”，从“金黄”到“赤艳”到“血紫”，层次繁富。动词则有“豁”“裂”“亘”“炫”“奋涌”等，表情也强得多。桐城派的文体以“味淡声希，整洁从容”自矜，也难怪表情较平，节拍较缓。前引姚文多为短句，尤多四言的基本句法，不像钱文“一轮血紫从层云底奋涌而起”的长句那样，能造成激荡的高潮。总结一句，钱文感性较强。

由恶溪登括苍，舟行一尺，水皆汗也。天为山欺，水求石放，至小洋而眼门一辟。吴闳仲送我，挈睿孺出船口，席坐引白，黄头郎以棹歌赠之，低头呼卢，俄而惊视各大叫，始知颜色不在人间也。又不知天上某某名何色，姑以人间所有者仿佛图之。

落日含半规，如胭脂初从火出。溪西一带山，俱似鹦绿鸦背青，上有腥红云五千尺，开一大洞，逗出缥天，映水如绣铺赤玛瑙。日益曶，沙滩色如柔蓝懈白，对岸沙则芦花月影，忽忽不可辨识。山俱老瓜皮色。又有七八片碎翦鹅毛霞，俱黄金锦荔，堆出两朵云，居然晶透葡萄紫也。又有夜岚数层斗起，如鱼肚白，穿入出炉银红中，金光煜煜不定。盖是际天地山川，云霞日采，烘蒸郁衬，不知开此大染局作何制？意者，妒海蜃，凌阿闪，一漏卿丽之华耶？

（王思任《小洋》）

这一段描写日落的散文，比前引描写日出的两段文字，感性又强烈得多。日出与日落都是极为壮丽的视觉体验，中国文学里虽也常有描写，但捕捉绚烂缤纷的色彩，原是画家的所长，使用文字的作家只有望霞兴叹。真要勉用文字来着色，也不过像谢灵运的一些名句“云日相晖映，空水共澄鲜”或是“出谷日尚早，入舟阳已微。林壑敛暝色，云霞收夕霏”一样，感性不浓。再进一步，能像苏轼的“断霞半空鱼尾赤”那样，就已十分明艳。但是像明末的王思任这样大规模、大手笔、全神投入地去追摄霞光夕景，在中国文学里恐怕是空前的了。其实在中国的诗文里，像这么感性可掬地形容五光十色，也是极罕见的。曹雪芹笔下的妇女衣饰，对颜色的分别大有讲究，层次井然，绝对不像大红大绿那么简陋。《红楼梦》第四十九回里就有这样一段：“黛玉换上掐金挖云红香羊皮小靴，罩了一件大红羽绉面白狐狸皮的鹤氅，系一条青金闪绿双环四合如意绦，上罩了雪帽。”不过曹雪芹笔下富丽而精细的色感，大半赋予衣饰和器皿，很少用来张罗云影天光。

中国的绘画素分南北二宗：北宗始于李思训金笔朱粉的青绿山水，南宗则始于王维渲染多而勾勒少的画风。后来南宗笔淡意远的水墨画在传统的画评里占了正宗的地位，色彩在中国画里多少退居次要，至于光影对比更非中国画所关心，也难怪十九世纪英国大画家康斯太勃尔要苛责中国人“画了两千年，还没有发现明暗烘托这样东西”。[①]文徵明论山水画说：“余闻上古之画全尚设色，墨法次之，故多用青绿。中古始变为浅绛，水墨杂出。”元人黄公望所画的“浅绛”山水，便是在水墨的底架上略着赭石与花青。元以后文人画愈趋淡远，画上总是色少墨多。

老子说“五色令人目盲”，这句话，习于彩色电影和电视的八十年代，大概已难领略，可是崇尚道家的古代山水画家却听得入耳。中国人大概是最能欣赏黑色与灰色之美的民族了吧？钱锺书在《中国画与中国诗》一文里指出：中国画尚南宗的冲淡清远，但是中国诗评的正宗并不接受神韵诗派相似的主张。此论自有见地，不过中国诗画在“刻画体物”和“色相”上的分歧，在外国人看来，正如钱氏自己也说过的，仍是量异大于质异。一首典型的中国古典诗在色彩上给人的印象，仍然是水墨画，至多也只是黄公望的“浅绛”山水。也许大诗人咏画的诗中，可以探到一点消息。杜甫在大诗人里是很能赏画的一位，咏画的作品很多，奇怪的是，这一类诗尽管生动，色感却很淡：咏画马之作如此，即连咏山水画之作如《奉先刘少府新画山水障歌》《戏题王宰画山水图歌》等，也是这种印象。苏轼也爱咏画，但色感也不很鲜明。《书王定国所藏烟江叠嶂图（王

---

① John Constable：The Chinese "have painted for 2000 years and have not discovered that there is such a thing as chiaroscuro."（Herbert Read：*The Meaning of Art*.）

晋卿画）》和《李思训画长江绝岛图》都是如此。前面的一首还有色感较富的句子，如“丹枫翻鸦伴水宿，长松落雪惊昼眠”；后面的一首几乎毫无色感。这一点很值得注意，因为李思训正是北宗金碧山水之祖，而王晋卿也是北宗的名画家；咏北宗画尚且如此，咏南宗画岂不更淡？

南宗水墨的清淡，元明以后更得文人画推波助澜，也难怪文人写山水游记时，自然而然会受影响。前文我曾引中国古代游记中感性特强的段落，但那种文字并不常见，一般游记描写山水，往往在清淡中见韵味，不是在瑰丽奇伟中见生命。袁宏道、钟惺、谭元春、李流芳、张岱等的山水小品，大都笔简墨淡，予人远观之感。清代桐城派的散文，感性原就淡薄，在游记里更难遮掩。桐城文运，三传至姚鼐还有几篇可读的游记，四传至管同就气竭力衰了。

> 独夜卧人静，风涛汹汹，直逼枕簟，鱼龙舞啸，其形声时入梦寐间，意洒然快也。夏四月，荆溪周保绪自吴中来。保绪故好奇，与予善。是月既望，遂相携观月于海塘。海涛山崩，月影银碎，寥阔清寒，相对疑非人世境，予大乐之。
>
> （管同《宝山记游》）

这样的游记不但感性单薄，文字也平凡，多袭前人之句。同一文中也有日出之景，再录于下：

> 不数日，又相携观日出。至则昏暗，咫尺不辨，第闻涛声，若风雷之骤至。须臾天明，日乃出。然不遽出也，一线之光，低昂隐见，久之而后升。

写日出而这么平淡温吞，毫无文采，比起他老师笔底的泰山日出，是大大退步了。所以像王思任写晚霞那样感性恣纵的杰作，在明清的文坛简直不作第二人想。那样夺目的色感与光感，恐怕要向法国印象派的画里去寻匹俦。至于用文字来着色，恐怕也要去拉斯金描摹透纳名画《运奴船》的文章里，才能见到相似的绚丽了[①]。

——一九八二年十一月

① John Ruskin：*The Slave Ship from Modern Painters*，Vol. I，Part II，Section V，Chapter 3. 我认为王思任的写景比拉斯金的更难能可贵，因为他是直接描写自然，而拉斯金的描写有大画家透纳（J.M.W.Turner）之同名原画为本。

中国山水游记的知性

游记寓抒情于写景与叙事，强调感性，至于知性，则非必要。不过人性相当复杂：感官经验可以激起情绪，情绪到了客观的距离，“痛定思痛”，乃沉淀净化而为思考。刺激—反应—反省：一件事的经过，往往是始于感性而终于知性。游记却是“乐定思乐”的心态，正如王羲之所说：“当其欣于所遇，暂得于己，快然自足，不知老之将至。及其所之既倦，情随事迁，感慨系之矣。”对于反躬自省的人来说，这种感慨不但是抒情的材料，还可进一步触发议论。因为游记不是论文，所以游记中即使有议论，也是带有感性兼具抒情的议论。

所谓“知性”，可以析为两端，一是知识，一是思考。有知识而无见解，只是一堆死数据。思想得多而知识不够，又沦于空想。游记的知性也有两端，一端是所游名胜的地理沿革、文物兴替，另一端则是游后的感想，常从个别的事例归结到普遍的道理，也就是以殊相来印证共相。站在游记的立场来说，此二端最好是自然而机动地汇入文章的流势中去。用传统的结构方式分析，地理沿革的考订之类往往是“起”，而议论感慨往往是“合”。如果地理水文追溯过繁，就变得像一篇地方志；如果议论太长，又变成一篇论说文，令人觉得是在借题发挥，对着无辜的风景训话。

柳宗元的《永州八记》，后人奉为游记典范，所以在枕烟卧霞耽山饫水之余，心有不安，总爱来一点考据和议论，以示此游不虚。桐城派的游记常在词章之外加一点义理、考据，架子搭得不小，却令人觉得游兴不高。徐霞客和方苞先后游过浙东的名胜雁荡山，但两人的游记迥然不同。游记在文学作品中原是强调写实的文体，却因作者个性不同，致同一山水面貌互异，真可谓侧峰横岭，见仁见智了。徐霞客初入雁荡山，登巉攀险，逸兴遄飞，手足并用，耳目不暇，所写的《游雁宕山日记》近二千字，感性之美，可与任一散文大家比肩。从这篇游记，得知徐霞客一身而兼诗人、地理家、攀山者之长，令人钦羡。相反地，方苞的《游雁荡山记》无一字叙登山之事，写景的篇幅也只占全文十之一二，余下的篇幅却用来发了两点议论：其一是雁荡山石壁陡峭，地又僻远，乃能免于其他名山遭愚僧俗士剥凿之劫；其二是山川明媚，能使游者潜移默化，与天地相接。全文的结论是：“察于此二者，则修士守身涉世之学，圣贤成己成物之道，俱可得而见矣。”方苞的游记在感性和知性上呈现的比重这么悬殊，令我们怀疑，他的目的究竟是在游山还是诲世，他的兴趣究竟是在自然还是人事。读游记而不见山，岂不要怀疑雁荡山只是方老夫子戴来说圣贤之道的面具？方苞论文，有义法之说：义是要言之有物，法是要言之有序，义法就是要兼重内容与形式，而形式又要配合内容。但是按照他的作品，他最善于处理的“义”还是人事伦理，不是自然之壮伟。所以他的好作品仍须向《左忠毅公逸事》《狱中杂记》一类文章里去寻找。山水非他性之所近，游记，也非他擅长的文体。

方苞在游记开始时便说：“入雁山，越二日而反，古迹多榛芜不可登探。”这和徐霞客不畏艰险务求真相的精神，完全不同[①]。写起景来时，方苞只有这么一句：“若兹山，则浙东西山海所蟠结，幽奇险峭，殊形诡状者，实大且多，欲雕绘而求其肖似，则山容壁色，乃号为名山者之所同，无以别其为兹山之岩壑也。”这样写景，非但没有感性，反而否定了写景文章的价值，因为天下的名山在他看来都是大同小异的石头。这么说来，郦道元、徐霞客之流岂非徒劳无功，庸人自扰？写游记而发出这么泄气的怪论，令我怀疑作者恐怕根本不喜欢山水，而且根本不大会写景，所以也就一笔带过了。游记当然可发议论，但是应就山水立论，兴味应在山水，至少总也不该反对游历。袁枚的《游黄龙山记》也是记游少而议论多，可归知性游记之列；可是他的议论目的在解说山水之成形，乃自然

① 方苞的《游雁荡山记》作于他七十六岁之年，也难怪缺少登临的逸兴，而要代之以议论了。徐霞客游雁荡时，只有二十八岁。

的物理作用，非造化的刻意安排，而且他的说法生动活泼，取喻又很妥帖，令人高兴。方苞的议论在游记里喧宾夺主，简直篡了“感性之美”的位，令人觉得他“别有用心”。袁枚的议论文采动人，感性十足，求真不忘求美：这种说理如在抒情的高妙艺术，庄子是大宗师，苏轼是传人。

苏轼的游记杰作有四篇：最有名的当然是前后两篇《赤壁赋》，最天然最洒脱的小小品是《记承天寺夜游》，[①]但层次最多变化最大的是《石钟山记》。《前赤壁赋》其实是一篇议论纵横的游记，不过因为抒情性强，知性乃不显眼，至于写景与叙事，只是次要的因素。《后赤壁赋》则恰恰相反，感性极浓，却毫无知性；通篇写景叙事，却不着一字议论。徐霞客的《游雁宕山记》通篇感性，也是如此。足见游记而不发议论，仍不失为杰作。《石钟山记》却是一篇复杂而多元的作品，兼有知性和感性。文章可分三段：第一段引

① 前后《赤壁赋》在各方面都形成对比。写同一山水而风格大异，足见苏轼之多才。我在《青青边愁》中比较前后二赋之不同，不妨参阅。至于《记承天寺夜游》，则是一篇透明无瑕的绝妙小品，轻轻运笔，淡淡着墨，比朱自清那篇《荷塘月色》为远胜。朱文意思本来不多，却加上许多不高明的比喻，掉上两个不必要的书袋，文章乃缺空灵之感：“这一片天地好像是我的；我也像超出了平常的自己，到了另一世界里。我爱热闹，也爱冷静；爱群居，也爱独处。像今晚上，一个人在这苍茫的月下，什么都可以想，什么都可以不想，便觉是个自由的人。白天里一定要做的事，一定要说的话，现在都可以不理。这是独处的妙处；我且受用这无边的荷香月色好了。”朱自清这一段文字其实是在说理，却说得费辞而乏味，而且放在一篇短短的写景文中，也显得冗长不当。这完全是个性的关系。朱自清拘谨，苏东坡旷达。朱自清交代了半天的一番啰唆话，苏东坡一句就说清楚了，而且说得很自得：“何夜无月，何处无竹柏，但少闲人如吾两人耳。”好的文章，尤其是好的游记，往往有这种“自得”之情。东坡诗文之妙，往往在此。评注家却说东坡自称“闲人”，是指他当时贬官在黄州，做团练副使。这样一注，便成死参：本来是自得之情，反变成一腔酸气了。

《水经》之说而疑郦道元和李渤的解释，正是山水游记常见的考据；第二段述苏轼亲自乘船去山下求证而终得真相；第三段乃大发议论，指陈士大夫读书臆断而不考察之病。首尾两段是知性的探索，中段的写景和叙事则发挥了感性；从怀疑到求证到结论，这篇文章的逻辑结构自然而紧密。最可贵的是，《石钟山记》在知性的骨架上不忘经营富足的感性：

> 大石侧立千尺，如猛兽奇鬼，森然欲搏人；而山上栖鹘，闻人声亦惊起，磔磔云霄间；又有若老人咳且笑于山谷中者，或曰："此鹳鹤也。"余方心动欲还，而大声发于水上，噌吰如钟鼓不绝，舟人大恐。徐而察之，则山下皆石穴罅，不知其浅深，微波入焉，涵澹澎湃而为此也。舟回至两山间，将入港口，有大石当中流，可坐百人，空中而多窍，与风水相吞吐，有窾坎镗鞳之声，与向之噌吰者相应，如乐作焉。

这一段叙事、写景、形声并茂，感性之饱满无憾，甚至超过《后赤壁赋》。地理考察的游记，竟能写成情逼境真的美文，真是旷古天才。苏轼和方苞才力之高下，于此可见。苏文的感性，为了配合主题，特别侧重听觉。说鹳鹤唳于谷间，"若老人咳且笑"，那怪异的声音和谷间反复的回声，已十分惊人。何况还有好几个拟声词，像重叠的"磔磔"，双声叠韵的"涵澹澎湃"和"窾坎镗鞳"，更激发了读者的听觉想象。“山下皆石穴罅”一句，有五个嘶嘶沙沙的齿音，把石孔里风旋水漱的味道也暗示了出来。游记作者像是向导，指点我们去赏名胜。苏轼有一番道理要说，他亲自带我们去现场听风水激石之声，然后就地印证他的看法，我们便信了。方苞呢，才到半路就说起道理来，我们连山都还没见到，是尖的还是扁的还不知道，凭什么要信他？所以游记里的知性须要充分的感性来支持，否则会令读者觉得作者“别有用心”。

王安石的《游褒禅山记》也有这个问题。这篇游记是王安石的代表名作，也是一般散文选里必收的名篇，历来为人称赏。但是把它当一篇游记来读，却令人不很满足，至少我始终无法投入。《游褒禅山记》约五百字，长短和《石钟山记》相近；结构上也是首段考察所游地的地理沿革，中段作实地的游览，末段则发挥议论。两位作者同为古文大家，所以这两篇游记也常相提并论。王安石在中段叙述他和四个朋友拿了火把去探褒禅山的后洞：

> 有穴窈然，入之甚寒，问其深，则虽好游者不能穷也……余与四人[①]拥火以入，入之愈深，其进愈难，而其见愈奇。有怠而欲出者，曰：“不出，火且尽。”遂与之俱出。

① 王安石在《游褒禅山记》的末段说明游山的同伴是“庐陵萧君圭君玉，长乐王回深父，余弟安国平父，安上纯父”。也许“有怠而欲出者曰：‘不出，火且尽’”的那个人，正是王安石的弟弟，则为兄的正好借这篇游记来训诲为弟的，也未可知，一笑。

这是叙事的部分，接着王安石便借题发挥，畅论治学谋事之道，必须志大才高，更继以毅力，始能历尽险阻，终底于成，即使不成，也已尽力，可以无憾：

> 夫夷以近，则游者众，险以远，则至者少。而世之奇伟、瑰怪、非常之观，常在于险远，而人之所罕至焉，故非有志者不能至也。有志矣，不随以止也，然力不足者，亦不能至也。有志与力，而又不随以怠，至于幽暗昏惑而无物以相之，亦不能至也。然力足以至焉，于人为可讥，而在己为有悔。尽吾志也而不能至者，可以无悔矣，其孰能讥之乎？

苏文的结论要人实事求是，不要因惰就简；王文的结论要人勇往直前，不要因怠就近。两文颇为相通，王文的议论似乎更为纵横。问题在于：王文从个别事例归结到普遍原理之后，便止于抽象的推理，不再回头去接应前面的个例，乃使个例和原理不能首尾相衔。就游记而言，苏文题目只是记山，王文题目却是记游；然而王文游少而论多，对褒禅山说来，不免有过河拆桥、买椟还珠之嫌。《游褒禅山记》的中段也略有叙事，可惜事简景稀。作者只说“入之愈深，其进愈难，而其见愈奇”，却不肯多卖气力，告诉我们究竟怎么个深法，难法，奇法。深、难、奇只是抽象的形容词，没有生动的叙事，读者实在难有具体印象。没有具体印象，在感性上就不能说服读者。

读者心理准备没有成熟，看到议论中“而世之奇伟、瑰怪、非常之观，常在于险远”之句，就会觉得隔阂，因为所谓“非常之观”的样品，读者还没有机会好好看过。王安石好像一位别有用心的导游，带了一群兴冲冲的游客去探洞，只在近口处用火把虚晃了几下，就停下步来说：“也不必多看了，都是这样的。倒是我要提醒各位，人生也是如此，要看到世间真正的奇景，就得不怕深入……”

苏轼就卖力得多，他真把我们带到石钟山下，去风水争鸣乱石相应的现场，亲耳听无边无际的波声涵澹澎湃，窾坎镗鞳。然后他说：“所谓石钟，就是这样。”我们说：“对呀，正是这样！”导游再说：“世界上的事情不亲自实地去求证，一味地胡思乱猜，行吗？”我们说：“当然不行！”于是我们全信了他。

论通篇感性之浓厚，声调之圆满，呼应之严密，苏文均胜于王文。论中段之叙事写景，则苏文感性强烈，如临其境，王文感性平淡，未入其境。苏文首尾相顾，其势如环；王文从山洞里一个弯转到人生，之后就不回洞了。王安石的文势，从个别转向原理，从实转向虚，却不见“合”。《游褒禅山记》的中段是末段议论之所据，全文题目之所指，通篇取喻之所依，可惜却不够力量，所以这篇游记显得头大尾长，腰身却嫌太细，不够矫健。

知性游记除了好发议论之外，还有一个现象，就是陈述或考证一个地方的史地数据，文物记载。作家往往兼为学者，游记有时也通于地理学、风土记，所以这种现象也很常见。一篇游记不必是纯感性的美文，游记毕竟还是散文，不是诗。相当程度的“客观”，对于素有写实传统的中国游记，是必要的。要写一个地方，当然应该尽量多了解它的背景和现况。在一流散文家的手里，知性可以转化为感性，不会成为感性的阻碍。有些知识或传说，可以激发作者的想象，朝那方面去发挥。例如《赤壁赋》，那江岸如果没有历史的背景，作者的吊古之情，盈虚之论，也就无从附丽。不过知识是死的，见解是活的。有见解，才会把知识去芜存菁，组织起来，加以活用。《赤壁赋》不赘述三国史实，也不详考赤壁地理；换了桐城派的作家，一定要花一段文字来交代这些东西。苏轼却把这些东西化成生动的意象，放在“客”的口中说出来，成为庄子式主客对话的一部分：这正是他化知性为感性的天才。

中国游记的传统似乎有一个公式：首段总是这种史地的考据引证，中段才说“某年某月某日，予与某某相携游于某山……”叙事完毕，末段免不了以一番议论或感慨作结。遇到知性较强的作家，首段的考据引证每每颇长，和后面的叙事不成比例，所列细节，虽有助于当地的背景，却无益于文章的气势。其实这些数据的罗列，只宜读者参考，如果长篇累牍堆在文首，却令人读不下去，至少是读不畅快。例如朱彝尊的《游晋祠记》，一开头就是大段的引证：

晋祠者，唐叔虞之祠也，在太原县西南八里。其曰汾东王，曰兴安王者，历代之封号也。祠南向，其西崇山蔽亏。山下有圣母庙，东向。水从堂下出，经祠前。又西南有泉曰难老，合流分注于沟浍之下，溉田千顷，《山海经》

所云“悬瓮之山，晋水出焉”是也。水下流，会于汾，地卑于祠数丈，诗言“彼汾沮洳”是也。圣母庙不知所自始，土人遇岁旱，有祷辄应，故庙特巍奕，而唐叔祠反若居其偏者。隋将王威、高君雅因祷雨晋祠，以图高祖是也。庙南有台骀祠，子产所云汾神是也。祠之东有唐太宗晋祠之铭。又东五十步，有宋太平兴国碑。环祠古木数本，皆千年物……

朱彝尊的文章以雅洁见称；他游踪很广，“所至丛祠、荒冢，金石断缺之文，莫不梳剔考证，与史传参互同异”。证之前文，果然如此。不过这种引证文字，细节纷繁，读到后面，忘了前面，有些山水祠庙的相对位置，如用图解，当更了然。这些史地知识的平面静态介绍，所以显得烦琐而又单调，是因为作者，亦即游者，不在其中出现，不是第一人称的叙事。龚自珍的《说居庸关》目的本在考察边防地理，却因其中有“我”出没而像游记：关键全在有无第一人称的叙事。《游晋祠记》也有第一人称叙事，但及于晋祠的部分极短：

岁在丙午，二月，予游天龙之山，道经祠下，息焉。逍遥石桥之上，草香泉冽，灌木森沉，倏鱼群游，鸣鸟不已，故乡山水之胜，若或睹之。

这一段文字果然有雅洁之美，但如果“予”能走进前一段引证文字中去，或者前一大段的地形史实能化一点到这一段的叙事里来，全文当会生动得多。陆游的《入蜀记》有时也有这种五步一考十步一证的知性，读多了便觉气势不畅，不如他的诗。游记里当然有地理，但游记毕竟是文学，不是地理。游记作者要传的，是山水的精神，不是山水的家谱。有些现代作家写游记，尤其是海外之游，对当地所知不足，便生吞活剥地引录旅游手册上的资料，以致知性和感性格格不入。最上乘的游记该是写景、叙事、抒情、议论，融为一体，知性化在感性里面，不使感性沦于“软性”。乐山乐水的人应该是仁者兼智者，有时更是徐霞客式的勇者。而徐霞客，岂仅是吟风弄月的骚人墨客。

——一九八二年十二月

论民初的游记

山水游记的成就，清人不如明人，民国初年的作家更不如清。民初作家里有许多留学生，或去日本，或去欧美，不但长征万里，而且久客经年，只要把所历描述出来，就是一部部“西游记”或“东游记”了。何况现代的交通比起古代来大为便捷，舟车劳顿减轻了许多，不像陆游在八百年前从山阴（今之绍兴）去夔州赴任，途中跋涉了七个多月。空间扩大，时间减少，在观光成为“事业”的现代，照理游记应该眼界一宽，佳作更多才对。实际却不然。

一个原因，是现代人的缩地术虽然快了，不幸在工业时代生活的节奏也快了，忙人怎能领略闲山水呢？加以交通方式一快，“途中”所见就少而又草，不能像陆游那么从容欣赏。那么多留学生去了那么多国家，在旅游文学的成绩上反而不如古代的读书人在赴试、上任、贬谪之余的表现。

另一个原因，是现代人的文笔不如古人。早期新文学的白话文正是青黄不接，在作家的笔下稚气未除，一般散文都欠精练，游记当然也不例外。当时的许多作家写起散文来，误把草率当成自由，不但风格芜杂，结构散漫，甚至造句分段都有问题。这样子写成的游记并不在少数，所以要指望当时的游记能追上明人，未免太奢。何况再美的风景，再热闹的街市，都可以交给照相机去记录，不必像古人那样要写进文章画进图画里去，所以今人就更懒得写什么游记了。幸好徐霞客没有照相机，否则他的游记里图多文少，文学价值必然大减。

李白诗云："海客谈瀛洲，烟涛微茫信难求。越人语天姥，云霞明灭或可睹。"古人要去外国旅行谈何容易，所以《佛国记》《真腊风土记》一类的大游记为世所珍。可是今人旅览外国的游记，从《欧游心影录》到现在，却多不胜数。这一点当然是今胜于古，可是这些域外游记里真正的佳作不多，能像《我所知道的康桥》，已经罕见。徐志摩的这篇名作众口交誉，其实不是一篇无懈可击的平衡之作[①]。《我所知道的康桥》共分四段，一段比一段好，可谓渐入佳境。第三段和第四段写康桥的景色，感性十足，是此文精华所在。第一段的叙事平平；第二段的议论不太警策，文字则西化而拖

① 徐氏此文的一些疵句，我在《早期作家笔下的西化中文》一文中曾有分析：文见拙著《分水岭上》页一二三至一三四。

沓。如果细加分析，就会发现第四段中还发了一番议论，同样不够练达。徐志摩是一位感性很强的浪漫诗人，但是议论，即使是抒情文章中的议论，也并非所长。这一点表示他的知性不足，至少不足以撑持感性文章的逻辑骨架，也表示他在感性和知性的调和上，不能像苏轼那一等级的散文家那样收发自如。《巴黎的鳞爪》是徐志摩颇用气力的一篇万字长文，如果结构好，再用适度的知性提挈筋脉，当能成为更可观的游记。然而我们见到的《巴黎的鳞爪》却是一篇庞杂纷繁的文章，既非游记，也非小说，甚至也不是脉络明畅的美文：感性十足的部分颇有妙思与佳句，但一涉及说理，便露出松软稚嫩的弱点，尤其摆不脱直接对读者闲聊的烂漫语气。杜牧的散文同样是诗人的散文，可是《阿房宫赋》的逻辑张力就十分之强：此文前半段经营感性，浓烈迷人，诚然是十足的美文；后半段自“嗟乎！一人之心，千万人之心也”起，感性不衰，知性却逐渐加强，议论纵横而不失之抽象，真是能感能议的杰作。许多感性泛滥的美文作家忽略了一件事情：那就是鞭辟入里的逻辑张力，也是一种美。如果散文是一把秤，感性的秤盘里不妨加重，但知性的秤锤应该维持平衡。

民初散文有种种缺点，语言不精纯是其一端。当时的作家，有的从文言里刚放出来，对白话有点手足无措；有的却立刻掉进西化里去，对西文句法不知化解。前者形成文白夹杂，后者则中西相抵。下面是从域外游记里摘出来的两例，说明了高明如任公也难逃时代的通病。

凡尔登市是怎么一个光景呢？我这枝拙笔竟若不能形容。诸君若有游过意大利的人，将那二千年前罗马的“佛林”和维苏威火山底下的邦俾拿来联想比较，或可仿佛一二。但比起破坏的程度来，反觉得自然界的暴力，远不及人类，野蛮人的暴力，又远不及文明人哩！

（梁启超：《凡尔登》）

当高君说要领我们去吃中国饭的时候，我立刻就跳起来赞成。我真料不到这里会有中国饭馆，在这中国人很不占势的巴黎。我是多么想吃故乡的东西啊，在吃了三四十天西餐之后。

（徐霞村：《第一天到巴黎》）

徐霞村在同一篇文章里描述火车在塞纳河谷驶过，写景也平平无甚可观。也许域外游记写域外景色，不便和古人写的华山夏水比较，但是同样是写本土之景，民初的游记，甚至今日许多名作家的游记，却不如古人。

太阳落山了。它的分外红的强光从树梢头喷射出来，将白云染成血色，将青山也染成血色。在这血色中，它渐渐向山后落下，忽而变成一个红球，浮在山腰里，这时它底光已不耀眼了，山也暗淡了，云也暗淡了，树也暗淡了。

这红球原来是太阳的影子。

（徐蔚南：《山阴道上》）

这一篇山阴道上的游记，写景平庸，并不令人应接不暇。山阴，就是今日的绍兴。同样是写浙江的落日，徐蔚南的这一段怎么能跟晚明王思任写夕照的美文《小洋》相比呢？王思任的色感丰富而有层次，光是红就有“胭脂初从火出”“腥红云”“赤玛瑙”“出炉银红”等层次，徐蔚南的红只有“血色”；王思任的山呈现“鹦绿、鸦背青、老瓜皮色”三种独特的色调，徐蔚南的山只是“青山”。在同一文中，徐蔚南笔下的云，论形论色，都不可观；后面接着的“知性句”也没有什么高见：

白云确有使人欣赏的价值，一团一团地如棉花，一卷一卷地如波涛，连山一般地拥在那儿，野兽一般地站在这里：万千状态，无奇不有。这一幅最神秘最美丽最复杂的画片，只有睁开我们的心灵的眼睛来，才能看见其间的意义和幽妙。

山阴的云在徐氏笔下如此，庐山的云在丰子恺的笔下也不太动人。丰子恺游庐山十天，写了一篇《庐山面目》，重点仍在他散文中常见的淡淡抒情和娓娓叙事，但对名山之美却很少着笔，偶尔写景，也少感性。山上十日，他的兴趣却在人物，四分之一的篇幅用来叙述一位绰号济公活佛的游客。“我只记得他（济公活佛）说有一次独自走到一个古塔的顶上，那里面跳出一只黄鼠狼来，他打湖州白说：‘渠被俉吓了一吓，俉也被渠吓了一吓！’我觉得这简直是诗，不过没有押韵。”像这样充满情趣的叙事，是游记中最动人的片段。但是遇到写景的时候，丰子恺却显得有点敷衍，只用成语来充想象：“山光照槛，云树满窗，尘嚣绝迹，凉生枕簟，倒是真正的避暑。”庐山的云无端而来，忽然而去，最是奇观，但到了丰氏笔下，却有点令人失望：

凭窗远眺，但见近处古木参天，绿荫蔽日；远处岗峦起伏，白云出没。有时一带树林忽然不见，变成了一片云海；有时一片一片白云忽然消散，变成了许多楼台。正在凝望之间，一朵白云冉冉而来，钻进我们的房间里。倘是幽人雅士，一定大开窗户，欢迎它进来共住；但我犹未免为俗人，连忙关窗谢客。

（丰子恺：《庐山面目》）

同样的云，一到了清朝散文家恽敬的笔端，便神态飞扬起来：

云过，道旁草木罗罗然，而涧声清越相和答……石势秀伟不可状，其高峰皆浮天际，而云忽起足下，渐浮渐满，峰尽没。闻云中歌声，华婉动心，近在隔涧，不知为谁者。

云散，则一石皆有一云缭之。忽峰顶有云飞下数百丈，如有人乘之行，散为千百，渐消至无一缕，盖须臾之间已如是。径天池口，至天池寺。寺有石池，水不竭。东出为聚仙亭、文殊岩。岩上俯视，石峰苍碧，自下矗立，云拥之，忽拥起至岩上，尽天地为绡纨色，五尺之外，无他物可见，已尽卷去，日融融然……东至佛手岩，行沉云中，大风自后推排，云气吹为雨，洒衣袂。

（恽敬：《游庐山后记》）

郁达夫在民初的作家里，是擅写古典诗的高手，照理写起游记来，应该长于写景，在《山水及自然景物的欣赏》一文中，他畅论大自然对人性的提升之功，认为欣赏艺术有待修养，但大自然之美人人都会领略。他说："大抵山水佳处，总是自然景物的美点发挥得最完美、最深刻的地方；孔夫子到了川上，就觉悟到了他的栖栖一代，猎官求仕之非；太史公游览了名山大川，然后才死心塌地，去发愤而著书，从知我们平时所感受不到的自然的威力，到了山高水长的风景聚处，就同电光石火一样，闪耀到我们的性灵上来……所以要想欣赏自然的人，我想第一着还是先上山水优秀的地方训练耳目，最为适当。"在同一文中，他甚至认为"中国贪官污吏的辈出，以及一切政治施设都弄不好的原因，一大半也许是在于为政者的昧了良心，忽略了自然之所致"。

郁达夫的这一番话我们未必同意，例如太史公发愤著书，是因为受刑之辱，而不是游够了名山大川。司马迁准备做史官，当然要了解地理，考察史迹，所以著书的动机是因，旅游是果，到了后来，旅游的印象又助长了他的文气。至于“发愤”著书，则是政治上挫折肉体上受创的关系。而把政治的弊病归因于权贵的远违自然，更是可爱然而天真的说法。尽管如此，郁达夫十分着重自然之美对性灵的诱导，是显然的。他的散文里有不少写景之作，更有游记多篇；其中《钓台的春昼》长五千余字，写景、抒情、议论三者并胜，文中虽然屡见冗句败笔，但前段夜游桐君山道观，后段昼游钓台，均有佳妙，一结颇有余音。但另一篇《仙霞纪险》就差得多，不但冗句常见，而且写景平庸，所经所历也称不上题目所标的“险”字：

转一个弯，变一番景色，上一条岭，辟一个天地，上上下下，去去回回，我们在仙霞山中，龙溪岸上，自北去南，汽车足足走了有一个多钟头的山路。山的高，水的深，与夫弯的多，路的险，不折不扣地说将出来，比杭州的九溪十八涧，起码总要超过三百多倍。要看山水的曲折，要试车路的崎岖，要将性命和运命去拼拼，想尝一尝生死关头、千钧一发的冒险意味的人，仙霞岭不可不到……

（郁达夫《仙霞纪险》）

这实在是平面的写法：排比的句法并没有提供什么生动的形象和突兀的音调，把当时的感性传给我们。那么多险弯，为什么不举一个实例来看看呢？再引徐霞客登仙霞岭的一段以资比较：

冒雨为龙洞游，同导僧砍木通道，攀乱碛而上。雾滃棘铦，芾石笼崖，狞恶如奇鬼。穿簇透峡，窈窕者益之诡而藏其险，屹屼者益之险而敛其高……洞既束肩，石复当胸，无可攀践，逾之甚艰。再入，两壁愈夹，肩不能容，侧身而进，又有石片如前，阻其隘口，高更倍之。余不能登，导僧援之。既登。僧复不能下，脱衣宛转，久之乃下。余犹侧伫石上，亦脱衣奋力，僧从石下掖之，遂得入……挑灯遍瞩而出。石隘处，上逼下碍。入时自上悬身而坠，其势犹顺。出则自下侧身以透，胸与背既贴切于两壁，而膝复不能屈伸，石质刺肤，前后莫可悬接。每度一人，急之愈固，几恐其与石为一也。既出，欢若更生。

（徐霞客：《闽游日记后》）

比起徐霞客来，大半的游记作者都只能算是公子游春而已。这一段比起郁达夫来，无论在经验或文字上，都胜出许多，显得民初的作家行文草率，感性贫弱，逊于古人[①]。我们应该记得，徐霞客的日记是每天在跋涉之余才执笔的，既限于体力，又迫于时间，更不是在什么窗明几净的书斋。其毅力与天才，令人钦佩。民初的游记，写景的感性不如古人，叙事的条理也似乎较逊。俞平伯写了好几篇游记，其中《西湖的六月十八夜》长达三千多字，也曾收入一些散文选里。此文前面的三分之一，解释杭州人何以要在那一夜挤去西湖，条清理畅，娓娓可诵。不幸后文一入俞平伯游湖的亲身叙事，文章便散漫而零碎，游程既乱，游伴也似乎出没无常，中间还夹上英文代名的什么H君啦，Y小姐啦，L小姐啦，令人读来吃力而乏味。最奇怪的是，到了文末又出现了一位L君，也不知道是不是前面那位L小姐变的。但是同一题材的游记，例如袁宏道的《晚游六桥待月记》和张岱的《西湖七月半》，叙事的条理就清楚多了。袁宏道的游记，于季节为春，于一日为朝夕，时间交代得十分清楚。张岱的

① 郁达夫的文字颇多瑕疵。《钓台的春昼》里有这样的劣句："尤其要使旅客感到萧条的，却是桐君山脚下的那一队花船的失去了踪影。"郁氏原意该是："桐君山脚下的那一队花船失去了踪影，尤其使旅客感到萧条。"同文中还有这种词意犯重的句子："船到桐庐，已经是灯火微明的黄昏时候了，不得已就只得在码头近边的一家旅馆高楼上借了一宵宿。"又一例为"倘使我若能在这样的地方结屋读书，以养天年，那还要什么的高官厚禄……"在《仙霞纪险》一文中，又有这样累赘拙笨的句子："搜寻了好几处，才找到了一所基干队驻扎在那里的处所。"另有一段文字更加冗赘："重回到小竿岭的那个隘口的时候，几刻钟前曾经盘问我们过，幸亏有了陈万里先生的那个徽章证明，才安然放我们过去的，那个捧大刀的守卫兵，却笑着对我们说：'你们就回去了么？'回来一过此口，已经入了安全地带，我们的胆子也大起来了……打算爬上山去，亲眼去看一看那座也可以说是一夫当关，万夫莫开，宋史浩方把石路铺起来的仙霞关口。"毛病十分刺眼："守卫兵"前面堆砌了四十二字的形容词；"仙霞关口"前面则堆了二十六字。这种种毛病，在早期新文学名家笔下，多不胜数。

一篇，先把游客分成五类，逐一刻画，再依时间顺序描写俗人如何已出西归，挤成一团，雅人又如何从容欣赏月色：人物、景色、时间、地点，无不明确。

> 秦淮河里的船，比北京万生园、颐和园的船好，比西湖的船好，比扬子瘦西湖的船也好。这几处的船不是觉着笨，就是觉着简陋、局促；都不能引起乘客们的情韵，如秦淮河的船一样。①
>
> （朱自清《桨声灯影里的秦淮河》）

这是朱自清长篇游记接近开头的一段，叙事就不够精彩，欠缺波澜。“甲比乙、丙好，比丁好，比戊也好”；这是平铺直叙的流水账，句法太随便了。“都不能引起乘客们的情韵，如秦淮河的船一样”；这种西化句法把弱句放在强句之后，不但气疲，而且还易引起误会。“如秦淮河的船一样”是指“不能引起乘客们的情韵”呢，还是“能引起乘客们的情韵”呢？如果改成“都不能像秦淮河的船这样引起乘客的情韵”，就明白得多。

> 白门游，多在水。矶之可游者，曰燕子，然而远；湖

---

① 朱自清此文毛病亦多，文首就有这么一个累赘句：“于是桨声汩——汩——，我们开始领略那晃荡着蔷薇色的历史的秦淮河的滋味了。”我有长文《论朱自清的散文》，收在拙著《青青边愁》里，可以参阅。

之可游者，曰莫愁，曰玄武，然而城外；河之可游者，曰秦淮，然而朝夕至；惟潭之可游者，曰乌龙，在城内，举舁即造，士女非实有事于其地者不至，故三患免焉。

（谭元春《初游乌龙潭记》）

白门，就是今之南京，所以谭元春的游记和朱自清的，是同一题材；可是谭文的叙事，句法紧凑，条理分明，远胜朱文。谭文也有多项比较，但在分析之中富于变化，起伏开合，大有可观。谭文的结构呈辐射状，比朱文的直串多姿：他先提圆心的毂（水），然后举半径的辐（矶、湖、河、潭），然后就地点之远近分析圆周上各点（燕子矶、莫愁湖、玄武湖、秦淮河、乌龙潭）的优劣，一气呵成，文势畅捷之中有顿挫。

还有一类民初的游记，文字倒也稳妥平实，只因所游名胜历来题咏已多，于是连篇累牍大引前人诗文，务使一景一物皆得印证；其结果是整篇游记晃动着古人的影子，好像不是自己在登山览水。试看明清的好游记，有多少是这么东引西录的呢？像钟敬文的《太湖游记》和周瘦鹃的《新西湖》，都有这个毛病。

新文学运动以来，不但废止了文言，改用白话来创作，连古典文学也受到冷落，甚至受到否定，不是说文字已经僵化，就是说内容封建有毒。一般新作者贸贸然抛弃了古典的传统，却又无力吸收并消化外国文学的精华，往往就在前无古人旁无西人的真空地带，只凭几本不太可靠不太可读的译文，和时人所谓的名家之作，来充取法的典范；才高思敏的少数，或许可望青出于蓝，但是一般起步的作者，恐怕就会终身陷在其中。要写好散文，只读二三十年代的所谓范文名篇，绝对不够。坊间的散文选所收的作品，水平不齐，大致而言，平庸之作颇多，甚至也有中下之品，而佳作之中多为瑜不掩瑕，要求条理明畅，文采动人，气势磅礴或韵味深永如古典大家的杰作，十不得一。还有一些类书选集，草草辑成，竟然声称可供青年写景、叙事、抒情等效法，真是幼稚。

新文学的散文真能胜过古文吗？在议论文、杂文，和人情世故生活趣味的小品文上，也许接近古人；但在写景叙事的感性上，还罕见能追古典文学的水平。至少民初的散文家不能在这方面跟唐宋大家甚至明清的名家较量；至少以感性为重的游记，到民初是退步了。现代人在自然科学上是进步了，但对于大自然本身，亦即古人所谓的造化，却日渐疏远了。像徐霞客、潘耒那样饕山餮水餐烟宿霞的癖好，已经不可能求之于今人。而在另一方面，新文学的散文家，尤其是民初的一些，口头鄙古却又摆不脱古人的影响，奢言师西却又得不到西方的真谛，加以下笔轻易，既不推敲文字，又不经营结构，要求他们在感性艺术上有所建树，也是奢望了吧。

——一九八二年八月

巴黎看画记

——古典的黄昏

以前只是在印象主义的画里见过法国，幻而似真；等到亲眼见了法国，却疑身在印象派的画里，真而似幻。在法国的七天半里，就算不进美术馆，举目所见，也无非印象派或巴黎派的画境。一世纪后，巴黎的天空，塞纳河上的波光、云影、树色，仍像莫奈笔下的情韵。寂寞长巷，行人寥落，只有清瘦的路灯，守着远方的排窗与屋顶，烟囱上密密地亮起通风管，守着阴阴的天色：不正是尤特里罗（Maurice Utrillo）所习见的街景？巴黎的女人不再戴帽，撑伞，曳袅袅的长裙，但秀逸和姣好的一些，如果你留心赏看，仍然可以上雷诺阿的画面。

拿破仑时代雄视欧洲的法兰西，那赫赫的声威与光彩，如今早已不在。允达开了他那辆标致（Peugeot）名车载我和吴鲁芹、徐东滨到西南郊外的凡尔赛宫，去凭吊路易十四的高雅与奢华。正是雨后乍晴，低湿的灰云开处，无限好的夕晖嘣地燃亮了那千门万户，和一排排石柱撑住的灿金艳黄。暮寒里，我忽然感到衣薄，想起了“西风残照，汉家陵阙”。已经九月底了，法国的枫树和野栗树仍然是一片葱绿，雨后的沙地上，落满了一粒粒饱圆光润的野栗子。我和东滨拣了一粒藏在袋里，算是纪念一个古典的黄昏。

法兰西不再是一等强国，但今日之巴黎仍然是西方艺术之都，古典的芬芳，浪漫的情韵，自由闲散的生活节奏，仍然吸引着世界上无数爱美的心灵。纽约当然比巴黎高，比巴黎新，也比巴黎阔气，港口的自由神像比塞纳河上的那座大二十倍，但哈德孙河畔哪有塞纳河畔的风流和记忆？十九世纪的纽约哪有同时的巴黎那么人才荟萃，群彦汪洋？纽约也可以建铁塔，盖教堂和美术馆，但总不好意思造一座皇宫吧。历史，是花钱买不到的。巴黎本身就是一座露天的博物馆，一册开卷的史书，圣母院正是扉页。难怪缺德的王尔德要说：“好心的美国人死了，就去巴黎。”

高卢人真是艺术的民族，什么都讲究色彩雅丽，印象主义大灿于法国，不是偶然的。巴黎街头的警察，雪白的高帽，浅蓝的制服，鲜丽可以入画。花市的众芳，饼店橱窗里的各式糕点，露天咖啡座的红幕白椅，莫不缤纷之中带着雅致，无论是姹紫嫣红，粉白嫩青，淡描浓敷总令人游目赏心，大餍视觉。地上如此，地下也不含糊。巴黎的地铁，座位一律朝前，舒适整洁，胜过伦敦。车尾过处，蓝身黑带，红灯艳亮。车站照明充足，别有洞天，有些站上更供着一龛龛的雕像，而隧道高高的砖砌洞顶，漆成了油润润的满天鲜柠檬黄，令我想起梵高和高更。相比之下，纽约的地下铁更显得阴森而荒凉。

法国东部的田园，景色十分秀雅。从巴黎乘火车南下，两百多公里一望尽是平原，巨幅的田畴之外是茂密青黛的森林，即使有缓缓而斜的山丘，草坡上也总是散牧着牛群，或黑或黄，或白底而有花斑，最醒目的是乳白的牛群反衬在鲜绿的草野，虽然听不见牧笛，却仿佛在掀柯罗（Camille Corot）的画册，一页又一页。时或驶过三两个村镇，乡道边一排排的小屋，或整齐，或错落，但多是白墙红顶，掩映在白杨或枫树的背后，更后面耸起教堂的塔尖纤瘦，指着云影变幻的远天。这景色，毕沙罗永远画不厌，我靠在窗台上也永远看之不倦。又或驶过水边的河镇，粼粼的波光里泊着长长的平底货船，翔着水鸟，若被西斯莱看到，一定也不会放过。

印象主义在西方的画坛已成历史，但其光华耀目的艺术长存后世，安慰我们的视觉神经，治疗我们对上一世纪的渺茫的乡愁，不但记录了一百年前法国中产阶级的悠闲生活和巴黎的繁华世界，也像吕洞宾的点金仙指一样，教我们如何睁开眼来，饱饫户外的光影和色彩。无论未来的画派画风如何变化，那些作品的空气和阳光已经不朽，像陈年的白兰地一样，久而愈香。我可以这么说：自从有了莫奈，所有的风景都变了，风景其实没变，是我们的眼睛变了。莫奈在我们的眼球玻璃体上施了一点什么小手术，以后，我们就把阳光，把流泻的黄金当酒喝了。

我到巴黎的那天，天色薄阴，地平线上凝着永远拧不干的灰绿水云，偶尔日光一绽，也只像守财奴的金库，方启便关。画家陈英德放下工作，带我去罗浮宫的印象主义美术馆（Musee de Jeu de Paume）去晒莫奈的艳阳。

印象馆

印象馆的原名叫作“网球场美术馆”，因为原址在一百二十年前是拿破仑三世为其太子所建的旧式网球场。从一九〇九年起，此地便用来展览近代的绘画。二次大战期间，纳粹把在法国掠劫的名画贮藏在此，然后运去德国，战败之后，才又运回本馆。

今日的印象馆内，收藏了五十位画家的作品，总数为五百二十九件，当然是印象派艺术最大的宝藏。这些作品大半是画家本人、画家的后人或画家的朋友历来所捐赠；例如在梵高临死前照顾过他的嘉舍医生（Dr. Paul Gachet），也是塞尚和基约曼的好友，他所捐赠的名画便独悬一室，谓之“加谢室”，以为纪念。有趣的是，这位嗜画如狂，自己也有点神经质的医生，也是一位画家，他用梵·里赛尔化名签字的两幅作品也排在馆内。其实五十位画家之中，有的只是印象主义的先驱，例如德拉克洛瓦、柯罗、布丹；有的是超越前人另辟天地的后进，例如梵高、高更、塞尚；也有画风和印象派潮流无涉的并世名家，例如方丹·拉图尔（Henri Fantin Latour）。同时，由于捐赠人特定的条件，莫奈和雷诺阿等的二十二幅作品却必须挂在罗浮宫中，陪着那些影深光敛的远古名画。所以印象馆的收藏也未尽完备。

在几位大师之中，收藏得最富有的，是莫奈，共得七十三件。其次是雷诺阿（五十七件）和德加（四十八件）。其他依次是毕沙罗（四十一件），西斯莱（三十六件），塞尚（三十一件），马奈（三十一件），高更（二十二件），梵高（二十一件），罗特列克（十六件），基约曼（十五件），修拉（十件）。

德加

我们从楼下的德加室看起。以前在印象派画家之中，我并不特别喜欢德加，但看了这次展出的这些画和一并陈列的雕塑品之后，却大为改观。他真是一位人像画的大师，偶然也画风景，但不出色。他的女人，或跳舞，或烫衣，或沐浴，或打哈欠，美在动作本身，不像雷诺阿那些静态的女人，美在姿色。雷诺阿笔下那些容貌姣好的女人，当然也是美极了的，但是他晚年画之不厌的那些红艳艳胖墩墩的妇人，有色无形，太熟腻了，我并不喜欢。反之，德加的晚作却似乎益入佳境，不但姿态自然，造型别出匠心，而且色调成熟，笔触敏感，绝不浪费颜料。据说德加在五十六岁（一八九〇）以后，即已视力衰退，但是一八九二年那幅《缸中沐浴的女人》线条仍然那么得心应手，准确而有力，真是难能可贵。除了女人之外，他也善画马和骑师，晚年所塑马像，神态莫不生动。另有所塑一座舞女，仰面闭目，十分入神，已经是一件杰作，而舞裙翩然，就用真的白纱折成，真是匪夷所思。难怪英德说，大艺术家有才，自然有胆。

我和英德细细审视德加那幅有名的《台上的舞女》，觉得无论在色彩、光影、构图各方面，都技巧圆熟，无懈可击。这一幅精巧的粉笔画，是他四十四岁时的杰作，背景是芭蕾舞台缤纷绚艳的布景，只见两三舞裙掩映其间。前景则用灰褐的地板衬托出一位手舞足蹈浑然忘我的舞女，正乘着音乐的旋律，迎着台前脚灯如潮的光芒，纱裙盛开，鸟一般地向观众翔来。这只是芭蕾舞中瞬间的一景，即现即逝的，却被德加手到擒来，成为永恒的欢欣。那少女扬臂如翼，右脚向前，左脚隐在身后，更见飞舞的迅速轻灵。颈间所系的缎带，飘起的方向不是朝身后，而是朝右边，可见她是回旋而来。少女的姿态简直是光之颂歌，尽绽的白纱迎光飘动如云，又如一蓬精致的白焰，把她原已年轻腻嫩的肌肤照得分外晶莹，尤以迎光最近的右腿为然，那光影的层次，真正是神乎其艺。她的脸仰起，所以大半藏在柔影里，而下颌和颈项便全浴在光中。唇下颌上，隐然一抹淡影，可以想见她有一个俏皮的下巴，微微翘起，真惹人遐思。这种细节都照顾到了，德加的艺术确不含糊。我们发现他的画张张达到高境，罕见败笔。

马奈

马奈在馆中的画只有三十一幅，不过重要的大半在这里了。马奈有“第一位现代画家”之称，可是在画派上却难以归类。有人把他和库尔贝一同纳入写实派，可是他的人像画以中产社会为主，不像库尔贝那么侧重劳动阶层；此外，库尔贝强调主题，马奈则强调艺术本身。库尔贝的画面仍然是暗沉沉的，马奈的却把观众带向一个阳光充足线条流动的世界。又有人把马奈纳入印象派，其实马奈之所以貌若印象派的帮主，是因为他在“反派”画家里年纪最大（长于塞尚、莫奈、雷诺阿各为七、八、九岁），吃学院派评判诸公的苦头最早，受巴黎愚民的凌辱最剧，直到死时犹不得志，所以隐然有新派画“先烈”的形象。其实他文质彬彬，为人风雅，并不想和那批造反画家搅在一起，也无意和他们联合展画。同时，他的画风比起印象派正宗的画家如莫奈和雷诺阿的来，显得有点滞而不流，僵而不化。他把法国的现代画带到成熟点之前；要熟极而燃至于灿燃大盛，还得等莫奈出现。

马奈早期的作品，如一八六〇年的《我的父母》，结构严谨，色调妥帖，但那一层层深褐浓棕的阴影，仍然笼在古典院画的传统里。一八五三年的两幅力作：《草地上的午餐》和《奥林匹亚》，既见拒于评判，又被斥于大众，直有石破天惊之势，也使马奈终身潦倒，饱受误解。其实马奈在构图上也非前无古人，因为《草地上的午餐》的布局近于乔尔乔内（Giorgione）的《田园雅乐》（*Pastoral Concert*），而《奥林匹亚》的裸卧之姿也令人想起提香和戈雅。不过这两幅画太有名了，在看过千百张复制品之后，如今忽然仰立在原作的面前，伸手就可触及，还是令人神经振奋的。果然比一切复制品博大而又精妙，色彩尤其层次分明，耐人久看，特别是《奥林匹亚》那一幅。在许多复制品中，奥林匹亚的黑女奴几乎五官难辨，那只黑猫也几乎隐身于阴影之中。面对原作，一切都看懂了，却觉得裸女的颈子太粗，英德也认为她的右手不太自然。

我比较喜欢马奈晚期的作品。一八七八年的《露胸的金发女人》和一八八二年的《伊儿玛·布玲娜画像》都生动而流畅，不同于早年的拘束。一八六八年的《左拉像》和《阳台》，虽然被官方的沙龙接受，我却认为不是他的杰作。一八六九年的那幅《月光照在布罗短港上》，有一种阴郁荒诞之美，画得十分大胆，近于北欧表现主义的风格，在马奈画中，是例外之作。

毕沙罗

毕沙罗在正宗的印象派画家里，地位十分特殊。他最年长，最忠于印象主义的原则，而且有始有终，参加了每一次印象派的画展。他性情温厚，对年轻的画家总是慷慨相助，鼓励有加。毕沙罗善写风景，早年很受柯罗的启示。他笔下的风景，多在法国北部，尤其是巴黎近郊的蓬图瓦兹和艾哈尼。他的画面多为村口路头，三二人家，掩映树后，极富抒情的田园韵味，望之真令人生终老林泉之念。中国古典画常称风景为山水，可是毕沙罗的风景画里无山，因为法国北部一望平原，也无水，因为毕沙罗不爱画水，虽然蓬图瓦兹就在河边。莫奈画中那种水光粼粼倒影欲动的灵逸之趣，在毕翁图里绝少出现，真是名副其实的 landscape 了。

毕沙罗在画家之中不属于思考的一型。有些画风或画技，本来由他领头，却被后辈举一反三超过了，倒过来领着他走。当初是他把塞尚带去蓬图瓦兹，教以户外写生，并用鲜明的色调。但是后来，这位南部来的乡下人却暗暗启示他怎样用大刀阔斧的几何化、秩序化来经营风景的体积感。到了后期，他又在修拉的影响下试验过点画派的技巧。博采各家之长，是毕沙罗的优点，但也说明他不是独树一帜的大师。他是多产的画家，一八七〇年普法之战，他和莫奈逃去英国，但是留在巴黎近郊鲁弗申宅中的作品，被普军毁了二百多幅，一说甚至多达一千五百幅，真是可惊！毕沙罗晚年画了许多巴黎街景，其画面，上则屋顶的烟囱密集，下则满街的行人和马车，气氛繁华而温暖。可惜这样的街景，印象馆中只有一幅，叫作《塞纳河与罗浮宫》，其他的多已散布在欧美的美术馆里。

其他的画家也有这个现象。例如修拉，馆中只有他的十幅作品，其中的两幅只是那张巨画《大碗岛上的星期天下午》的局部草稿，原作呢，却挂在芝加哥的艺术馆里。罗特列克的代表作《红磨坊》也挂在那里。我最喜欢的两幅雷诺阿作品：《歌剧院包厢》和《拉柯小姐》，一幅在伦敦，一幅却在克利夫兰。这，便是研究绘画的一大难题。一般人只能看看翻印的画册，但是那样的复制品色调和层次与原作往往大有出入，只能比作文学作品的翻译。要瞻仰原画，非遍访各国的美术馆不可，真是费时、费事、又费钱！但是认真地观赏一张名画不是匆匆一瞥，“某某到此一游”就算数的，何况更有一些名画，只是私人所藏，并不公开展示。相比之下，研究一位诗人，只消购齐他的全集，另备几部注释评论之书，坐在家中用功便可。

西斯莱

和毕沙罗同一等级而稍次于他的，尚有西斯莱和基约曼，两人的画在馆中都收藏颇多。两人都是抒情韵味很浓的正宗印象派画家，也都以风景见称，但是命运却大不相同。基约曼原来是个小职员，只能在星期天作画，却在五十岁那年中了彩票，从此自由自在，可以到他神往已久的地中海岸或荷兰去写生，死时享年八十六岁。西斯莱是英国人，终身住在法国，却始终入不了法籍。他在年轻时家境很富裕，但自父亲死后便陷入困境，甚至到了晚年（所谓九十年代），眼看着印象派的其他画家都名成利就，他还与饥寒挣扎，作品仍然受人冷落。他死时六十岁，默默无闻；死后不到三个月，却被世人赏识，忽然大红起来。今日悬在印象馆中的名作《马尔港的洪水》，是西斯莱三十七岁的力作，搁在他的画室里二十四年都卖不掉，他死后一年却以当时破纪录的四万三千法郎高价售出，得益的是他的后人和画商。

西斯莱是一位纯风景画家，取景以所谓的“法兰西岛”（Ile de France）为主要地区。“法兰西岛”当然不是一个岛，而是一个水光潋滟的盆地，古时是一省之名，以巴黎为中心，包括塞纳－马恩省（Seine-et-Marne），塞纳－马恩省与瓦兹（Oise），瓦兹和恩（Aisne）四州，地当塞纳河、瓦兹河、马恩河交汇之处，水流曲折，又多森林，景色之秀雅迷人，可以说“令无数画家尽折腰”。“法兰西岛”的许多胜境，都被印象派的画家画出了名；莫雷尤其是西斯莱晚年潜居作画的地方。

西斯莱受莫奈的影响，爱画风轻波微、叶闪阳光的风景。他笔下的河景和雪景，纯净清幽，灵动如生，只有莫奈同类的风景画可以相比，但是他的物象始终保持适当的实感，不像莫奈画中的那样溺于色彩，至于形解而体化的程度。后来在艺术史上出现了肇始于塞尚的立体主义，就是要克制莫奈这种“形泯于色”的泛滥。西斯莱最重要的作品，大致都藏在印象馆了。那天下午我在那三十六张风景前面，目醉神游，对他的认识加深了不少。他的风景画没有一张不动人，我尤其喜欢他的《雾》和《鲁弗申的雪》。这种清极静极而又带点迷失之哀愁的画境，总令我如聆德彪西那种冷冷淙淙的琴声。印象派的作品是画中最接近诗的东西，那诗，当然是抒情诗，歌颂的是户外流动的空气，因为它赋万物以呼吸，而赞叹的是空中流泻的阳光，因为它赋万物以表情。印象派的抒情诗捕捉的是稍纵即逝的光景，那艺术虽然永恒，那一眨眼的印象却是短暂的，因此在绚丽感人的美后面，有一种不安和失落之感。

莫奈

印象派中第一号捕光手，当然是莫奈。我和英德一走进莫奈室，就觉得是到了印象主义的殿堂，光之心脏。无可置疑，印象主义在他的手里成熟，也在他手里达到其必然的结论，近乎熟极欲烂的地步。

“太阳即神”，印象派在法国画坛的革命，是把画架从户内的阴影里带到户外的阳光里来，同时把世界从绝缘的空间带进流动的时间。印象派要画的不是空间，而是时间：时间改变了光，光改变了世界。印象派的画最近乎音乐，也近乎诗，因为它追求时间。这一点，和十九世纪中叶以前的古典主义大不相同，和典型的中国古典画也很不一样。中国的山水画里对时间的处理，是有季节而无晨昏，因为那里面没有阳光，也无阴影。自玄学的观点看来，中国的画家追求的是永恒，不是时间。中国的诗人对阳光很是敏感，尤其是对夕阳。谢灵运的诗句：“云日相晖映，空水共澄鲜”，到了莫奈的笔下，一定水天争艳，大有可观，但是中国古典山水画家却无能为力。又如谢灵运另外的两句：“石浅水潺湲，日落山照曜”，要是请中国画家来画，前一句一定发挥尽致，后一句呢，就束手无策。日本汉学家小川环树解释六朝诗中“风景”一词，说相当于英文的 light and atmosphere，简直就是法国印象派所表现的光和空气了。这一点，中国的山水诗和山水画颇见分歧，值得专家析而研之。

莫奈背着画架，到户外去写生，就是要捕捉稍纵即逝、瞬息万变的光，和光在物体上造成的效果。早年他受库尔贝和马奈的影响，画面凝重而清晰；一八六五年他也作了一幅《草地上的午餐》，有马奈笔法。但是从他二十七岁那年（一八六七年）起，他的调色板明艳了起来，画面的光在闪烁，空气在流动，色彩和形象的组合给人一种生生不息变易不居的节奏感。一八七二年到一八七八年六年间，莫奈定居在巴黎北郊的阿让特伊（Argenteuil），小镇正当塞纳河转弯之处，中世纪爱情悲剧里的艳尼哀绿绮思（Heloise）曾经在此修炼。这便是印象派的成熟时期，印象派餍人眼目的繁华灿烂，一半是阿让特伊的河上风光。

莫奈也画人像，但多为侧面、背面，或者五官朦胧，或者纳入风景，泯于自然，不能算是当行本色的人像画家。例如，一八八七年那幅《吉维尼之扁舟》，把船画在图之上方，下临无地，只是白衣隐约的倒影，无论构图或气氛，都很独创；但是船上三个少女（据说是莫奈第二夫人带过来的女儿）的容颜，在宽边帽的阴影下莫不半俯半侧，令人无法细审。至于一八八六年那两幅《撑阳伞的女人》（以莫奈夫人前夫之女苏珊入画），脸庞笼在伞影之中，索性不画五官了。再看一八七三年那幅《野罂粟田》，前景是一位白帽紫衣手撑蓝色阳伞的妇人，带着一个白衣的小孩，而在满田罂粟尽头的坡顶，更隐约其形的，是另一对相似的母子。前景的妇人也是把脸掩在影里，不见眉目，但是从她紫衣轻曳蓝伞斜握的姿势看来，不知有多婀娜动人。

天经地义，莫奈是一位风景大师。我不能称他山水大师，因为他的画里有水无山——一八九五年所作《挪威克萨斯山》，笔简意远，以粗线勾勒，颇有中国山水味道，乃一例外。莫奈笔下的海景、烟景、雪景也各有胜境。《美丽屿岸边的风雨》和《美丽屿之乱岩》等作，颇有惊涛裂岸之势。《伦敦国会》等作，烟笼寒水，一片深褐色的萧瑟之气，显然取法于英国的透纳。至于雪景，则多取材于鲁弗申和维德依两地，可与西斯莱比美。《圣拉萨火车站》烟气弥漫，或可归于我所谓的“烟景”。我在巴黎的里昂车站乘车，虽然电气化的火车不再吞烟吐雾，但高高的玻璃屋顶仍似一百年前，就令我不禁想起此图。

不过莫奈的典型作品，却是那些春和景明、云蒸树蔚的温暖风情，这其间，尤多清水微波、倒影欲流的幻境来相彰，更为大块之美添上灵活的妩媚。那倒影，有桥，有树，有船，有帆，有远空的云，真令人顾而生怜。莫奈实在是画水的大师，常把水平线（地平线也一样）提得很高，有时超过画面之半，为了给水更多的活动空间。中国的山水画，干脆不画水中的倒影，省却许多麻烦，是聪明之举，也失去了一整个虚幻恍惚的世界。

在印象派画家之中，莫奈不但最有才力，而且也最长寿，到了晚年，欲穷自然之变，乃致力于气象万千之组画。他常画同一物体在不同的时辰、不同的光线之下呈现的各殊色调，以证明大自然之中没有绝对的色彩，只有光，并据以指出：既然万物都不断在变形，画家之能事在于掌握某一特殊之时刻，赋予物体最突出之形象。就在这样的探索之下，莫奈完成了《干草堆》《白杨树》《鲁昂大教堂》《睡莲》等一题数写之组画，把他的绘画观念发挥得淋漓尽致，也把印象主义的功用推到了极限。所以批评家说：印象主义在莫奈手里成熟，也在他手里给毁掉。

那天下午在巴黎的印象馆里，我欣然看到《鲁昂大教堂》四幅组画排在一起，依次是《晨之草稿：白色的和谐》《晨曦：蓝色的和谐》《阴天》《褐色的和谐》，创作的时间均为一八九四年。这些作品强调的不是物体本身，而是某一时刻光施于物体的瞬间印象，那种单纯而鲜活的美，是古典主义所梦想不到的。由于这一组画都是在仰望中取景，上端的天空留得很小，更予人一种既苍茫又磅礴的嵯峨之感。

《鲁昂大教堂》组画，一共画了二十幅，为期两年，但是四十八幅的《睡莲》，却是他晚年用功的主题，从五十九岁到八十六岁逝世，一共画了二十七年。这些巨画大如墙壁，往往需要独占一室，也真值得单独供奉，全神观赏。纽约的现代艺术馆就为莫奈的《睡莲》专辟一室，我一走进去，就投入了水气袭人的清凉世界，映得我一脸的姹紫嫣红，漾青浮绿，也分不清什么是花什么是叶，什么是紫藤袅袅，什么是池水沁沁，只见翠碧不断，四面墙连成了一幅画，把我围在室中，不，池中，我的眼神四面飞回成一只蜻蜓。印象主义到此已经把物体肢解成缤纷的五光十色，脱离现实，濒于抽象了。其实这样的艺术，虽然也标了一个主题，心机却在形式的探讨，毋宁更近于音乐。莫奈晚年定居在吉维尼，自己设计，筑了一个莲池（即法文画题所称 Le basin aux nymph é as，多美的名字），并引溪水注入，然后临池写生。那些组画的副标题，像《鲁昂大教堂》一样，也是抽象的：在罗浮橘园艺术馆中的两幅，便叫作《绿之和谐》《玫瑰色之和谐》。

雷诺阿

印象馆中的藏画，以莫奈的最多，其次便推雷诺阿了。这是很自然的事，因为这两人正是印象派最重要的大师。不过两人的成就各有千秋，莫奈长于风景而不擅人像，雷诺阿长于人像而不擅风景，正好截长补短，相辅相成。印象馆所藏雷诺阿的五十七幅画中，只有九幅风景，四幅静物，其他全是人物。我不喜欢雷诺阿的风景，不喜欢其中过分的朦胧，也不喜欢那种松散的色调。雷诺阿在一八七七年完成的风景画《蔓草中的小径》，和莫奈一八七三年的那幅《野罂粟田》在构图上颇为相似，连图中行人的位置和关系都颇接近。相比之下，就觉得雷诺阿的一幅显得含糊而不集中，色调也欠鲜活，不如莫奈的一幅那么生动而富诗意。雷诺阿的风景也有好的，例如华盛顿国家画廊里所挂的那幅《霞渡弄舟人》，前景的丛草，背景的河岸，岸上的红顶楼房，中景如霞如虹的波纹和倒影，交织成一片鲜活而绚烂的风光。但是这幅名画之所以完美而生动，还有赖另外两个重要因素：那便是前景的四个人物，和横跨画面的艳亮的朱红色。四人之中，有一位男士、一位少妇半背着观众：那男子戴顶黄帽，双手插在袋里，状至潇洒；那少妇也戴一顶宽边黑帽，上缀红花，娇慵的纤手曳着白纱衬底的黑色长裙，简直像刚从莫泊桑的小说里走出来那样。没有这些人物，和波上俯身划船的那白衣人，画上的风景就显得寂寞无主了。雷诺阿最大的兴趣在人物，他很少像莫奈那样耽于无人的风景。此画作于一八七三年，正当画家三十二岁，但已可窥见端倪；果然到了晚年，他的精力全放在人像上面。至于那夺目的朱红色，在扁舟和少妇的外套上互相争艳，复用河上的舴艋小船遥遥呼应，更增假日游乐的愉悦气氛。雷诺阿深受德拉克洛瓦的启发，而德拉克洛瓦正是喜用红色的大师。雷诺阿的洋溢、温暖、圆融，和塞尚的矜敛、冷静、直拙，形成醒目的对照。——雷诺阿的基调往往是红色，塞尚则是蓝色。雷诺阿到了晚年，画面全给那些丰腴娇软的裸女烘成了熟而可餐的玫瑰色调。

雷诺阿的人像画，以女性为主，其中尤以肤色鲜丽、体貌丰满、散播青春气息的女人和娇美可爱的女孩为数最多，也最动人。在我看过的近百张原作和数百张复印之中，没有一张是瘦女人，也绝少老妇。我想雷诺阿和大多数的法国画家一样，认为年轻的美是要带三分胖的。他也画男人，但是为数很少，也不如女像那么自然、生动、洋溢着画者的关注与赞美——其中包括莫奈和瓦格纳的画像，并不特别精彩，只因是名人，我们加倍注意罢了。

雷诺阿画的女人和女孩，在我所见的写实画风里是最美的女性画像。除了波提切利（Sandro Botticelli）所画的《维纳斯的诞生》之外，我想不出还有谁的女性画像能像雷诺阿的那样赋青春之美以难忘的形象。不过波提切利画的是神，雷诺阿画的却是有血有肉的人。雷诺阿崇拜女性美，他的女像全是由衷的颂歌，赞叹的是芬芳的年华，美好的生命，赏心的乐事，悠闲的时光。他的女像都散发一种温暖而迷人的光辉，令观者注目之余，感到快乐与安慰。看他的画像正如听莫扎特的音乐，是一种纯粹的快乐。十六年前，我在美国长途开车，途经克利夫兰，天色将暮，久客无伴，心情十分孤苦，却在该城的美术馆中看到了雷诺阿的《拉柯小姐》（*Mademoiselle Romaine Lacaux*）。立刻，我被她迷住了。那灵慧灼灼的眼神，那纯真而专注的态度，和整个画面流转着的秀雅之气，和谐感、幸福感，在默默相对之中给了我无限的快慰。那是雷诺阿二十三岁时的作品，也是他最早的一幅传世之作。画中的少女为十二三岁，家在田园画派的所在地巴比松，是她的父母要青年画家为她写像的。现在，她当然已经死了，可是在画里看来，她再过几年就要变成一个大美人了。童真之美，艺术之起死回生，“一劳永乐”，令我深深感动。我从美术馆出来，重上征途，苦寂之感已一沐而净。

巴黎印象馆中悬供的雷诺阿作品，最有名的一幅是他三十五岁时画的《薄饼磨坊》（*Le Moulin de la Galette*）。画中的游乐场在蒙马特岗上，四周都是紫苜蓿田；每到星期天下午，巴黎的青年就到这里吃薄饼、喝酒、跳舞，画家们也来此寻找女孩子做模特儿。画中的年轻人，或三五坐谈，或双双拥舞，或戴帽，或露顶，或见其正面，或只现背影，或侧身，或回头，而树影扶疏，或洒在人身上，或落在地上，为原已虹彩撩眼的衣冠和衫裙布上一层明暗交错的花纹。青春的生命，浮漾在假日欢愉的气氛里，正是雷诺阿典型的主题。画家晚年回忆当日的情景说："那时的世界还没有忘记欢笑！机器还没有吞掉全部的人生：大家还有空闲去作乐，谁也不会为机器吃苦。"一八七七年此画展出时，家境富裕的画友卡勒波特（Gustave Caillebotte）为解雷诺阿的穷困，买了这幅作品，当时表示等他死后，雷诺阿可以从他购藏的画中，任取一幅。十四年后好友去世，雷诺阿听说有鉴赏家想出五万法郎买《薄饼磨坊》，便有意取回自藏。卡勒波特家人正要把丰富的藏画捐赠给卢森堡博物馆，不肯抽出这幅杰作。雷诺阿无奈改选了一幅德加的画。

印象馆中另一幅举世闻名的雷诺阿作品，是一八七六年的《秋千》。画的是树影交错的林中，两个戴帽的男子，意态悠闲地陪伴着一个金发白衣的美人；她斜荡在秋千架上，双手分握着长垂的秋千索，满脸慵懒，眼睛却怔怔向远处凝神。三个大人不该冷落树下的小女孩，害她委屈地交握着两只小手，仰望着他们的背影。像雷诺阿的一般群像一样，画里这女人仍然是引人注目的焦点，男人只是在造型和配角上发挥陪衬之功。雷诺阿的世界以女人、孩子、花为中心；孩子多为女性，花，则温香性感一如女体，所以女人又是中心的中心。你看那架上的女人，她的连衣裙上，从领到裙，缀着一排七朵蓝花，斜斜泻下，敲响了林荫的岑寂，简直有音乐感了。

另一幅画像虽不那么有名，却吸引我的注意。画中人的黛眉弯弯，又浓又长，双眼皮下的亮眸灼灼照人，右手的纤指轻轻支颔，明艳的容颜有一种南欧的秾丽——啊，原来是小说家都德的夫人，难怪。不远处是高雅雍容的《莎邦蒂耶夫人》，观赏之余，不禁怀念挂在纽约大都会美术馆的那幅更大的巨制《莎邦蒂耶夫人与二女》。从那华丽的巨制又想到挂在华盛顿的《霞渡弄舟人》《安瑞娥夫人》《船上午餐》，挂在波士顿的《布吉瓦之舞》，芝加哥的《露台上》，当然，还有克利夫兰的那幅《拉柯小姐》。巴黎的印象馆收藏的雷诺阿作品之多，号称世界第一，但是散布在别国美术馆里的仍然极多，其中难免尚有赝品。不久之前，雷诺阿的十几幅作品在中国台北展出，艺术界人士怀疑其中杂有伪作，气得法方代表公开辟谣。我当时不在台北，自己也不是雷诺阿的专家，难辨真相。不过画家成名之后，自然会有仿制。罗浮宫里就藏有一幅雷诺阿的临本，两幅雷诺阿的赝品。据说雷诺阿本人对那些赝品倒不很在意：有一次，有人拿了一幅小赝品登门请教画中风景本于何地，雷诺阿怕那人失望，居然不加点破。

在十九世纪的八十年代，印象派画家虽然不受中国观众和批评家的欢迎，在美国却赢得不少知音。美国人开始买印象派作品的时候，售价尚颇便宜，所以今日美国的美术馆拥有雷诺阿的杰作颇丰。

我在美国五年，自命观赏过不少了，但如今在巴黎，一口气便饕餮了雷诺阿的秀色五十七幅，真是“山阴道上应接不暇”。也许我应该感到饫足了。可是雷诺阿最美的仕女图之一——我甚至觉得“她”是群艳之尤，众芳之选——却在伦敦；只恨我在伦敦的时间太短，未能一亲芳泽。这幅画名叫《歌剧院包厢》，图中的美人面对我们，脸颊白皙之中微透浅红，垂额的长发褐里带金，云罗一般的白纱裳外披一袭黑白条纹相间的飘飘披肩，两手都戴着长可及肘的白手套，左手握一把黑扇，右手靠在边栏上，握着一架金黄的观剧镜，恰和腕上的金镯交相辉映。她的发上戴一朵粉红的玫瑰，另外有两朵则偎在胸前，衬亮了她的衣裳。她的身后半掩着一个男伴，须髭并茂的脸半笼在阴影里，却拿着一架观剧镜，似乎在打量更高处的观众。雷诺阿是一位色彩大师，却说过“黑乃众色之后”。这幅画在色调的对比上，真是神乎其艺，变化无穷，而众色之中用得最华丽最高贵最有气派、气势、气象的，却是她衣上那淋漓恣肆滚滚而下的一道道黑纹。这种豪阔而大胆的黑色旋律几乎有中国书法之美，印象派画家之中没有谁敢这么用黑的。

雷诺阿所画的女像，除了在年龄上偏于少妇少女外，论身份则上自贵妇下至佣仆，论衣着则从盛装到全裸，可谓包罗万象。晚年他笔下的女像不但以裸体为主，而且身躯健硕，肌肤丰满，血色充沛，具有年轻的母性，又给人果实熟透的感觉。

至于画面，则被近于肤色的玫瑰色、橘色、桃色或诸色组合的色泽烘得暖洋洋的。那些女体，一面具有富厚的体积感，一面又有流动的节奏感，用色、用笔，都一气呵成，真正圆融而又恣肆，可谓“从心所欲，不逾矩”了。一九一八年那幅硕大的《浴女》，挂在印象馆中的，正是最好的代表作。我最喜爱的，却是他为嘉布丽艾（Gabrille）所作的一组画像。嘉布丽艾是一位健美而淳朴的农家少女，先后在雷诺阿家里看护过孩子，管过家务，又做过模特儿；在她主人感激而又赞叹的画笔下，她的形象，从清丽的少女到丰美的妇人，已青春永驻。

可是赋这些青春裸女以不朽形象的画家，却是一位行动不便的老人。雷诺阿五十多岁便患了风湿，晚年长居法国南部的卡涅，不但病体衰弱，而且四肢不灵，甚至必须把画笔缚在扭曲的手指之间或者手腕之上，才能勉强作画。他一生的总产量约为六千幅画，晚年在助手的操作下，更完成了一些浑厚朴实的裸女雕像。梵高晚期那些壮丽炽烈的杰作，是在癫痫症的间歇所画。贝多芬晚年的乐曲，是在耳聋后所谱。弥尔顿暮岁的史诗，是一位盲人的作品。艺术之美往往在痛苦中产生：创造者把美和欢悦献给后人，却把痛苦留给自己。

罗特列克

印象馆中还有一部分画不属于正宗的印象主义，其中尤以所谓“后期印象派”的作品为多。后期印象派的画家，在接受印象派的启发之余，渐渐不满印象派对于视觉体验过分写实，对于画面结构又过分随便，乃在画面上另辟途径——修拉和塞尚的反动是客观的，要用建筑和几何的秩序来重组自然；高更和梵高的反动则是主观的，要用自己的幻想和感情投射在自然之上，使自然变形而具丰富的意义。其实雷诺阿早在他的中年时期已经警觉到印象派的形式太散漫，色彩太朦胧，而有意回到古典的稳重与坚实，晚年的作品果然强调结构和体积的实感。

罗特列克是这一群画家里年纪最轻的一位；和梵高一样，他也折磨自己的肉体，也在三十七岁那年夭亡。罗特列克来自法国南方，梵高来自北方的荷兰，两人在巴黎一见面便成知己，画风上也互相影响。两人对“下流”女人都极为同情，对“上流”绅士都没有好感，而线条和色彩的自由与大胆又同被时人讥为粗鄙。不过梵高一生专作油画，罗特列克在油画之外却兼擅蜡笔画、水彩画、石版画。梵高是一位困而能之的苦行僧，罗特列克却是生而能之的天才。这一点，看两人的素描便可了然。

罗特列克是善用线条的大师，他的线条飘逸而灵活，往往用几条短线，或平行，或交错，来勾勒物体的轮廓，最能带出物体的姿态和动感。早在十八岁时，他为母亲和伯父等所勾的素描，已经笔触熟练，形象生动，令人惊喜。甚至十五岁时所作的《炮兵》也已老到而鲜活，早熟的天才简直令人难以置信。三十五岁那年，他因戒酒需要住院，竟在病房里全凭记忆，把蒙马特所见马戏班的情景，画成一组栩栩如生的素描。

罗特列克不画风景，只写人物，但是他的人像不像雷诺阿的那样以追求青春美貌为务；相反地，他画中的人物，不是太瘦削，便是太臃肿，论服装，往往衣衫不整，论表情，往往冷峻或落寞，也难怪不为时人所喜。如果说，雷诺阿的人像给人的味觉是甜，则罗特列克的人像带几分苦涩，即使尝得出一点甜味，也只能算是苦瓜之甜。这种反甜的画风，毋宁更近于德加和杜米埃。雷诺阿把本来就美的东西画得更美，罗特列克把世俗认为“丑”的东西变成艺术之美。罗特列克所画的人物既多来自风尘或江湖，笔法又带夸张，画面各部分又有详有略，乃予人漫画之感。他的画既以线条之勾勒为主，而实之以敷彩，可谓近于中国技法。实际上，他的东方影响来自日本：尤其是他的石版海报，那明爽的轮廓，那分割的平面，那倾斜的透视，都从浮世绘中启发得来。看罗特列克迅快的笔法，总给人一气呵成，不拘细节之感。相反地，修拉那一派的“没骨”点画，穷年累月，苦心孤诣，便令人感到凝滞而缓慢。

罗特列克的作品极为丰富，但印象馆中所藏只得十六幅，而且全是二十六岁以后所作，看来真不过瘾。他的画流传到美国去的很多，芝加哥收藏尤富，那幅凄艳奇丽的代表作《红磨坊舞会》，便悬在芝城的艺术学院。我们都知道罗特列克是法国南部大城土鲁斯贵族世胄的末代伯爵，他有的是钱，不必卖画维生，所以风格可以自由发挥，比较不怕社会压力。土鲁斯东北的古镇阿勒比（Albi），是他的诞生地，当地的博物馆专展他的作品，其中有不少早年的画，可以见证他的夙慧，尤足珍贵。

修拉

修拉比罗特列克更短命，只活了三十二岁，印象馆收他的画也更少，只得十一幅。其实十一幅中，一幅是他的名作《马戏班》，另一幅却是《马戏班》的草稿；还有两幅是《大碗岛上的星期日下午》的细节草稿，更有一幅草稿是为《阿思尼耶之浴》而作。剩下来的正规原作只有七幅。这也难怪。修拉年纪轻轻，便生了肺病，这在十九世纪原是不治之症。加以他的画技十分缓慢，不但事先慎作草稿多张，而且受了德拉克洛瓦对用色的理论启示，兼采当代光学的发现，自创了一套“点画主义”又称“分色主义”的笔法，在正式作画时一笔不苟，不，一点不苟地，向画布上冷静而又精确地点下他沙粒一般的纯粹色彩。修拉的一幅巨制是设计完美执行精细无疵的工程，往往要费好几个月。这种画，短短的一生，能完成几幅呢?

修拉的点画主义对印象主义是一大反动，长处是色彩分解后益增光和影的对照，并使阴影更活泼更丰富，而物象的几何化也赋画面以建筑式的稳定与匀称，给人古典的秩序感。在这方面，挂在芝加哥艺术学院的那幅《大碗岛上的星期日下午》确是旷代的一大杰作：那些剪影式的人物，有点庄严，又有点滑稽；有点刻板，又有点生动；有点抽象，又有点具体。这一切似乎是短暂，又似乎永恒。而种种的矛盾，在这幅画里，都调和了，调和得那么美丽，一切都那么透彻而安宁，空气寂寂无风，阳光从从容容地照在草地上，如一场耐久的顿悟。但是这技巧也有它的短处，那就是便于表现静态，而不便捕捉动感：一团又一团的细点，怎能像线条那样捕捉动势呢？印象馆里的那幅《马戏班》要用这种画法来掌握迅疾的动作，就显得力不从心了。

塞尚

另一位画家吸收了印象派的技巧却反对印象派，是塞尚。印象派画家要画的，是物象的外表，也就是某一时刻阳光对物象的作用。塞尚也承认光的重要，但更重视物体本身的现实，诸如重量、体积、结构。印象派画家要画万物之变，塞尚要画万物之常：前者要追求时间，后者要把握空间。塞尚不满意印象派的闪烁之美和单薄的感性，他要对自然做知性的探索，去发掘事物的共相。他说他要“把印象主义变成坚实而耐久的东西，像博物馆里的艺术”。

塞尚是一位晚成的大器，艺术的生命发展得十分缓慢。大致说来，开头的十年（相当于十九世纪的六十年代）是他的学徒时期，风格举棋不定，时而学习德拉克洛瓦，时而追摹库尔贝或马奈，色彩用得又浓又厚。其后的十年（亦七十年代）是他的印象主义时期，兴趣从人像转到风景。受了毕沙罗的启示，他到户外写生，着色也由暗趋明，可是他笔下那些重复而歪斜的斑斑点点，是用来刻画形象，而不是烘托偶然的光影。从一八八二年到一八九五年，是塞尚丰收的古典时期，产量约三百幅油画。这时他笔下的风景，基本上以金字塔形或拱门形构图，结构十分严谨。塞尚对自然求真，不在表面的形象，而在其本质与组织，在其不移的常态。他认为自然的物象可以归纳为几何图形，且说“我们必须在自然之中寻求柱体、球体、圆锥体”。他领悟到自然“不止于表面，更具纵深”；为了要表现第三度空间，他常大胆地安置一个平面，或擅改观点。例如学院派向来主张风景画的地平线或水平线要低，塞尚在他的名作《艾斯塔克海景》（*The Sea at L'Estaque*）里却把水平线武断地提高，使海面侧向观者。此外，为了表现物体的形象和它周围的空气，却不愿因袭古典派的明暗烘托或印象派的浮光掠影，塞尚史无前例地取消了光影的对立，改用色调来造型，并用不同色彩之间的关系来代替明暗烘托。这时期的风景画主要取材于他故乡艾克斯附近的山水：一大主题是艾斯塔克之海，另一则是圣维克图瓦山景。一八九五年以后，塞尚进入他的表现主义时期。这时他已晚年，技巧的探索已经完成，难驯的大自然尽入了他的彀中，他可以从心所欲、游刃有余地来表现自己了。以前他的艺术役于自然，现在轮到自然来听他使唤。他的主题仍旧，但风格变得丰厚而热烈，笔触也自由得多，他所追求的与其说是空间，不如说是物体内在洋溢的生命。两幅圆熟的静物：《苹果与橙》《浅红色的洋葱》，是此期的代表作。

巴黎印象馆中只有塞尚三十一幅作品，不能算多，可是我和英德一入塞尚室，便进了他的青绿世界，只觉苍翠映颊。学徒时期的作品馆中有五幅，人像居其中之四，风格竟然颇为浪漫。那张侏儒画家的绘像《阿谢·昂佩海》（*Achille Emperaire*，1829—1898），身大腿细，十分怪异，真把我吓了一跳。谁会想得到这是塞尚的画呢？印象主义时期的作品最多，有十七幅。余下的九幅之中，七幅属于古典时期，只有两幅代表末期。所以大致说来，印象馆中所藏颇不平衡，古典时期尤弱，连一张“圣维克图瓦山”的风景也没有。这些画里面，我最喜欢的几张是《艾斯塔克海景》《青色花瓶》《苹果与橙 》《浅红色的洋葱》。他的人像我都不太欣赏。他在这种画里，往往以自己、太太、儿子、艾克斯的村民为对象，费时很多，常累被画者枯坐终日。据说他曾为画商伏雅作像，先后叫伏雅静坐受画达一百次以上，最后仍因不够满意而作罢。塞尚画人，兴趣不在面貌、个性、表情，只在构图本身，因此“人味”不够；我宁可看雷诺阿画像之甜，罗特列克画像之苦，梵高画像之酸辣。梵高把风景画成人体，塞尚把人画成风景。

和塞尚同时的画家，像惠斯勒、德加、梵高、罗特列克等，都颇受日本版画的影响。只有塞尚独来独往，似乎完全不乞援于东方，可是他在苦心孤诣中完成的某些创举，却和中国画不谋而合。他大胆地安排风景画的观点，扬弃了阴影的烘托和自然的光线，而这些作法在中国的古典山水中早已行之有素。试看叶肖岩“西湖十景”之五的《两峰插云》，两船几乎相接，而大小悬殊，且湖面之高远在楼台之上。再看夏珪的《溪山清远》，近景的岸边压得极低，已触画底，但远景风帆之高却把水平线升到画的上端。这种多重观点的例子在中国画中比比皆是，塞尚的《艾斯塔克海景》却迟了好几百年。西方的画评家如谢尼（Sheldon Cheney）等想借谢赫六法的“气韵生动”来赞塞尚。其实西方的油画厚实凝重，哪能像中国水墨运笔的灵活飘逸，一气呵成？真要勉强在西方画里找什么“气韵生动”，恐怕还得先考虑以线条敏捷取胜的画家如罗特列克与杜费者吧？

高更

印象派的画家大半取材于法国中产阶级的闲适生活，地理上则以巴黎为中心。在艺术思想上对他们革命的象征派大师高更，虽然也是法国画家，却远在秘鲁度过童年，并死在更远的马开沙群岛。他鄙弃文明，到了三十岁的中年，索性抛下妻子、五个孩子和股票经纪的富裕生活，向法国中产阶级毅然告别，专心做一位穷画家。在地理的取材上，他也避开莫奈、西斯莱等画之不厌的所谓“法兰西岛”，跑到布列塔尼半岛的一个荒村蓬塔旺，或是更远隔文明的大溪地，去追寻原始生活的灵感。

开始的十二年（一八七一至一八八三，亦即二十三岁至三十五岁），高更收入颇丰，家庭美满，简直是中产阶级的中坚分子；至于绘画，只是业余的兴趣，可以归入“星期天画家”之列。由于同事许芬耐克的引见，他结识了印象派的画家，并且花了一万五千法郎来收购他们的作品。显而易见，此时他的画风近于印象派，尤其是毕沙罗和早期的塞尚。

一八八三年，高更结束了商人生涯，不久存款用光，就陷入穷困和家庭纠纷。一八八六年至一八九〇年，他在蓬塔旺一带先后住了四年，在理论上和创作上建立了绘画的象征主义，一称综合主义（synthetism）。高更蓝眼深陷，鹰鼻微钩，额高而项壮，兼具野民与贵胄的气质，内心温柔而外表桀骜，谈到兴起，每每雄辩滔滔，语惊天下。在蓬塔旺的格洛内克客栈里，和他日夕论画的年轻画家，包括比他小二十岁的贝尔纳等多人，乃以他为领袖，渐渐形成了日后所谓的蓬塔旺画派（School of Pont-Aven）。在这四年内，高更曾经远游巴拿马和马丁尼克，并曾应梵高之邀去南部的阿尔勒和他同住了两个月。《梵高传》的作者史东把高更描写得十分自傲而又刻薄，似乎对梵高心存藐视，其实高更在建立他的艺术思想时，也常和梵高研讨，不无受益。一八九一年，他初去大溪地，生活在“狂欢，安宁，艺术之中”，两年后回到法国，举行他的大溪地作品个展，赢得少壮辈画家的赞赏。一八九五年，他永别法国，定居在大溪地，生活悉依原住民习俗，以迄于死。

十九世纪法国的艺术运动，常和文学并驾齐驱，相互发明。例如忠于瞬间视觉经验的印象主义，便得到左拉等自然主义作家的支持。但是到了八十年代的中期，一股反写实的潮流开始撞击文坛艺苑，发而为诗，则有继承波德莱尔的象征派诗人马拉美、魏尔伦、兰波，发而为画，则有高更领导的综合主义画家。高更和同道的年轻画家们在一八八六年举行联合画展于伏皮尼酒店：那一年正是一道分水岭，前面是文学上的自然主义和艺术上的印象主义，后面，便是文艺的象征主义了。象征派的诗人和画家认为印象主义和自然主义一样，只能忠实地记录一个变化无常的外在世界，却不能探索梦境，不能追求永恒不变的内在真实；又认为这内在的真实无法直陈，只能旁敲而侧击。所以马拉美说："直呼其名，适足以毁之；暗喻其物，乃所以生之。"高更也说："艺术乃是一种抽象：在自然的面前尽情做梦，便可得之于自然；多想创造，莫顾成果。"

高更的综合主义是针对印象主义的反动。他认为印象派的画家只解写实，他则要求"写意"。他指出印象派的画家"只在眼睛的四周寻找，而不进入神秘的思想核心，乃陷于科学推理之中"。印象派画家最重写生，象征派画家则强调记忆之功，认为画家作画，不应该"面对其物"，应该"在想象之中经之营之"，结果是经过简化之后，遗其细节，得其精要，也就是画家应写之"意"（idea）。对比之下，印象派追求感性，象征派却富于知性：前者表现的是纯视觉经验，后者却要表现意念和情感。在技巧上，象征派一反印象派的七彩交映和朦胧的轮廓，改用大幅平面的纯粹色彩，往往两色相接，中间并无由浅而深的层次，至于轮廓，则用黑色粗线来描绘，有如日本版画或中世纪的彩绘玻璃。这种反烘托反透视的平面技巧，正所以远离现实而趋于梦幻。高更认为色彩具有象征的意义，而一张画的色调也正如乐曲的音调，对于观者能生相似的效果。

法国绘画的象征主义当然不是高更一手造成的。画风相近而年长于高更在二十岁以上的前辈画家，还有莫罗和皮维·德·夏凡纳——后者的影响尤为深远。高更一面强调他和皮维·德·夏凡纳的相异，一面也不得不承认前辈给他的启发。另一位同道是只大高更八岁而与马拉美、纪德、瓦雷里等象征派作家交游的雷东。比高更年轻二十岁到四十岁的“先知派”画家（Les Nabis），包括彭纳、维亚、德尼、塞路西耶等人，则深受高更画中象征色彩和粗线轮廓的引导。高更的创作和理论，或直接或间接，都遥遥启迪了二十世纪主知和抽象的倾向。高更说过：“艺术是一种抽象。”他的象征派后辈莫里斯·丹尼斯（Maurice Denis），在未满二十岁的时候，说得更加透彻：“不要忘记一幅画，在成为一匹马，一个裸女，或一则逸事之前，根本只是一个平面，上面布满用某种秩序组成的色彩。”

巴黎印象馆中只有二十一幅高更的画，不能算多。其中蓬塔旺时期的作品占了九幅，大溪地风格的只有六幅，至于蓬塔旺以前的作品，像《列纳桥下的塞纳河》之类，仍在印象派的影响之下，和毕沙罗、西斯莱的风格没有什么不同。一般人初次接触高更，总是大溪地时期的画，后来再看他早期的作品，也许是先入为主的心理，竟觉得不像高更了。馆中所悬大溪地之作，最有名的是那幅《白马》：那俯首饮水的白马，和岸上一土女骑黑马而去的背影，相映成趣，加上水中的倒影和斜行交错的树枝，真使画面笼罩着一层呼之欲出却又参之不透的象征意味。另有一幅《金色胴体》（*Et l'or de leur corps*），画两个坐在一起的裸体土女，那种褐中含黄的肤色曾令高更百看不厌；郭尔安所写的《高更传记》（*The Gold of Their Bodies*），就以此为书名。

梵高

英国诗人兼艺评家李德在《艺术的意义》一书中轩轾梵高与高更，认为梵高之所以不朽，端在贯彻一个"诚"字。他说："高更的命运就不像（梵高）这么确定了。他不像梵高这么对自己坦诚。看过梵高的书信再看高更的日记，只令人觉得他性情浮躁，不可忍受。他太自负了。"

高更提倡综合主义，并以中世纪和埃及的艺术为例，说明艺术的本质是"装饰性的"（decorative）。他有四句口号如下：

为艺术而艺术。为什么不？
为人生而艺术。为什么不？
为作乐而艺术。为什么不？
有什么关系呢，只要是艺术。

李德对此大为不满，他说："所以也可以为装饰而艺术——有什么关系呢，只要是艺术。说一幅画具有装饰性，等于说它缺少某种价值，这种价值我们可以叫作人性（因为此地不在讨论神性）。拿高更和梵高一比，我们立刻注意到其间的差异：那就是，这位荷兰人对人类充满热爱，而且一直努力用他的艺术来表达这热爱，正如，据他所知，莎士比亚和伦勃朗表达过的一样。也许有人会说，那只是文学的志向，和画家的眼光没有关系；有什么关系呢，只要是艺术。但是艺术并不是一种抽象；艺术是一种人性的活动，只有透过某一个人的个性才能完成。某人个性之质量将充溢其艺术之抽象性质，而其艺术之价值将取决于其人性感受之深浅。由此而来的充实感，求之于梵高则有余，求之于高更，求之于高更全部作品的动人之美，却显然不足。"

李德对这位象征派大师的评断未免太苛。指责高更的艺术失之装饰，是可以的，但是从一个人的日记来推断他艺术的高下，则未免诛心之论。许多艺术大家确很谦逊，但是自负的人未必不能成为宗师。不过在另一方面，说梵高艺术的可贵，主要在其诚心，我却完全同意。

梵高是一个元气淋漓、赤心热肠的苦行僧，甘心过最困苦的生活，承受最大的压力，只为了把他对人世的忠忱与关切，喷洒在他一幅幅白热的画里。梵高一生有两大狂热：早年想做牧师，把使徒的福音传给劳苦的大众，却惨遭失败；后来想做画家，把具有宗教情操的生之体验传给观众。他说："无论在生活上或绘画上，我都可以完全不靠上帝，可是我虽然病着，却不能没有一样比我更大的东西，就是我的生命，我的创造力……在一幅画中我想说一些像音乐一样令人安慰的东西，在画男人和女人的时候，我要他们带一点永恒感，这种感觉以前是用光轮来象征，现在我们却用着色时真正的光辉和颤动来把握。”

“光辉和颤动”（radiance and vibration）正是梵高画中呼之欲出的特质。两者都来自他的赤忱，流露于色彩，便成他画中奇异的光辉，表现于线条，便成为他画中蟠蟠蜿蜿起伏汹涌无始无终的颤动、震动、律动；无论这些特质是起于他的宗教狂热、癫痫症，或是天才，总之看他的画，尤其是后期的成熟之作，常令人肺腑内炽，感奋莫名，像是和一股滚滚翻腾而来的生命骤然相接，欲摆脱而不能。梵高的人像画，无论对象是荷兰村野的食薯者，比利时诗人巴熙，法国南部的邮差鲁兰和儿子亚蒙，阿尔勒的女人，布拉班特的老农夫，目光忧郁的加谢医生，或是一幅又一幅的自画像，无不笔简意深，充溢着同情与了解，对象的性格强烈地流露在脸上、手上，敏感的眸子里隐约可窥灵魂的秘密。雷诺阿把原已可爱的人物画得更美，罗特列克把原来不美的人物画得更夸张、更突出，梵高把原本平凡的人物画得具有灵性和光辉，而更重要的是，具有尊严，其结果乃是艺术之至美。看遍了西方的现代画，没有一位大师的人像画比梵高的更富于人性。李德说梵高的艺术，由于关心生命的目标，不应归于马奈、塞尚、高更、雷诺阿之列，而应与他生平崇拜的伦勃朗和米勒相提并论。我觉得梵高其实应该置于伦勃朗之旁，米勒之上，因为米勒的田园颂歌今日看来未免有点伤感，他的感性似乎承先的成分多于启后。如果要在诗人里面找梵高的伴侣，我倒愿举出两位博爱众生的伟人：布莱克和惠特曼。梵高不像布莱克那么形而上，也不像惠特曼那么达观，他的画里也看不出像他们诗中那种对动物的爱护、对孩童的赞美；但是对于人类和自然的忠诚、敬爱，梵高的画似乎更白热化。

梵高的人画像，尤其是他的自画像，常给观画者强烈的震撼，这种感觉，我在看中国传统的画像时从来没有体验过。不但画中人的性格、表情，尤其是眼神和嘴态，复活在纸上、布上，即使背景的色彩和线条，也尽了象征与陪衬之功。我从未见过一幅画像能像《比利时诗人巴熙像》那么单纯、宁静而又崇高。诗人的外套黄得暖极、亮极，他的须发又黄又绿，真是天真有趣，拙极巧极，他的眼神澄明而又凝定，像在倾听宇宙间无边的宁静，只因为他的背后是密蓝色的夜空，深极冷极，却闪着几点似花又似星的光芒，噢，可爱至极、美极。绿发与蓝空都浓极稠极，于是用一道鲜黄色向中间分开，真说不出这一手是拙招还是绝招。这些对照鲜丽的、武断而又纯粹的色彩，或许也受了高更的理论启示，但是画中的人性，那一股对于诗人朋友的敬爱，却出于梵高的内心。

巴熙（Eugène Boch）并不是名诗人，但一登梵高的画像，也就似乎戴上了梵高所谓的光轮，不朽了。此图作于一八八八年，亦即画家死前二年，是巴黎印象馆中所藏梵高二十一幅人像画的杰作，但是另一幅人像：《嘉舍医生》，也许更加有名，不是因为画得更好，而是因为受画者加谢医生是一位慧眼识天才的先知，不但是许多印象派画家之友，并且在举世不识梵高为何人之时肯定了梵高的成就，成为他临终前最后的知己。《嘉舍医生》作于梵高逝世之年，和《奥维教堂》《麦田群鸦》同为最后的名作。图中的医生斜坐在桌旁，一手扶桌，一手握拳而支颐，若不胜其慵倦与烦忧，蹙眉之下，一对蓝色的眼眸茫然出神地凝望着虚无，那么沉郁而多思。画中的基调是冷肃的蓝色，从医生外衣的黯蓝到背景的灰蓝和钝蓝，分成三层，而以圆桌的鲜朱红色来衬托。和《比利时诗人巴熙像》的安详相比，加谢医生显然心有郁结，神情不安；也许这时画家自己的生命更充满着痛苦与烦恼，所以主客的情绪很容易合为一体。

不过梵高的人像之中，最动人也最祟人的，仍是他的自画像。英国批评家霭理斯曾说："一切艺术家所写者莫非自传。"画家的自画像本就相当于作家的自传，可是梵高作自画像，不但为了自我探索，也因为他太穷，雇不起模特儿，也画得太"怪"，不讨人喜欢。他的自画像极多，癫痫症发作以后犹然，而无论所画是侧左或侧右，戴帽或露顶，割耳前或割耳后，都给人"把灵魂裸露在脸上"的感觉——那鼻梁的孤挺，那嘴角的执着，那颈项的倔强，还有那总是带点怒意或是忧容的蹙眉之下，那两只正在灼灼探人的、又沉郁又渴望又寂寞的眼睛，在流露着殉道者的悲剧性格。甚至那黄中带红的须发，也似乎沿着两腮的乱髯，因内热的煎熬而燃烧成一片。甚至背景也不甘寂寞，因律动的线条而蠢蠢欲动或已骚然旋转，成了蓝旋涡似的滚滚光轮。这种自画像，巴黎印象馆中藏有两幅；我认为最祟人的一幅，画家以左手拇指勾住调色板，而背后蓝涛滚动着旋涡的，却在纽约。

印象馆里悬挂的梵高作品，最有名的应推《奥维教堂》和《阿尔勒的梵高卧室》。两画的色调，一幅阴沉而神秘，另一幅温暖而亲切，各有千秋。梵高后期作品，纵情于鲜黄，至于狂热的程度，为了平衡色调，又用深蓝来反托，造成视觉上也是情绪上的紧张对立——那幅鲜丽无比，令人对画惊叹的《夜间的露天酒座》便是如此。

梵高的风景画当然也有许多神品，其中有宁静可以卧憩的，也有波动令人不安的。我认为后一类里杰作最多，也最近于他的人像画。看过《秋收》和《阿尔勒医院的花园》等宁静的作品，再看《橄榄园》《小麦田与松树》《奥维教堂》《麦田群鸦》等激动的作品，令人惊讶之余，发现梵高的风景竟可以分别表现两种截然相反的心境。在《秋收》一类的画里，几乎所有的线条都是直的，其方向不是水平便是纵立；但是在《橄榄园》中，几乎所有的线条都是曲线，地势在波动，树态在蟠蜿，天色在奔泻，形成了一个回旋不安律动不歇的青绿盘涡。在《奥维教堂》里，前景的草地、黄花、红沙，是亮丽的人间，但背景的蓝空，蓝得那么秘不可解，怪不可测，却是永恒，可是中间的教堂，曲线则蠕蠕而动，直线则岌岌欲倾，整座建筑的感觉是歪的；加上钟楼上两面圆钟斜睨之眈眈，呼应着下面一排排玻璃彩窗之瞑瞑，真像一场猛烈的梦境。梵高把这些风景画成了人，具有人体外在的形貌和内在的激情。

梵高从印象派学到光的生命，从点画派学到分色，又从象征派学到武断而纯粹的色彩，但是有一样东西完全是他自己的。那便是线条，尤其是那些断而复续、伏而复起、去而复回的又粗又短的曲线，像是宇宙间生生不息动而愈出的一种节奏、一种脉搏。那线条总是一动百随，紧密排列；那种曲行之势，不是飘逸，不是精美，而是顽强粗犷，富于弹性。也有艺评家不满梵高的艺术，认为他始终只是一位素描家，认为他画油画的方式就像别人画素描一样——也就是说，他的基本表现手法仍在线条，尤其是粗线勾勒的轮廓。但是梵高作品的气势，那种笔挟风雨一气呵成的节奏感，也正在此。抽去他画中那些鲜活、健旺而又武断的线条，就不成其为梵高了。那些元气淋漓的线条，以简驭繁，拙能生巧，每一笔，都是梵高用他的胆汁签下的名，没有人能够冒充。

梵高作画，前后只有十年，比起毕加索来，只得七分之一。从二十七岁到三十三岁（一八八〇——一八八六），是他的荷兰时期。这时他的眼界未宽，取法的对象是田园写实主义的巴比松派，形体重拙，色调阴郁，所画多为村民农妇、矿工织工之类，油画尚未充分成熟，但素描的根基却打得十分扎实。从三十三岁到三十五岁（一八八六——一八八八）是他的巴黎时期，这时他闯进了印象派的大观园，目眩神迷，不知所措。他接受了光和色的洗礼，换了一副调色板，学起印象派闪烁缤纷的技巧来，一度更尝试点画派的新手法。这时他的风格最不稳定，作品也较弱，但是锻炼了印象派的技巧，日后在表现新境时却正好用上。从三十五岁到三十七岁逝世为止（一八八八——一八九〇）是他的表现时期。这时梵高的艺术经迅速的成长已臻于成熟，内心旺炽的感情活火山一般喷溅在画上，无论是人像、静物，或风景，一上了他的画布，莫不蜕化为鲜黄、艳红、诡蓝、谲绿的奇迹。这两年的丰收期变化仍多，可以再分为阿尔勒、圣瑞米、奥维三个阶段：不过，奥维期虽然也有惊人之作如《奥维教堂》《嘉舍医生》《麦田群鸦》，可是大半作品的结构已经松懈了下来，不能再维持阿尔勒期那种坚实而有光辉的饱满感。在阿尔勒的十五个月，杰作迸发而出，是梵高艺术生命的全盛期。

巴黎印象馆的梵高作品不算丰富。荷兰时期只得一幅《荷兰农妇头像》；其实这幅画不是一幅独立的作品，只是那幅代表作《食薯者》的局部草稿。梵高的画多数收藏在荷兰的美术馆里；他的侄儿，也就是提奥之子，小文森特・梵高（Dr.V.W.van Gogh）的手里也有不少。巴黎时期只得五幅，包括那幅轻柔的《阮维叶市的人鱼饭店》。阿尔勒时期只得八幅，其中《午憩》是效米勒笔法，《阿尔勒的舞厅》则师高更画意，近于日后的“先知派”风格；其他五幅均为名作，依次是《吉卜赛篷车营》《比利时诗人巴熙像 》《阿尔勒的女人》《自画像》及《阿尔勒的梵高卧室》。印象馆中梵高的画，大半是私人的捐赠，例如巴熙的画像便是诗人自己所捐。至于奥维时期，也有八幅，多为加谢医生之子保罗・加谢所赠，其中三幅《嘉舍医生》《嘉舍医生的花园》《加谢小姐在园中》，正是梵高住在加谢家里受其照顾时所作。我在这些灿烂的作品面前徘徊顶礼，恍如面对一个裸露的伟大灵魂，觉得那人的骨已冷了，但那人的灵魂仍是热的，如果我敢伸手去抚摸那些画，怕仍然是烫手会痛的。梵高，是我的忘年忘代之交，只觉得他的痛苦之爱贴近吾心，虽然曾译过一部《梵高传》，仍感不能尽意，很想将来有空再译出他的书信集，或是鲁宾医生那本更深入更犀利的传记《人世的游子》。

罗浮宫

印象主义美术馆，绰号“网球场美术馆”，就在罗浮美术馆的旁边。今日印象馆中的作品原来都是罗浮所藏，一九四七年才由罗浮移到印象馆中，但一般艺术史或艺术评论不暇细分，提到这些名画时，仍注明是在罗浮。

我在法国行色匆匆，只得七日，其中四日在里昂开会，在巴黎的时间只剩三日。英德带我参观印象馆，只有半天的时间；我由里昂回巴黎，他又陪我去瞻仰罗浮，也只有半日，真个是蠡测管窥，未能尽兴。且引范仲淹的句子：印象馆的“浮光耀金”，半日岂能穷其灿烂？罗浮的古典名画，多已“静影沉璧”，时光海底的无尽宝藏，更是从何看起？不过既然来了，怎能不潜入那藻深石秘的世界去窥探一番？半日下来，倒也看了十九世纪的不少作品，而文艺复兴和十七世纪，也匆匆浅尝了一些。那半日，只恨自己不能变成神话里的百眼怪人亚格斯，可以同时兼顾满室的名画。那半日我所饕所餮的，一直到现在还没有完全消化，当时迸发的感想、联想、遐想，如果一一道来，只怕比印象馆的记游还长。此地只拟专述两位浪漫派的画家。

杰利柯

我和英德一走进那天窗高约三层楼的大展览室，就慑于长壁上垂挂的许多幅大画的幢幢巨灵，恍若逆时而驰，一脚闯进了森严的艺术史里。那许多百岁以上的名画，日久成精，全耸立在两壁，含义深长地向我眈眈地俯视，凛凛地斜眄，或是脉脉地相瞅。那些巨灵当然不识我，而我呢，也是第一次和他们相接，但是我早就熟悉他们了，一眼就认出谁是谁。他们的堂兄表弟，散布在世界各地的那千千万万的复印品，或浓或淡，或大或小，我不知看过多少。今天忽然一一见面，兴奋打量，看个端详，忙得“久仰了”都不必说了。

不但是“久仰了”，就是此刻，他们从三层高的腰线板上用长索吊着，一路垂下来到我腰际，要瞻他们，仍然是必须仰着头的。这时据壁而祟、矗立在我和英德头顶的，是杰利柯（Th é dore G é icault）的巨画《梅杜萨之筏》（*Raft of the Medusa*，1791—1824）。这幅画作于一八一九年，当时画家只有二十八岁，画的主题是轰动当时法国社会的一件大新闻。“梅杜萨”是一艘法国船，由于官方之误遇上海难，一百四十九位乘客逃上一条木筏，在水上漂浮。最后木筏遇救，只剩下十五个生者，显然曾赖尸肉维生。消息一传开，社会哗然，法国政府痛受舆论谴责。杰利柯决心把这海难事件诉之艺术，他雇了生还者中的一位木匠，为他仿造了那只木筏，又从医院里借来几具尸体，作草稿和布局之用。他把死人藏在画室多日，被邻居发现，引起强烈的抗议。画展之日，观者骤睹这光怪陆离的悲剧，莫不耸动，杰利柯一举成名。

隔了一百六十多年，这一幅海难的巨景仍然十分骇人。幽光邃影之中，整幅画的黯褐色调似乎被时间熏染得更加阴沉。木筏上数得出一共是十九个海难者，其中只有一位长发老者倦坐支颐，半对着观众，其他的人或俯或仰，或呈侧面，或见背影，给人的总印象是斜背着我们，木筏正漂离我们，而汹涌的浪涛却向我们卷来，天上则风云变幻，响应着海上的波程险恶。漂流多日，筏上显然已粮尽水绝，半倚半偃的几个难民，从无助的姿势看来，不是已经死了，就是已经病倒，而所以如此，是因为久饿成殍，还是因为餐尸中毒，不忍，也不必细加追究了。余下的几位呢，有的挣扎着扶着他人要坐起或跪起，有的披发当风，向远方瞭望，有的回身指点，像在安慰苦难的同伴。最前端还有三个人裸着身体，两人背着我们，其中一人更挥动破衫，似乎眺见了远海的船只，正要向来者求救。整个画面，从左下角低卧的病者、死者，一直到右上角昂立筏头的扬衫者，是一个坡形的律动，达于金字塔顶，正是摇摇欲坠岌岌若危的巴洛克式的布局。但是另一方面，这种倾斜的运动由下而上，使观者的目光自然而然聚焦在高昂的扬衫者身上，正象征灾难之中支持人类心灵的一线希望。《梅杜萨之筏》是一张漂流的病床，一座露天的坟墓，却又是一线生机之所系，而这，不也正是人类社会的写照吗？

这么一幅疑幻疑真光影交错的苦难图，俯临在我们的额顶，那样熟悉，又那样陌生，那样压迫着又那样鼓励着观众，真像是一场睁眼的魇境。当日此画一展出，法国的观众兴奋地指点争议，立刻成为注目的焦点，但不久杰利柯却失望了，因为众所瞩目的，是此画所涉的社会新闻和政治意义，而不是艺术本身，也就是说，在大众的眼光里，它只是一则头条事件的插图而已。不过，君临当日法国艺坛的学院派却真被触怒了，因为此画在各方面都违反了新古典主义的常规。当日学院派的画题照例都取材于遥远的事物，例如神话、历史、文学名著，《梅杜萨之筏》却取材于街谈巷议的新闻，据说如此美感的距离便不够，未免伧俗。其次，学院派的人像以不露感情不动声色为含蓄高超，像大卫（J.L.David）的《苏格拉底之死》和《赛宾的女人》等画，其实都温温吞吞，不痛不痒，了无生气。《梅杜萨之筏》的人物却奋昂而激动，姿势尤其富于戏剧性的夸张。浪漫派的艺术和文学原就喜欢表现反常而强烈的景象和感情，杰利柯尤好畸形和恐怖的情景，曾经作过一组精神病人的画像，又曾描写死刑犯人的断头，颇有戈雅之风。学院派的人体总是圆滑光润，骨肉均匀，血色饱满，造型以希腊石像为典范，看上去总不像会出汗的样子。《梅杜萨之筏》的人体则肌腱纠结，肩膂隆鼓，看来是里面有血表面有汗的肉身；加以光线从筏的左后方侧照过来，光强而影浓，对照十分强烈，更夸大了那些肌肉凹凸的轮廓。凡此种种，都说明了此画的作者何以是新古典主义的叛徒，浪漫主义的先驱。但在另一方面，艺术史家却又不承认此画是现代画的滥觞，因为现代画要摆脱的正是这种“以画证史”、用艺术来充事件脚注的“插图观念”，而形象的塑造又太逼真、太写实了。我却认为，此画在栩栩如生的描摹之中，也不是完全写实的，因为海上漂流的难民，或病或饥，又患得患失，岂能个个这么结实？

德拉克洛瓦

《梅杜萨之筏》展出后，对年青一辈的画家影响很大，德拉克洛瓦（Eug è ne Delacroix，1798—1863）正是其中的一位。果然三年之后，亦即一八二二年，德拉克洛瓦也展出了他那轰动一时的代表作《但丁之舟》（*The Bark of Dante*，一名 *Dante and Virgil in Hell*）。这幅作品的画题倒是古典的：取自但丁的名著《神曲》。新古典主义者也许会嫌但丁只是中世纪的诗人，算不上古典，可是图中的维吉尔至少是正宗的罗马诗人吧。画的前景直逼我鼻端，衬着愁烟黯雾的地狱幽光，我看见一只小舟漂流在暗沉沉的水上，水上虽有波纹，却予人滞而不流之感，也许波上的冤魂太多，船上的心情太沉重了。

这就是地狱五河之一的恨川（River Styx）。船的两侧阴气森森，尽是冤鬼与亡魂，有的倚在船侧，有的攀在船舷，有的露背，有的仰脸，但全都赤裸着肉体，在这悲惨的冥川上，说不尽地无助，无望，又无归。仔细看时，才认出船尾有一个半裸的男体，披着一件蓝衫，背肌勃起，正伛着身子在奋力划桨。这该是阴间的渡夫凯伦了。整幅图中，只有舟上的两人是直立，而且衣着完整。褐袍桂冠，神情凄然的，是但丁。青袍红巾，站在他前面的，则是维吉尔。青年诗人半低着头，满脸悲悯地俯看着船边的水鬼，左臂在惊悸之中情不自禁地举起，右手则似乎乞援地挽住维吉尔。老诗人毕竟阅世已深，且又身为向导，当然比但丁镇定：他半侧着身子，鹰鼻的侧面望着前方，一手安慰似的按住惊惶的青年，另一手则举起遮在眼前，又好像看不清，又好像看到了什么可怖的景象。而最为骇人的，是一个水鬼用手抓住船头，张大了嘴在咬船木，牙齿历历可数。另一个则从船的右舷探起头来，左手攀住船舷，右臂已经伸进舱来，皱纹满布的脸上，一对血红的眼睛在但丁和渡夫之间狞窥着观众。苍茫的背景上，地狱的烈火在左上角远远地烧着，看得出，过了这条恨川，便是永劫不复的冥府了。

三年之前，德拉克洛瓦看见《梅杜萨之筏》，十分感奋，曾经自谓“像发了疯一般在巴黎的街头奔跑”。看得出，三年后他自己获选沙龙画展的这幅《但丁之舟》受到《梅杜萨之筏》很大的启示。最显著的一点，是水上的旅程。虽然一幅画的是海难，另一幅画的是渡河，但气氛都极为阴森恐怖，人物都笼罩在死亡的黑影之中，不过《梅杜萨之筏》是要挣脱死亡，而《但丁之舟》是投入死亡之乡而已。两幅画中都有死者，而生者的活动都以四周的鬼魂为背景，生与死是如此地犬牙交错，紧贴而不可分，也益见人类在苦难中挣扎的可尊与可贵。这一类的力作，往往令人振奋感动，骇目壮心，肠为之热，事后不但留下深刻的印象，而且会再三思索，反省人类的处境和生命的意义。但是在空灵而飘逸的中国山水画里，我游目骋怀，神怡而心广，悠然有出世之想——我感到静化了，净化了，与自然混合一体。这境界固然很高，在这方面自为西画所不及，可是如果永远如此，就未免太远了。西方的人像画，无论是个像或群像，都令我觉得近。我在中国古典画里找不到惊心动魄的人之苦难、人之奋斗。我不禁要怪中国的艺术天才只招待我们看他的客厅和书房，却不让我们进他的厨房、卧房、浴室。

《但丁之舟》和《梅杜萨之筏》的相似，尚不止此。在光影明暗的对比上，两画都很强烈，比起安格尔和大卫等新古典作品层层渐进的明暗烘托来，大胆得多，其结果是人体和物体的轮廓鲜明而突出，有点浮雕的感觉。其次，两画都充溢着强烈的感情，无论是人物的面容和姿态，人物之间的相对位置和身形手势，或是全体人像在布局上的共同趋势，都显得戏剧化而有呼有应。浪漫派的画最强调动感，不但前景的中心人物群情激昂，就连背景的自然现象也往往风起云涌，天地惊骇失色，似乎也感应了人类的悲欢离合。德拉克洛瓦的画如此，甚至英国大画家透纳（J.M.W. Turner）所画的无人之景也是如此。相比之下，新古典的绘画往往是静的，尽管秩序井然，却欠缺生命。

在人物的安排上，德拉克洛瓦的这幅《但丁之舟》颇袭杰利柯之意，只是学得很巧。杰利柯之筏向右，难民躯体的姿势当然也大致向右，形成一个生动的节奏，而以筏首那人挥衣的手势为其顶点。德拉克洛瓦之舟则反过头来，朝左运动，人物的姿势大致也就趋左，而以危立扬臂的维吉尔为戏剧性的焦点。两幅画都给人栩栩如生的印象，可是另一方面，此情此景又恍若出于幻想，两者加在一起的效果，似乎一场逼真的梦魇，诚然是浪漫的。

德拉克洛瓦受杰利柯影响之深，亦见于他的画马之作：杰利柯画了一幅《马惊闪电》，德拉克洛瓦也画了一幅《马惊风雨》，比杰利柯那幅更加狂猛。只见苍茫的大野上，风云一时变色，惨蓝的天穹被一声霹雳劈破了一鞭三折的电光，把一匹白雄马惊得奋举前蹄，骇扬长尾，斜昂的头颈上乱鬃迎风飘曳，真是壮观。中国画里的马，静的、驯的最多，少见如此的伟景。我敢说，杜甫要是见到了德拉克洛瓦的雄骏，一定会感动得写出比《天育骠骑歌》更生动的诗来。德氏的马，眼中真有惊恐的神色，不论使它惊恐的是风雨，是龙，是狮，是虎，还是野豹。徐悲鸿以奔马驰名，相比之下，我却认为他的马“有势而无情”。

德拉克洛瓦是法国浪漫画派的大师，主题和风格变化极富。除了《但丁之舟》这一类的巨构之外，他还留给后世二十四幅版画，一百零九幅石版画，一千五百二十五幅着色粉笔画，六千六百二十九幅素描，和六十册速写稿。此外他一生对文学和艺术的看法，对自然的观察，对其他画家的评论等，都录在他三卷日记里面，对后代的画家影响十分深远，其中的片言断句往往被后人引来支持印象主义甚至新印象主义的观点。德氏的画风并没有什么可观的传人，但是他的思想却启发了许许多多和他画风不同的大艺术家。艺术史上有不少大师，像塞尚和莫奈，是只务本行的纯画家，德拉克洛瓦却是高瞻远瞩见多识广的通达之士，在画家之中兼有书卷气和豪气。我说他有书卷气，是因为他文学的修养很深，但丁、莎士比亚、歌德、拜伦等的作品都成为他艺术的泉源，也因为他耽于音乐，常以音乐的观念来析论色彩，肖邦和帕加尼尼的丰采更借他的画像而永传。至于豪情侠气，则是他作品的一贯风格。德拉克洛瓦的体质颇弱，每日只进一餐，胸口又常不适，但是他的面貌，在戈提耶的形容之下，是“黑发如波，目光锐利如鹰隼”，而一旦工作起来，精力却旺盛而持久。他在着手《但丁之舟》一类巨制之前，准备工夫往往不遗余力，会画上无数草稿，但真正动笔之际，他就把一切都抛开，只凭他瑰丽炽热的惊人想象。他的画，是千锤百炼的行家捕到的淋漓灵感，所以常给人即兴之作的自然之感。为了追求缪斯，专业绘画，他终身不娶。为了在画风上独树一帜，他终身不去意大利，反而回转头去，北上英国，率先肯定康斯太勃尔和庞宁顿的价值。当时法国的画坛方奉罗马为神明而鄙伦敦为无画之都，德氏的反潮流作风，最需要先见与毅力。

然而真正的豪情，毕竟在眼前的这些画里，历百年而不朽。德氏的作品，从长不满尺的水彩如《阿拉伯人坐姿》到长达二十六七尺的巨幅壁画如《阿波罗屠蟒图》，莫不节奏明快，色调鲜活，戏剧的动感之中迸发着或是盘旋着一股强劲撼人的力量。他确是一位富有气魄、气势的阳刚天才。站在他史诗一般的巨画之下，我耳边震荡着瓦格纳的音乐。《但丁之舟》在德拉克洛瓦的名画里，只是中型之作；巍然悬在它旁边的《凯奥斯大屠杀》《沙当那巴勒斯之死》《自由女神率民而战》等作品，都比它更大。例如《沙当那巴勒斯之死》便长达十六尺，高达十三尺，篇幅约为《但丁之舟》的四倍，普通的墙壁根本挂不下。我在《沙当那巴勒斯之死》右下角，背着那执刀的力士和那引颈受戮的裸女，请英德为我照了一张相。画中的人比真人还要大些，我觉得比真人也要生动些。如果我是罗浮宫的守卫，天天伴着这些画中人，日子久了，只怕会把这些幻影当作真人，交了朋友，而把川流不息的观众，当作过眼的烟云了。不知道，每到夜里，博物馆紧闭的重门之后，这些画中人会不会眼睛一转，姿态一变，全动了起来？想想看，暗中有多少眼珠在转动？

最能吸引我的一组作品，是那些人与兽争，或是兽与兽斗的壮烈场面。《阿拉伯骑士被狮所袭》《野豹袭骑士》《猎虎》《阿拉伯二马斗于厩中》等图，都是我百看不厌的杰作。马，应该是世界上最英俊最矫健的动物了，它那修颀挺拔的轮廓，配上飘鬃扬尾的奔势，是画家最难抗拒的诱惑。但在德氏的画里，它更在骑士和猛兽之间惶骇掀腾，益增人兽之斗的声势与波澜。在“猎虎”之类的画里，前景骚然的殊死决斗，兽牙与矛尖针锋相对，人既濒险，兽亦临危，在绝境的挣扎里，谁胜谁负，立刻便见分晓。德氏的画面往往就攫住了这前一刹那，蓄势待发，果然是雄奇极了的壮观。一时之间，人、马、兽交缠错杂的肉搏，在巾袍飘举、爪蹄翻飞之中，形成了一个光影、线条、色彩相逐的旋涡，把一切都卷向涡心。

在这一类画里，我尤其喜欢那幅《圣乔治屠龙图》。圣乔治是基督教的大武士，他为解少女之厄而屠猛龙，正象征基督徒降魔伏恶。这传说免不了有许多画家拿来入画，最有名的该推拉斐尔的一幅（其实拉斐尔不止画了一幅）。我虽然震于拉斐尔的盛名，却一直不佩服他这幅名作，甚至在华盛顿国立艺廊瞻仰了真迹，也不感动。等到看了德氏的这一幅，我才发现是什么原因。两位大师同题的作品，都画全身披挂的耶教武士，驰马举矛，正向地上蟠蜒的恶龙奋力搠去，那可怜的少女则出现于背景。拉斐尔的白马，周身光洁滑溜，有如瓷器，肌腱不像在动，也不见出汗；而尤其可笑的是，马眼不注意地上的敌人，却转睛含笑地去望着它背上的武士。武士的坐姿看不出他是否在使劲，两臂的姿势十分局促，也不可能使出多少劲来。地上那条龙躯体猥小，怪则有之，骇人却未必：这样滑稽的一条小怪物，老实说，圣乔治胜之也不武。背后的树林和天色，是一片明丽幽静，宜于郊游，却不宜鏖战。

德拉克洛瓦则把战场放在两面峭壁之间，岩石苍郁而凝重，已经给人心理的压力。反衬在峡壁之间的，是一匹雄俊骁健的赤马，正抖擞着乱鬣和修尾，惊举前蹄，骇怪地弓着长颈，瞋视地上的妖物。马背上的武士昂着鹰盔（其状比拉斐尔画中武士戴的鸭舌形圆盔威武得多），扬着红巾，左手握缰，右手高举到极限，护臂甲冷冷的反光之中，铁手套里正握着一柄长矛，矛尖朝下，不偏不倚，眼看着数寸之近，就要奋起神勇，猛搠进那妖物的口中。那怪兽周身长着墨绿黏腻的韧皮，长约两丈，像一条巨蟒而有虎豹的四肢，爪大如盆，正在地上蟠蜿翻滚，张牙伸舌，作势要攫人和马。你觉得，这么一大盘凶邪的顽龙，才配护教的大武士来杀戮。你更觉得，武士、骏马、妖龙三者紧张的视线，在下刺的矛尖和仰噬的龙口之间，正交于一点：这果然是一场当真的厮杀。而背景的受难少女，也正紧张地张扬着双臂在壁上观战，她的目光也投向人兽之间。德画的细节不像拉斐尔的那么多，物象的线条和轮廓也不像拉斐尔的那么清楚细致，但他粗犷猛捷的笔触却造成了瞬息千变的动感，给人临场观战的幻觉。拉斐尔的画中，武士的矛尖已经刺入龙背，也不如德画的刺而未中那么紧张。德氏是近代画中善用色彩的大师，尤其善用红与黄金。拉斐尔的马用白色，也许是要象征善，以对照其黑龙之恶；德氏的马作赤红色，不但反比了妖龙的暗绿色，也反比了峭壁的苍青，何况红色本来就热闹，宜于战斗。加上武士肩头所披的红巾一直迎风回旋，飘曳至于腰际，两红呼应，更见画面的激荡，真是壮观。拉斐尔的武士披的偏偏又是青巾，加上痴肥的白马，画面就更冷了。

历来的艺评家推崇拉斐尔这幅《圣乔治屠龙图》，总是说它的构图主脉呈X形，也就是交叉的双斜线，这么一交叉，就把动作遍布到画的四角，而生力满全画之效。此画之白马从画左斜到右下角，武士与龙借长矛的贯串则从右上角斜入左下角，再加以树石的延接作用，结果诚然十分坚实。但高明的结构并不能保证一切，我仍然嫌此画太冷，太静。看得出来，德拉克洛瓦来画这一幕时，当然事先研究过前人的名作；其实他的构图也近似拉斐尔的安排，只是他把拉斐尔画中人兽的位置倒过来，连那女子和长矛也都移到画面的斜对角去。这一搬家，搬得十分巧妙，真可谓神偷，和《但丁之舟》善师《梅杜萨之筏》，简直异曲同工。不过，德氏利用拉斐尔，也仅止于构图一端，他如造型、用色和全图奔放的气势，却是他独创的。德氏的画面运动也呈X形，但马的斜背接上了石壁的斜坡，那浑然一体的气魄，真沛然难当。也许古典的宁静和浪漫的奔放，可用前后这两幅屠龙图来对比印证。拉斐尔是文艺复兴全盛期三大师之一，在西方艺术史上的地位应该在德拉克洛瓦之上，可是就画论画，德氏这幅屠龙图却远比拉斐尔的生动得多。德氏的人妖之斗，我可以全神投入，而面对拉斐尔的呢，我只能旁观。

就这么和英德边看边谈，有时以名画为背景照一张相（例如蒲善的《诗人之灵感》），累了，便一起坐在皮椅子上，默对着那一张张裸陈在壁上的灵魂，一个短暂的下午，就这么在永恒的面前度过了。这些画在创作的当日，在画家的生前，全是“没有用”的东西，即使到了今日，除了在拍卖和保险时身价百倍，不，万倍，而使唯利是图的外行耸然动容之外，仍然说不出有什么“用”。这些画，饥不能食，寒不能衣，在能源恐慌的年代，也不能拿来当能源。可是对于千千万万敏感的心灵——敏于美感，敏于历史感，敏于文化感的心灵——这些画便是视觉生命中不可磨灭的形象，某一线条，某一轮廓，某一特具意义的色彩，往往会浮现在他们的心中，像某一个难忘的旋律。往往，当他们想起历史，想起文化，想起人类的许多遭遇、许多经验、许多憧憬和许多噩梦，这些画面就成为可资印证、可以从容指认的面貌；若是不幸失去这些壮丽的形象，则无论人类的文明有多发达，我们也只能算是“失忆症”的病人，梦游于没有归宿的“现在”。

德拉克洛瓦常说，自然只是一部字典。我们翻查自然、人生、社会这部大字典，是要去找合用的字，查其字源、字义和用法，但是字典并不是作品，只会抄字典的人也绝非作家。如何去找合用的字，重新加以组织，甚至赋予新的意义、新的生命，有赖真正的艺术家。同样是使用一部大字典，却产生多彩多姿的各殊作品。我们欣赏，投入，甚至认同这些名作，等于向不同的天才学习如何使用这部大字典；许多自以为看惯了看熟了的字，在他们的指点甚至暗喻下，都展示了新面貌、新生机。原来同一部字典，其大小深浅，是因人而异的。艺术之为“用”在此。

我们走到《蒙娜丽莎》的那一室，只见世界最有名的画像前面正拥挤着一大群观众。我跟英德根本无福亲近，只能从人潮汹涌的偶然空隙，从时胖时瘦的颈项和肩臂之间，一瞥那迷人、蛊人、祟人的微笑。她究竟为什么笑成那表情？这千古之谜大概也只能像“锦瑟”一样，任无数的智士解而不决了。至于蒙娜丽莎她自己呢，将永远俯视着陌生的人潮来去，众目睽睽，一代又复一代，只有她留了下来，对无尽无止的后人，意味深长地浅浅笑着。

几种法国人

怀着吊古的依依之情从罗浮宫出来，我们回到当代的巴黎，旧砖砌道的里伏利街上，已是初暮的景色了。我望着漆黑镀金的一排排铁栏，想起尼采的一句话来："艺术家在欧洲无家可归，除了巴黎。"今年夏天，不少中国艺术家从巴黎回到台北去开画展和摄影展，有人乃笑称台北为小巴黎。只要看今日在欧洲的中国画家，有多少仍暂居或长居在巴黎，就知道尼采的话仍然存真。例如我今天的向导英德，就是以艺术家的身份受到法国政府的认可与照顾，而定居在巴黎的。心雄万夫、傲气盖世的尼采，为一位日耳曼的天才而如此美誉巴黎，法国人也实在足以自豪了。

法国人足以自豪吗？那要看是哪一种法国人。我所知道的高卢种有限，但也似乎有好几种。法国的古典音乐输给德国，但有了德彪西之后，法国的现代音乐已足自豪。文学的成就，法国绝对不逊于德国，却可惜推不出像歌德那样的代表人物。至于现代艺术，则法国可谓独步西方，甚至像梵高、夏加尔、米罗、毕加索、莫迪利安尼等外国人，也是在法国的艺术气候里长大成器的：法国，诚然是欧洲甚至世界的艺术家之家。德拉克洛瓦、莫奈、雷诺阿、罗丹……我在罗浮宫，印象馆里瞻仰的这些艺术大师，正是我最熟悉也最钦佩的一些法国人。

血肉之躯的法国人我认识的很少，两度在法国，停留的日子也太短，不足以识这文雅的国家。我的几位法国朋友给人的印象都很斯文可亲。在巴黎，我住在英德和弥弥的家里，他们的邻居也都十分亲善。我和允达从巴黎坐火车去里昂，到站的时候，我把照相机忘掉在车上。允达为我向站长报失，并请他通知下一站注意寻查。不料站长室里赫然已放着那黑色相机，原来是我旁座的法国青年已及时将失物交给了里昂站。

这次去法国，是参加国际笔会的第四十五届大会。会址在里昂，地主国法国的笔会主办一切事务，表现得相当草率而怠慢——开会误时，午餐不便，会场没有茶点和邮政的服务，安排的宴会索价又偏高等，使鲁芹、东滨、允达和我不时以“法帝”的办事效率为笑谑的话柄。

但还有一种法国人，也许是他们国内少见的。一九三九年初，正是抗战的第三个年头，我随母亲从上海法租界乘船过香港去安南，然后从海防坐火车去昆明，再改搭货车去重庆和父亲团圆。那时安南还是法国的殖民地，不叫越南。事隔四十多年，我还记得清清楚楚，我们从海防登岸入境，在海关检查行李。法国的官员叫中国旅客站成一排，由他逐一来搜查，凡佩了钢笔的，他都一一拔去，凡带了热水瓶的，也都给没收，无须说明理由。可怜的中国人慑于权威，又苦于不会法文，欲辩无由。到现在我还记得有一个中年男人，又气又怕，急得都几乎要哭了。这样的殖民政府当然不得人心，也难怪十五年后，奠边府不堪一击，三色旗也就降下来了。

自由、平等、博爱，那原来是美丽标记的三色旗。我走在巴黎黄昏的街头，橘红色的布遮下，人群正在咖啡座上闲赏着暮色。这里不但是艺术之都，也曾是现代民主的摇篮，自由女神的塑像便是从这里送去纽约的。然而当年，侵略并统治安南的，也正是法国大革命的子孙。他们解放了巴士底狱，却远来印支半岛建一座新的牢狱。难道自由、平等、博爱，只是西方人之间的事，不适于对东方人吗?

我在里昂开了四天笔会，每天都见到中国大陆的代表。巴金在揭幕典礼上应邀致辞，只讲了三四分钟话，不是用法语，甚至也不是用普通话，而是用浓重的四川乡音。我和我存都是“抗战的儿女”，四川话入耳倒是很亲切的。对于“文革”期间饱经沧桑的巴金，我也有一份对前辈作家的同情和起码的敬意。他今年已经七十七岁，步伐迟缓而困难，进出都要女儿相扶。我知道有一群法国文化人一直致力推他去竞逐诺贝尔奖。那天，法国笔会的会长介绍他时，说他是“当代中国最伟大的作家”。

离开巴黎的那天下午，英德伉俪送我去戴高乐机场。法航的七四七呼啸凌空，飞向东南，不久绿尽白起，便是瑞士的一簇簇雪峰了，驾驶员报告说，再前去便是南斯拉夫。我逸兴遄飞地倚在双层小窗上，仙人一般俯瞰蓝色多瑙河在金阳与碧野里，像一道旋律，向东又向南蜿蜒流去，河边的公路白而直，迎来一盘又一盘美丽的市镇。最后迎来的是暮色，再待我俯认土耳其时，欧亚两洲都已苍茫。

——一九八一年十二月

破画欲出的淋漓元气

——梵高逝世百周年祭

不朽的元气

一百年前，荷兰大画家梵高在巴黎西北郊外的小镇奥维，写信给故乡的妹妹威廉明娜，说他为嘉舍医生画了一张像，那表情“悲哀而温柔，却又明确而敏捷——许多人像原该这样画的。也许百年之后会有人为之哀伤”。

梵高写这封信时，在人间的日子已经不到两个月了。到那时候，他只卖掉一幅油画，题名“红葡萄园”，而论他的画评也只出现了一篇。在那样冷漠的岁月，他的奢望也只能寄托在百年之后了。可是他绝未料到，一百年真的过去后，他的名气早已超过自己崇拜的德拉克洛瓦，而他的地位也已凌驾米勒而直追本国的前辈伦勃朗；绝未料到，他的故事会拍成电影，唱成歌调，他的书信会译成各国文字，他的作品有千百位学者来撰文著书，为之解说；绝未料到，生前无人看得起，身后无人买得起，他的画，在拍卖场中的叫价，会压倒全世界的杰作，那天文数字，养得活当年他爱莫能助的整个矿区；绝未料到，从他的生辰（三月三十日）到他的忌日（七月二十九日），以“梵高画作回顾展”为主题的百年祭正在他的祖国展开，热浪汹涌，波及了全世界的艺坛，包括东方；更未料到，安贫乐道的艺术苦行僧，在以画证道、以身殉道之余，那样高洁光灿的一幅幅杰作，竟被市场竞相利用，沦为装饰商品的图形。

荷兰曾经生他、养他、排斥过他再接纳他。法兰西迷惑过他又开启过他，关过他又放过他，最后又用她的沃土来承受他无助的倦体。如果在百年的长眠之后，那倦体忽然醒来，面对这一切歌颂与狂热，面对被自己的向日葵与麦浪照亮的世界，会感到欣慰还是愕然，还是愣愣地傻笑？

其实那一具疲倦的躯壳，早已没有右耳，且被寂寞掏空，被忧伤蚕食，被疯狂的激情烧焦，久已还给了天地。他的生命，那淋漓充沛的精神，早已一灯传遍千灯，由燃烧的画笔引渡到一幅又一幅的作品上去了。想想看，这世界要是没有了阿尔勒时期那些热烘烘的黄艳艳的作品，会显得多么贫穷。用一个人的悲伤换来全世界的喜悦，那牺牲的代价，签在每一幅杰作上面，名叫文森特。直到一九四八年，美国大都会美术馆的修画师皮士（Murray Pease），在检查梵高的《柏树》组画时，还发现其中的一幅颜料并未干透，用指甲一戳，仍会下陷。这当然还是指的物质现象。但是在精神上，梵高的画面蟠蜿淋漓，似乎仍湿着十九世纪末那一股元气。

梵高的生平

一八五三年三月三十日，文森特·梵高（Vincent van Gogh），生在荷兰南部布拉班特省（Brabant）的小镇崇德（Zundert），接近比利时的边界。父亲提奥多勒斯是一位不是很得意的牧师，父子之间也不很亲近。文森特的孺慕毋宁是寄在母亲的身上，可是他觉得母亲对他不够关怀。在他前面还有个哥哥，也叫文森特，比他整整大一岁，也生在三月三十日，一生下来就死了。母亲恸念亡儿，心有所憾，对紧接的下一胎据说就专不了心。这感觉成了梵高难解的情结，据说还经常在他的画面浮现。

在两个弟弟和三个妹妹之间，跟文森特最亲的是二弟提奥、三妹威廉明娜。此外他对家庭并不十分眷恋，对父亲更是心存抗拒。叔伯辈里有三个画商，生意做得不小，和文森特却有代沟。

尽管如此，梵高一生的作为仍然深受家庭的影响。身为牧师之子，他的宗教热忱可说其来有自，二十二岁起便耽于《圣经》，二十四岁更去阿姆斯特丹准备神学院的入学考试，未能通过。他立刻又进布鲁塞尔的福音学校，训练三个月后，勉强派去比利时的矿区传道。从一八七八年的十一月到翌年七月，他和矿工同甘共苦，不但宣扬福音，而且解衣推食，灾变的时候更全力救难，成了左拉听人传说的“基督再世”。从一八七五年到一八七九年，梵高的宗教狂热高涨了四年，终于福音教会认为他与贱工打成一片，有失体统，开除了他。

在失业又失意之余，梵高将一腔热血转注于艺术，认真学起画来。他开始素描矿工，临摹米勒，自修解剖与透视。也就在这时，任职于巴黎古伯画店的弟弟提奥（Theo），被他说动，开始按月寄钱给文森特，支持他的创作生涯。

从宗教的奉献到艺术的追求，一八八〇年是梵高生命的分水岭，但其转变仍与家庭背景有关。梵高是牧师之子，也是三个画商的侄儿，曾在海牙、布鲁塞尔、伦敦、巴黎的古伯画店工作，接触艺术品从十六岁就开始了。最直接、最重大的因素当然还是有提奥这么一个弟弟，他从一八八〇到一八九〇，整整十年一直在巴黎的古伯分店任职，不但汇钱，还寄颜料及画具给他。何况那时的巴黎，艺坛缤纷多姿，真是欧洲绘画之都，提奥在这一行，当然得风气之先，大有助于哥哥的发展。要不是弟弟长在巴黎，梵高也不便在巴黎长住。要不是弟弟在画店工作，梵高也很难广交印象派以至后期印象派的中坚分子。而没有了巴黎这两年的经验，没有了这转型期间的观摩、启发与贯通，他就不可能顺利地接生阿尔勒的丰收季。

梵高一生匆匆，只得三十七年。后面的十五年都在狂热的奉献中度过：前五年献给宗教，后十年献给艺术。二十七岁那年他放弃宗教而追求艺术，表面上是一大转变，本质上却不尽然。他放弃的只是教会，不是宗教，因为他对教会灰了心，认为凭当时腐败的教会实在不足以传基督之道。他拿起画笔，是想把基督的精神改注到艺术里来；隐隐然，他简直以基督自许。他在给提奥的信里说：“米勒有福音要传；我要请问，他的素描与一篇精彩的布道词有什么两样呢？”梵高对基督的仰慕见于给提奥的另一封信：“他活得安详，比一切的艺术家更成其为大艺术家；他不屑使用大理石、泥土、颜料，只用血肉之躯来工作。”梵高自觉和基督相似，不但一生的事业起步较晚，而且大限相迫，来日无多。基督传教，三十岁才开始。梵高在那年龄竟对弟弟宣称：“我这一生不但习画起步恨晚，而且可能也活不了多久……也许是六到十年。”他果真仅仅再活了七年。这不是一语成谶，而是心有所许。在艺术和身体之间，他宁可牺牲身体，因为身后还有艺术。所以他告诉弟弟说：“谁要是可惜自己的生命，终会失去生命，但是谁要不惜生命去换取更崇高的东西，他终会得到。”

梵高是现代艺坛最令人不安的性情中人。传记家、艺术史家纷纷窥探他的童年，想用弗洛伊德的显微镜找出什么“病根”或“夙慧”。结果：“与常童无异”。几乎所有的传记都不得不从二十岁开始，因为直到那时他的生活才“出了状况”，性情才开始“反常”，那是在一八七三年夏天，梵高在古伯画廊的伦敦分店工作。他单恋房东太太的女儿爱修拉·罗叶，求婚被拒，失意之余，情绪转恶，乃自放于社会之外，在画店的工作也失常起来。其后两年之中，他两度被调去巴黎分店。一八七六年初，他终于被店方解雇，结束了七年的店员生涯。

这时梵高的宗教亢奋已经升起，从一八七五到一八七九，四年之间信心高扬。开始他去英国的小镇蓝斯盖特与艾尔华斯教学童，并且间歇布道。然后回到荷兰，去埃滕（Etten）的新家探望家人，又去多特勒支任书店的伙计。一八七七年五月到次年七月，为了阿姆斯特丹神学院的入学试，他苦读了几近一年半；落榜之后，又去布鲁塞尔的福音学校受训，终于一八七八年底去比利时南部的矿区做了牧师。

梵高在号称“黑乡”的矿区待了一年有半，先是摩顶放踵，对矿工之家的布道、济贫、救难全心投入，真有救世主的担当。后来见黜于教会，宗教的狂热便渐渐淡了下来。满腔的热血在艺术里另找出路，就地取材，便画起矿工来。这时正是一八八〇年，也是梵高余生十年追求画艺的开始。

这十年探索的历程，以风格而言，是从写实的摹仿自然到象征的重造自然；以师承而言，是从荷兰的传统走向法国的启示而归于自我的创造；以线条而言，是从凝重的直线走向强劲而回旋的曲线；以色彩而言，则是从沉褐走向灿黄。但是若从地理着眼，则十年间的行程就像一记加速的回力球，自北而南，从荷兰打到巴黎，顺势向下飞滚，猛撞阿尔勒之后，折射圣瑞米，再一路反弹到奥维，势弱而止。这过程，一站短似一站：荷兰是五年，巴黎是两年，阿尔勒是十五个月，圣瑞米整整一年，奥维，只有两个多月。

荷兰时期（一八八一年四月至一八八六年一月）是他的成长期，为时最久。在这期间，他从炭笔、钢笔等的素描、水彩、石版，一直摸索到油画。题材则人像与风景并重，也有静物；人像最多农人、渔人、矿工、织工、村妇等的贫民，绝少“体面人物”。手法则笔触粗重，色调阴沉，轮廓厚实而朴拙，在荷兰写实的传统之外，更私淑法国田园风味的巴比松派，并曾受到他姐夫名画家安东·莫夫的指点。一八八五年的《食薯者》是此期的代表作。

五年之中，梵高先后住在埃滕、海牙、德伦特（Dr enthe）、尼厄嫩（Nuenen），和比利时的安特卫普（Antwerp）。他需要爱情，跟女人却少缘分，谈过两次恋爱，都不成功。前一次在埃滕，是追求守寡的表姐凯伊，被拒。后一次则是在尼厄嫩，带点被动地接受邻家女玛歌的柔情，但在家人的反对下玛歌险些自杀而死，以悲剧收场。中间还夹着一个妓女克丽丝丁，做他的模特儿并与他同居，几达两年之久，终于在提奥的劝告下分了手。他跟父亲的关系始终不和；一八八五年初，以他为憾的父亲突然去世。

巴黎时期（一八八六年二月至一八八八年二月）是梵高的过渡期，也是他艺术的催化剂。不经过这阶段，梵高就不能毅然挥别荷兰时期的阴郁沉重与狭隘拘泥，而没有这两年的准备与调整，忽然投身于法国南部的灿丽世界，就会手足无措，不能充分发挥自己的潜能，来接生这光华逼人的壮观。一八八六年的巴黎，印象主义已近尾声，使用点画技巧的新印象主义继之兴起。调色板的革命使北方阴霾里闯来的红头傻子大开眼界，不久他的色彩与线条也明快起来。凭了提奥的人缘，梵高结交了印象派与后期印象派的主要画家，而与罗特列克、高更、修拉等最有往还，也颇受他们的启发。高更用粗线条强调的轮廓和大平面凸出的色彩，修拉用不同原色并列而不交融的繁点技巧，日后对梵高的影响很大。另一方面，笔简意活而着色与造型都趋于抽象的日本版画，这时已经风行于法国画坛，也提供给他新的手法，甚至供他临摹。《老唐基》《梨树开花》等作都可印证。

在巴黎的两年，面对纷然杂陈的新奇画风，梵高忙于吸收与消化，风格未能稳定，简直提不出自成一家的代表作。一八八八年二月，他接受了罗特列克的劝告，摆脱一切，远走南方的阿尔勒（Arles）。这一去，他的艺术生命才焕发成熟，花果满树，只待他成串去摘取：八年的锻炼，准备的就是为此一刻。

阿尔勒是普罗旺斯的一座古镇，位于隆河三角洲的顶端，近于地中海岸，离马赛和塞尚的故乡艾克斯也不远。普罗旺斯的蓝空与烈日、澄澈的大气、明艳的四野，这使梵高亢奋不安，每天都要出门去猎美，欲将那一切响亮的五光十色一劳永逸地擒住。这是梵高的黄色时期：黄腾腾的日球，黄滚滚的麦浪，黄艳艳的向日葵，黄荧荧的烛光与灯晕，耀人眼睫，连他在拉马丁广场租来的房子也被他漆成了黄屋，然后对照着深邃的蓝空一起入画。有时在人像画的背景上，例如《阿尔勒女子》，也渲染了整片武断的鲜黄。有时，为了强调黄色，更衬以邻接的大蓝，一冷一热，极尽其互相标榜。有时意犹未尽，更夜以继日，把蜡烛插在草帽上出门去作画。在这时期，他一共作了两百张画，论质论量，论生命律动的活力，都是惊人的丰收。

然而阿尔勒时期不幸以悲剧告终。梵高对人热情而慷慨，常愿与人推心置腹，甘苦相共，然而除了弟弟之外，难得有人以赤忱相报。他的爱情从不顺利。在同性朋友，尤其是画友之间，他一直渴望能交到知己。在巴黎的时候，他曾发起类似“画家公社”的组织，好让前卫画友们住在一起，互相观摩，售画所得则众人共享。这计划当然没能实现，可是梵高并不死心。他在阿尔勒定居之后，再三力邀高更从布列塔尼南下，和他共住黄屋，同研画艺。高更个性外倾，自负而专横，善于纵横议论，对梵高感性的艺术观常加挖苦。梵高性情内向，不善言辞，虽然把高更当作见多识广的师兄来请教，却也坚持自己的信念，为之力争。这样不同的两种个性，竟然在同一屋顶下共住了两个月，怎么能不争吵？梵高的癫痫症酝酿已久，到此一触即发。一天夜里，他手执剃刀企图追杀高更，继又对镜自照，割下右耳，去送给一个妓女。

结果是高更回了巴黎，梵高进了医院。这是一八八八年圣诞前后的事。弟弟从巴黎赶来善后，但不久梵高癫狂又发了两次，在镇民的敌对压力下，梵高同意搬到二十五公里外圣瑞米镇的圣保罗寺去疗养。于是从一八八九年五月至次年五月，展开了梵高的圣瑞米（Saint R è my）时期。

他在山间那座修道院疗养了整整一年，其间发病七次，长者达两个月，短者约一周。清醒的日子他仍努力作画，题材包括病院内景，以柏树为主的院外风景、自画像等，并且临摹了伦勃朗、德拉克洛瓦、米勒、杜米埃等的三十幅作品。此时他创作不辍，固然是为继续追求艺术，也是为了对抗病魔，借此自救。一八九〇年一月，青年评论家奥里耶（Albert Aurier）在《法国水星杂志》上发表短文，称颂梵高的写实精神和对于自然与真理的热爱。同时提奥也生了一个男孩，并且追随伯伯，取名文森特。三月间，梵高在阿尔勒所作的画《红葡萄园》在布鲁塞尔的“二十人画展”中售得四百法郎，买主是画家之妹安娜·波克。这些好消息都令梵高振奋。同年五月，他北上巴黎。经提奥的安排，他去巴黎西北郊外三十公里的小镇奥维（Auvers-sur-Oise），接受嘉舍医生的看顾。

奥维时期从一八九〇年五月二十一日到七月二十九日，充满了回声、尾声。梵高仍然打起精神勉力作画，但是昔日在普罗旺斯的冲动却已不再：画面松了下来，色彩与线条都不再奋昂挣扎了。余势依然可见——《嘉舍医生像》《奥维教堂》《麦田群鸦》三幅为本期代表作，也都是公认的杰作。七月一日他曾去巴黎小住，探看弟弟、弟媳和侄儿文森特，并会见老友罗特列克与为他写评的奥里耶。回到奥维，他的无奈和忧伤有增无减，只觉得心中的画已经画完，癫痫却依然威胁着余生，活下去只有更拖累弟弟。七月二十七日下午，他在麦田里举枪自杀，弹入腰部，事后一路颠踬回到拉雾酒店。嘉舍医生无法取出子弹。次日提奥闻耗赶来，守在哥哥的床边。文森特并未显得怎么剧痛，反而静静抽他的烟斗。第三天凌晨，他才死去。临终的一句话，一说是“人间的苦难永无止境”，一说是“但愿我现在能回家去”。

文森特·梵高是死了，但是两兄弟的故事尚未完结。文森特死后，提奥悲伤过度，百事皆废。他唯一关心的是如何宣扬哥哥的艺术，便去找奥里耶，请他为文森特写传。奥里耶欣然答应，尚未动笔，两年后却生伤寒夭亡，才二十七岁。提奥为了文森特的回顾展到处奔走，事情未成，却和古伯画店的雇主发生争吵，愤然辞职。突然，他也精神失常起来，开始还只是糊涂，后来疯得厉害，不得不加囚禁。其间他一度清醒，太太带他回去荷兰，他又陷入深沉的抑郁，不再恢复。一八九一年一月二十五日，哥哥死后还未满半年，弟弟也随之而去，葬于荷兰，年才三十三岁。又过了二十三年，遗孀约翰娜读《圣经》，看到这么一句："死时两人也不分离"，乃将丈夫的尸体运去奥维，跟他哥哥葬在一起。

在现实生活中，提奥这一生全被哥哥连累，最后的十年，除了按月得寄一百五十法郎的津贴给哥哥之外，还不时要供应画具、颜料及刊物之类。文森特寄给他的画，都得保存、整理，并且求售。文森特对自己的信心，大半靠他的鼓舞来支持。文森特每次出事，也只有等他迢迢奔去，善后一切。甚至在婚后加重了家累，也是如此。可是他受而甘之，从无怨言，甚至在哥哥身后，仍念念不忘为这位埋没的天才传后。这样的弟弟啊，哪里去找？

文森特·梵高，把生命献给艺术，又生提奥，把生命献给哥哥。否则世上纵有梵高其人，必无梵高其画。今日面对《向日葵》和《星光夜》的神奇灿亮，全世界感动的观众，都要领提奥的一份情。

梵高的书信

梵高留给后世的两样东西，一是画，二是信。他的画不消说，早经公认为现代艺术的神品。他的信传后的也有七百多封，传记家可以从中发掘数据，考证日期，评论家可以探讨思想和技巧的发展，一般读者也可以从中摸到一颗敏感而体贴的热心。像这么亲切的自白，在文艺史上成为重要文献的，在梵高之前还有德拉克洛瓦的《日记》，之后则有劳伦斯的信札。

梵高为人木讷，拙于言辞，却勤于写信，在现实的挫折与寂寞的压力之下，把一腔情思都诉之函札。传说中的梵高，举止唐突而情绪不稳，但是在信中他却温文尔雅，娓娓动人。七百五十多封信里，写给提奥的多达六百五十二封，足见他这弟弟真是他的第一知己。寂寞的人最需要的，是一只关切的耳朵。在举世背对着他的时候，幸有提奥的耳朵向他开放，否则在绘画之外我们将少了一条直入他心灵的捷径。其余的约一百封则是写给画友与家人，计有给梵哈巴（Van Rappard）的五十八封、给贝尔纳（Emile Bernard）的二十一封、给高更的一封、给妹妹威廉明娜的二十三封。在阿尔勒时期，梵高的画质高而量多，平均每周画三张。同时信也写得最勤，平均每周写两封半。两者相加，足见心智活动之盛。如果减去三次发狂住院的两个多月，则清醒的日子就更忙碌了。

梵高的绘画

书信虽然直说，却是次产品与旁证。主产品当然是绘画。那画，不落言筌却言之亲切、恳切、痛切，广义上也是一封信，不是写给一个人，而是写给全世界。

梵高一生匆匆，起步习画又晚，创作只得十年，比起提香或毕加索来，不到七分之一。但是这十年的贡献，论质，不下于任何现代画家，论量，就更是多产了。从一八八〇年夏天到一八九〇年夏天，整十年里荷兰（包括在比利时矿区与安特卫普）占五年半，法国仅得四年半。在法国时期，仅计油画便有六百张以上。仅计狂疾发作到自杀的那一年半，产量竟逾三百张，更多的素描还不在内。

梵高的油画在人像、风景、静物各方面都很出色，也都留下了代表作。而无论如何分类，他的作品，尤其是在阿尔勒以后，线条则夭矫遒劲，律动不已，色彩则此呼彼应，相得益彰，轮廓则巧拙互补，气势流畅，整个画面有一股沛然运转的节奏感。许多画家的光都是外来的，取自现实，梵高的光却发自内里，像是发自神灵的光源。

人像画在他的艺术里分量既重，成就亦高。除了《食薯者》《阿尔勒病院》等少数例外，他的人像都是单像而非群像。这似乎是一个限制，但是他要捕捉的毋宁正是个性与寂寞。从早期的矿工到后期的嘉舍医生，他的像中人多为中下层阶级，不见美女贵人。他一生自放于江湖，见弃于社会，又穷得雇不起模特儿，乃成为小人物的造像者。他无须也无意取悦像中人，所以求真重于求美，真了，当然就美。他的人物可能是俗称的丑人，却因性格的力量，心灵的流露，生命的经历而蜕变，成就了艺术之美。另一方面，梵高的人像用色虚实相应，武断而有效，背景往往一扫现实，不是用满幅抽象的鲜黄（如《阿尔勒女子》）或浅青（如《邮差鲁兰》），便是索性放在星空下面，衬着永恒，例如《诗人巴熙》。这么一来，他的人物便自现实释放出来，变得独特而有尊严，甚至超凡入圣了。

梵高的自画像很多，变化亦富。在荷兰画家之中，他和伦勃朗前呼后应，成为多作自画像的两大例外。其实比起一切人像画家来，梵高的这类作品皆可谓多得出奇。这说明他有多么寂寞，却又多么勇于自省。除了俊男妍女，谁喜欢注视镜中的自我呢？然而梵高的自画像，正如前辈伦翁，却严于反观自顾，往往是透过“丑”的外表来探审内在的真情，并不企图美化。那许多自画像，激烈肃峻之中带着温柔，有时戴帽如绅士（巴黎时期），有时清苦如禅师（阿尔勒中期）、有时包着右耳的伤口（阿尔勒后期）、有时失魂落魄如白痴（阿尔勒后期）、有时咬紧牙关睥睨如烈士（最后的一张），形形色色，其面目恐怕是观众印象最深的画家了。

最奇异的景象是从巴黎时期起，他的自画像在背景上出现了光圈。圣徒或天使头顶的光圈，被梵高分解成点画派手法的色彩旋涡，一层层骚动的同心圆，一股股疾转的断续圆弧，把人像围供在中央。评论家指认这是梵高自命基督的意象，出现率之高令人可信。有时他在画别人的像中也顶以光轮。他自认这画法是一大贡献，并说

“我想把男女画得都带点永恒，就是以前用光圈来象征的那东西”。

梵高对前辈的大师经常临摹，而效法最多的仍是人像。德拉克洛瓦的《圣母恸子图》、丢勒的《监狱内院》及米勒的《播种者》《收割者》等都是佳例。最可惜也最不解的，是这位人像大家竟未为自己的好弟弟画一张像。

风景画也是梵高的重要作品，其中尚有不少变化。论风格，早期的风景，例如《斯开文宁根海岸》，色调阴沉，比较拘泥于写实。巴黎时期的，例如《蒙马特岗花圃》，开始学印象派甚至点画派。进入阿尔勒时期之后，才建立了自己的风格：一种是画面开旷平静，多为远景，比较写实，例如《平畴秋收》和《桃树果园》；另一种是画面波动甚至旋转，地面起伏，众树回舞，连天上的风云也流动响应，就比较写意，也即所谓象征了，例如《橄榄林》和《星光夜》。后面这一种写意风景不但人格化，简直神格化了，颇有颂歌的意味。把以往罕见入画的群星，写意成花朵、成旋涡、成回流、成一丛金黄的太阳，真是匪夷所思，天真得入神。柏树扭旋成绿色的火焰，在向往升天。麦浪掀起整幅的鲜黄，在地上汹涌。连大地本身也在蠢动，甚至一条平凡的村道或是田间的阡陌，也翻翻滚滚，像河水一样流来。莫奈的风景虽美，仍在人境，梵高的风景却入于宗教了。对于梵高，黄色属于土地，既生万物，亦葬众生。

梵高的静物亦超越现实而具有象征，被内在的光所照亮。早期的《皮鞋》和巴黎时期的《静物与鲭鱼》虽已显示出众的感性，但是要到阿尔勒时期的《向日葵》、圣瑞米时期的《白玫瑰》和《鸢尾

寂寞的人最需要的，

是一只关切的耳朵。

余光中

1928 — 2017

花》，才终于别创一格。尤其是那一组十二幅的《向日葵》，十四五朵矫健而焕发的摘花，暖烘烘地密集在一只矮胖的陶瓶子里，死期迫近而犹生气盎然。除了绿茎、绿萼、绿蕊的对照之外，花、瓶、桌、壁，一切都是艳黄，从柠檬黄、土黄、金黄到橘黄，简直是黄的变奏。色调之和谐绚烂，像是在安慰视觉的神经。

为了求变、求全，梵高惯于反复探讨同一主题，所以常见同题异画，有时还很多张，而精粗也有参差，赏者不可不察。无论人像、风景、静物，都有这现象。例如《邮差鲁兰》便有两张都是半身，一张及胸，背景多花，另一张及膝，背景无花。《食薯者》除了有许多头像草稿之外，全画也有正副两张，副张比正张要差很多。

如果把家具也归入静物，则此类佳作至少还得一提阿尔勒时期的《梵高的卧室》《梵高之椅》《高更之椅》。《梵高的卧室》已很有名，但是那一对扶手椅赏者不多，未免错过眼福。而《高更之椅》尤其华丽之中透出神奇，构图、配色、造型都臻于至善。这是黄色时期的巅峰，此图在缤纷错锦之中仍让黄色称王。上面的深绿壁面反托出暖黄的吊烛台，下面的椅垫上也有一台插烛，金黄的光焰正在飘动。加上两本书反光的封面，和绿椅垫上密密的金线，真是十分耐看。除了油画，梵高的素描也十分可观。这些副产品有的独立自主，有的只是吉光片羽，为正规的油画做证，有的甚至随手勾在信纸上，便于说明。早期的素描多用炭笔，作风奔放，后期兼用钢笔，有的画得十分精致，透视井然。有些评论家甚至认为他始终是一位素描家，画起油画来也还是素描技法，也就是说，以线条为主。

代表作举例

限于篇幅，梵高的杰作不胜枚举，但是综观概论又嫌空泛，以下挑出几幅代表作来，略加赏析。

《食薯者》(*The Potato-Eaters*)——作于一八八五年五月，是荷兰时期的杰作。梵高为这幅力作投注了很多心血。他曾屡次为画中人素描了个别的头像和手像，其后在三月间才为群像画了一幅草稿，四月间画了油画的初稿，五月间才画出今日我们眼熟的完稿。素描、草稿、初稿都画于现场，梵高在不满之余，发现自己太贴近对象了。完稿是回去画室，凭着记忆一气呵成的。

画中人是梵高故乡布拉班特的农家，姓德格鲁特。一家人在煤油灯下围着桌子叉食薯块，在田里锄土挖薯的，也就是这些筋骨暴露的糙手。槎枒的梁木、烟熏的旧墙、蒸薯的热气、污秽的桌布，和上面咖啡杯的阴影，配合着一家人各就各位默默共餐的神情，烘托出一片又无奈又温馨的气氛。整个画面似乎用马铃薯的色调染成。梵高传记《尘世过客》(*Stranger on the Earth*)的作者鲁宾(Albert Lubin)说："这是梵高对荷兰统治阶级漠视农民的证词。"我觉得就画论画，与其说那上面是对于当道的愤恨，不如说是对农家的关心。

不过鲁宾另有一说倒不妨参考。据他说，梵高的父亲在此画绘成之前二月突然去世，所以作画时梵高的心底隐然潜动着老家的回忆。表面上围坐的是德格鲁特家人，其实是他自己的家人。左手坐的是梵高自己，要是你仔细看，他的椅背上正签着 Vincent 之名。右手是他母亲，貌似专心在倒咖啡，其实是心恸亡儿，不愿接受他的关注。背对观众站在文森特和母亲中间的，正是文森特前一胎的那亡儿，所以不见面目。当中面向观众的两人，左边是文森特的妹妹威廉明娜，右边是父亲。妹妹一向是在文森特一边；父亲举杯向母亲，母亲却不理会。文森特的头顶，画的左上角是一座挂钟，正指着七点。其右是一幅画，隐约可见基督在十字架上，也正透露文森特的基督意识。

《老唐基》（*Per Tanguy*）——作于一八八七年，画中人是巴黎的小画商，也是印象派画家的死党，为人热情忠厚，也曾善待梵高。看得出，在色彩的处理上，此画已受到修拉点画法的引导，但是须眉、衣裤的线条已经有自己的技法。最触目的是背后挂的日本版画，不但显示这些画当时在巴黎多么流行，也说明梵高多么喜欢这风格。像《老唐基》这样的人像，日后到阿尔勒，在《邮差鲁兰》等作品里表现得更为生动。

《夜间咖啡座》（*Caf é Terrace at Night*）——为一八八八年作品，确是梵高夜间在现场所绘。梵高在信中曾说："我常认为夜晚比白昼更有活力、更富色彩"；又说："第二幅画的是一家酒店的露天座，夜蓝之中一盏大煤气灯照亮了座台，还有一角繁星的蓝空。"色彩的对照没有比此画更艳丽飨目的了。灯光的鲜柠檬黄，佐以座台的暖橘色，气氛热烘烘的，连卵石的街道也有微明的反光。反衬这中央亮色的，是上面楼房的灰紫和下面街道的碎紫，门框和星夜的深蓝左右对峙，背景更衬以深巷的暗邃。也没有任何夜景比此画更富诗意的了。整幅画的视觉美感简直就是一曲夜色颂。单看星空下的深巷，就足以令人出神入“画”，目迷于星灿如花，远远近近，都闪着颤颤的光晕，近的一些眼看着就逼近巷底的楼顶了。那神秘而黑的楼影，却有隐约的灯火橘黄，从狭细的窗口漏出。百年前普罗旺斯的星光夜，就这么被一双着魔的眼睛捉住，永远逃不掉了。

《星光夜》(*The Starry Night*)——作于一八八九年，属于圣瑞米时期。梵高对于星空异常神往，甚至用来做人像的背景，例如那张《诗人巴熙》，似乎把像中人提升到星际而与永恒同在了。这种渴慕星空的宗教热情，到了癫狂发作后的圣瑞米时期，迸发而为《星光夜》一类的夜景，有时画面更见星月交辉。这一幅《星光夜》，人间寂寂而天上热烈。下面的村庄果然有星月的微辉，但似乎都已入梦了，只有远处教堂的尖顶和近处绿炬一般的柏树，互相呼应，像谁的祷告那样，从地面升向夜空。而那夜空浩浩，正展开惊心动魄的一大启示，所有的星都旋转成光之旋涡，银河的长流在其间翻滚吞吐，卷成了回川。有些人熟视此画会感到晕眩。这正是梵高的感受，在此之前，他久已苦于晕眩，并向贝尔纳承认自己有惧高症。在巴黎，他的症状严重得甚至不惯于爬楼，且说感到“阵阵的晕眩，像在做噩梦”。难得的是别人也许因此而自困，梵高却把自己的病症转引成艺术，带我们去百年前也是永远的星空。

《鸢尾花》(*Field of Irises*)——是一八八九年圣瑞米时期作品。正如在阿尔勒画了十二幅向日葵，梵高在圣瑞米所画鸢尾花也不止一幅。另有一幅是插瓶，构图与向日葵相似。这一幅却是花圃所生，也就是近日以高价拍卖而举世瞩目的一幅。在希腊神话里 Iris 原为彩虹之女神，在纹章谱里据说鸢尾花也是法国王徽 fleur-de-lis 图案之所本。梵高未必用此联想。他后期画中的花卉，无论是向日葵、鸢尾花、白玫瑰，无论茎叶或花朵，都生命昂扬，在婀娜之中透出刚健，和印象派画花的妩媚不同。这满园的鸢尾昂昂然破土而出，茎挺而叶劲，勃发的生机沛然向上，似乎破土还不够，更欲破画而去。蓝紫色的花朵衬以三五红葩，繁而不乱，艳而不俗。左角上伸过来的白葩使整个画面为之一亮，而免于过分密实；没有这白葩，就失之单调了。一簇簇的长叶挺拔如剑，叶尖的趋势使画面形成欣然向上的动感。布局上最突出的地方，便是只有近景，不留余地，予人就在花前之感。

《嘉舍医生》——进入了奥维时期，作于一八九〇年六月。梵高在奥维的十个星期里，一共画了七十张油画，三十二张素描：其中十二张是人像，包括嘉舍医生和他的家人。梵高去那小镇，原来是要就医于加谢，不料医生竟然比病人还要忧郁，而且坐立不安。加谢是业余画家，当代的大画家几乎都接受过他的招待，因此家中藏画很多。他一见到梵高的《向日葵》，就断定是不朽之作。梵高为他画了这幅像后，他惊喜至极，要求梵高再画一幅完全一样的送他。梵高不但再作一幅，还用水彩又画了一遍。仍以这正本最为传神，色调也最完美。正如梵高在信中所云，这画像的神情“悲哀而温柔，却又明确而敏捷”。加谢左手按着一枝指顶花（Foxglove），右手托头的姿势，显示他有多忧烦、多疲倦。天的冈蓝、山的郁蓝，加上翻领外套的灰紫，呼应身躯的倾斜无奈、脸上的怔忡失神，真是梵高人像中的神品。梵高死时，加谢守在病床边为他画了一张瞑目的遗像，也算是无奈的报答了吧。

《麦田群鸦》(*Crows over the Wheatfield*)——作于一八九〇年六月，几乎是在自杀的前夕。许多人以为这是梵高的最后作品，其实《一八九〇年七月十四》那幅才是。不过《麦田群鸦》确是他一生艺术的回光返照，剧力之强前所未见。就在六月间他曾写信告诉弟弟和妹妹："迄今我又已画了三幅大画。都是骚动的天色下广阔的麦田，我根本不用特别费事，就能够画出悲哀与无比的寂寞。"

蓝得发黑的骇人天穹下，汹涌着黄滚滚的麦浪。天压将下来，地翻覆过来，一群不祥的乌鸦飞扑在中间，正向观者迎面涌来。在放大的透视中，从麦浪激动里三条荒径向观者，向站在画前，不，画外的梵高聚集而来，已经无所逃于天地之间了。画面波动着痛苦与焦虑，提示死亡正苦苦相逼，气氛咄咄祟人。这种压迫感跟用色的手法颇有关系，因为梵高用短劲的线条把不同的色彩相叠在一起。评论家夏比洛(Meyer Schapiro)认为画中充满绝望，鲁宾却另有一说。他说，那绝望是用基督的口气来说的。基督钉上十字架而解脱了痛苦。梵高在想象中以基督自任，也上了十字架，所以"黑暗布满了大地"。那两条横径就是十字架的横木，而中间的斜径正是十字架纵木的下端。基督之头，亦即画家之头，却在画外仰望着天国。

寂寞身后事

梵高死后的十年间，巴黎、阿姆斯特丹等地有过六次梵高画展，其中两次分别由他的画友贝尔纳和弟媳妇约翰娜所促成。这些个展并未引起多少注目，但是到了第七次，在巴黎伯尔海二世画廊展出时，却吸引了不少文艺界的精英。三十七岁的奥地利诗人霍夫曼希塔尔，观后深为感动，且在信中告诉朋友："这位画家叫文森特·梵高。从目录所列的年份颇近看来，他应该还在人世……年纪不会比我大吧。"足见时人对他的存殁都不清楚。但是马蒂斯、德朗、弗拉曼克，未来的野兽派要角，却在这次画展的揭幕礼上相逢，而且弗拉曼克还叫道："我爱梵高胜过爱父亲！"

从画展的频率，也可以看出梵高作品普及的历程。西欧各国接受他最早：一九〇五年，他的画展先后在巴黎、阿姆斯特丹、德勒斯登、多特勒支举办了四次。另一高潮是在一九二七年，分别展出于巴黎、海牙、伯尔尼、布鲁塞尔。二次大战之后，梵高热又显著升高。从一九四五到一九五三年，欧美各地一共有十二次画展，会场遍及十七个都市：高潮是一九四七年的四次，一九四八年的三次。一九三五至一九三六年，梵高以巡回展方式首入美国；一九四九至一九五〇年又巡回于纽约的大都会与芝加哥的艺术馆。最有意义的一次巡回展，是一九五一年在法国南部，起站是里昂，终点竟然是阿尔勒与圣瑞米。六十年后，红头疯子的灵魂又回到受难的旧地，真有基督复活之叹。梵高地位之经典化，当在二十世纪四十、五十年代之交。

梵高早经公认为后期印象派（Post-Impressionism）四位大师之一，但是他的作品特具精神的内容，尤其是宗教的情操，与高更的神秘象征或有相通之处，但与塞尚、修拉的技巧革命却不一样。他那民胞物与的博爱胸怀，透过线条的波荡、色彩的呼唤，最富于人文的感召力，所以对文学家最能吸引，也较能感动广大的观众。

在艺术界，梵高对后世的影响不如塞尚之广，却自有传人。论性灵的悸动、精神的张力、着魔的表情，他对北欧的画家最多启示，尤其是对日耳曼族的表现派画家诺尔德（Emil Nolde）、贝克曼（Max Beckmann）、柯柯希卡（Oskar Kokoschka）。比利时的安索（James Ensor）、挪威的孟克（Edvard Munch）可以算是他的师弟。孟克那幅祟人如魇的石版画《狂呼》，连梵高见了也要大吃一惊。柯柯希卡那些人像的眼神与手势，尤其是那幅情人相拥而飞旋于虚空的《暴风雨》，可谓梵高式焦灼的变本加厉。贝克曼的名作《家人》，画一家六口同室而寂寞的群像，也是烛光在中间，左边的人望着右边的人，右边的人却垂目不应，也是一女子背着观众：构图太像《食薯者》了。

论技巧，则在南方，一任形体变态、色彩骚动以解放本能的野兽派，也是梵高的传人。马蒂斯倾向秩序与冷静，较受高更的影响，但是弗拉曼克与德汉，则继承梵高的粗曲线与亮色较多。另有一位独来独往的俄裔画家，无论人像、风景、静物，在用色、布局和风格上都接近梵高，名叫苏丁（Chaim Soutine，1894—1943）。

至于曲线装饰的“新艺术”（Art Nouveau）和象征风格的“先知派”（The Nabis），也受了梵高的间接影响。但是高更的粗曲线轮廓和写意色彩对他们的启示，比梵高更大。

就广义而言，站在梵高这一切瑰丽炽烈的杰作之前，一百年后的我们，感动而又感恩之余，又有谁不是梵高的信徒呢？因为这位超凡入圣的大画家，从教会的传道者变成艺术的传道者，最后更慷慨成仁，做了艺术的殉道者。

——一九九〇年三月

梵高的向日葵

梵高一生油画的产量在八百幅以上，但是其中雷同的画题不少，每令初看的观众感到困惑。例如他的自画像，就多达四十多幅。阿尔勒时期的《吊桥》，至少画了四幅，不但色调互异，角度不同，甚至有一幅还是水彩。《邮差鲁兰》和《嘉舍医生》也都各画了两张。至于早期的代表作《食薯者》，从个别人物的头像素描到正式油画的定稿，反反复复，更画了许多张。梵高是一位求变、求全的画家，面对一个题材，总要再三检讨，务必面面俱到，充分利用为止。他的杰作《向日葵》也不例外。

早在巴黎时期，梵高就爱上了向日葵，并且画过单枝独朵，鲜黄衬以亮蓝，非常艳丽。一八八八年初，他南下阿尔勒，定居不久，便邀高更从西北部的布列塔尼去阿尔勒同住。这正是梵高的黄色时期，更为了欢迎好用鲜黄的高更去“黄屋”同住，他有意在十二块画板上画下亮黄的向日葵，作为室内的装饰。

梵高在巴黎的两年，跟法国的少壮画家一样，深受日本版画的影响。从巴黎去阿尔勒不过七百公里，他竟把风光明媚的普罗旺斯幻想成日本。阿尔勒是古罗马的属地，古迹很多，居民兼有希腊、罗马、阿拉伯的血统，原是令人悠然怀古的名胜。梵高却志不在此，一心一意只想追求艺术的新天地。

到阿尔勒后不久，他就在信上告诉弟弟："此地有一座柱廊，叫作圣多芬门廊，我已经有点欣赏了。可是这地方太无情、太怪异，像一场中国式的噩梦，所以在我看来，就连这么宏伟风格的优美典范，也只属于另一世界：我真庆幸，我跟它毫不相干，正如跟罗马皇帝尼罗的另一世界没有关系一样，不管那世界有多壮丽。"

梵高在信中不断提起日本，简直把日本当成亮丽色彩的代名词了。他对弟弟说：

"小镇四周的田野盖满了黄花与紫花，就像是——你能够体会吗？——一个日本美梦。"

由于接触有限，梵高对中国的印象不正确，而对日本却一见倾心，诚然不幸。他对日本画的欣赏，也颇受高更的示范引导；去了阿尔勒之后，更进一步，用主观而武断的手法来处理色彩。向日葵，正是他对"黄色交响"的发挥，间接上，也是对阳光"黄色高调"的追求。

一八八八年八月底，梵高去阿尔勒半年之后，写信给弟弟说：

“我正在努力作画，起劲得像马赛人吃鱼羹一样；要是你知道我是在画几幅大向日葵，就不会奇怪了。我手头正画着三幅油画……第三幅是画十二朵花与蕾插在一只黄瓶里（三十号大小）。所以这一幅是浅色衬着浅色，希望是最好的一幅。也许我不止画这么一幅。既然我盼望跟高更同住在自己的画室里，我就要把画室装潢起来。除了大向日葵，什么也不要……这计划要是能实现，就会有十二幅木版画。整组画将是蓝色和黄色的交响曲。每天早晨我都乘日出就动笔，因为向日葵谢得很快，所以要做到一气呵成。”

过了两个月，高更就去阿尔勒和梵高同住了。不久两位画家因为艺术观点相异，屡起争执。梵高本就生活失常，情绪紧张，加以一生积压了多少挫折，每天更冒着烈日劲风出门去赶画，甚至晚上还要在户外借着烛光捕捉夜景，疲惫之余，怎么还禁得起额外的刺激？圣诞前两天，他的狂疾初发。圣诞后两天，高更匆匆回去了巴黎。梵高住院两周，又恢复作画，直到一八八九年二月四日，才再度发作，又卧病两周。一月二十三日，在两次发作之间，他写给弟弟的一封长信，显示他对自己的这些向日葵颇为看重，而对高更的友情和见解仍然珍视。他说：

如果你高兴，你可以展出这两幅《向日葵》。高更会乐于要一幅的，我也很愿意让高更大乐一下。所以这两幅里他要哪一幅都行，无论是哪一幅，我都可以再画一张。你看得出来，这些画该都抢眼。我倒要劝你自己收藏起来，

> 只跟弟媳妇私下赏玩。这种画的格调会变的，你看得愈久，它就愈显得丰富。何况，你也知道，这些画高更非常喜欢。他对我说来说去，有一句是：“那……正是……这种花。”你知道，芍药属于让南（Jeannin），蜀葵归于科司特（Quost），可是向日葵多少该归我。

足见梵高对自己的向日葵信心颇坚，简直是当仁不让，非他莫属。这些光华照人的向日葵，后世知音之多，可证梵高的预言不谬。在同一封信里，他甚至这么说：“如果我们所藏的蒙蒂塞利那丛花值得收藏家出五百法郎，说真的也真值，则我敢对你发誓，我画的向日葵也值得那些苏格兰人或美国人出五百法郎。”

梵高真是太谦虚了。五百法郎当时只值一百美金，他说这话，是在一八八八年。几乎整整一百年后，在一九八七年的三月，其中的一幅向日葵在伦敦拍卖所得，竟是画家当年自估的三十九万八千五百倍。要是梵高知道了，会有什么感想呢？要是他知道，那幅《鸢尾花圃》售价竟高过《向日葵》，又会怎么说呢？

一八九〇年二月，布鲁塞尔举办了一个“二十人展”（Les Vingt）。主办人透过提奥，邀请梵高参展。梵高寄了六张画去，《向日葵》也在其中，足见他对此画的自信。结果卖掉的一张不是《向日葵》，而是《红葡萄园》。非但如此，《向日葵》在那场画展中还受到屈辱。参展的画家里有一位专画宗教题材的，叫作德格鲁（Henry de Groux），坚决不肯把自己的画和“那盆不堪的向日葵”一同展出。在庆祝画展开幕的酒会上，德格鲁又骂不在场的梵高，把他说成“笨瓜兼骗子”。罗特列克在场，气得要跟德格鲁决斗。众画家好不容易把他们劝开。第二天，德格鲁就退出了画展。

梵高的《向日葵》在一般画册上，只见到四幅：两幅在伦敦，一幅在慕尼黑，一幅在阿姆斯特丹。梵高最早的构想是“整组画将是蓝色和黄色的交响曲”，但是习见的这四幅里，只有一幅是把亮黄的花簇衬在浅蓝的背景上，其余三幅都是以黄衬黄，烘得人脸颊发燠。

荷兰原是郁金香的故乡，梵高却不喜欢此花，反而认同法国的向日葵，也许是因为郁金香太秀气、太娇柔了，而粗茎糙叶、花序奔放、可充饲料的向日葵则富于泥土气与草根性，最能代表农民的精神。

梵高嗜画向日葵，该有多重意义。向日葵昂头扭颈，从早到晚随着太阳转脸，有追光拜日的象征。德文的向日葵叫 Sonnenblume，跟英文的 sunflower 一样。西班牙文叫此花为 girasol，是由 girar（旋转）跟 sol（太阳）二字合成，意为“绕太阳”，颇像中文。法文最简单了，把向日葵跟太阳索性都叫作 soleil。梵高通晓西欧多种语言，更常用法文写信，当然不会错过这些含义。他自己不也追求光和色彩，因而也是一位拜日教徒吗？

其次，梵高的头发棕里带红，更有“红头疯子”之称。他的自画像里，不但头发，就连络腮的胡髭也全是红焦焦的，跟向日葵的花盘颜色相似。至于一八八九年九月他在圣瑞米疯人院所绘的那张自画像（也就是我中译的《梵高传》封面所见），胡子还棕里带红，头发简直就是金黄的火焰；若与他画的向日葵对照，岂不像纷披的花序吗？

因此，画向日葵即所以画太阳，亦即所以自画。太阳、向日葵、梵高，圣三位一体。

另一本梵高传记《尘世过客》（*Stranger on the Earth*）诠释此图说："向日葵是有名的农民之花；据此而论，此花就等于农民的画像，也是自画像。它爽朗的光彩也是仿自太阳，而文森特之珍视太阳，已奉为上帝和慈母。此外，其状有若乳房，对这个渴望母爱的失意汉也许分外动人，不过此点并无确证。他自己（在给提奥的信中）也说过，向日葵是感恩的象征。"

从认识梵高起，我就一直喜欢他画的向日葵，觉得那些挤在一只瓶里的花朵，辐射的金发，丰满的橘面，挺拔的绿茎，衬在一片淡柠檬黄的背景上，强烈地象征了天真而充沛的生命，而那深深浅浅交交错错织成的黄色暖调，对疲劳而受伤的视神经，真是无比美妙的按摩。每次面对此画，久久不甘移目，我都要贪馋地饱饫一番。

另一方面，向日葵苦追太阳的壮烈情操，有一种知其不可为而为之的志气，令人联想起中国神话的夸父追日，希腊神话的伊卡瑞斯奔日。所以在我的近作《向日葵》一诗里我说：

你是挣不脱的夸父

飞不起来的伊卡瑞斯

每天一次的轮回

从曙到暮

扭不屈之颈，昂不垂之头

去追一个高悬的号召

——一九九〇年四月

壮丽的祭典

——梵高逝世百年回顾大展记盛

1

就国际艺坛而言，一九九〇当仁不让是梵高年。梵高逝世百年的回顾大展，在四个月内吸引了一百二十五万观众，平均每天超过一万人。他一生留下的遗迹，因画而着，也有多情的脚步去临景凭吊，一一追踪。单以他临终前住过十个星期而且终于落葬的奥维来看，便可见其盛况。梵高定居该镇，是一世纪前的五月二十日至七月二十九日。今年同一时段涌入该镇去吊梵高之墓的观众，根据法新社的报道，有十万人；七月二十九那天，更有四百人参加了追悼的典礼。吾妻我存、吾女幼珊和我三人，也在那一百二十五万观众与十万吊客之列。我们从荷兰提回来好几公斤的梵高画册，和琳琅满目的视觉长留。一九九〇年对于我家，真是壮丽无比的梵高年。

我的梵高缘，早在女儿出世前就开始了。甚至早在婚前，就已在我存那里初见梵高的画册。向日葵之类，第一眼就令人喜欢，但是其他作品，要从“逆眼”看到“顺眼”，从“顺眼”看到“悦目”，最后甚至于“夺神”，却需要经过自我教育的漫长历程。其结果，是自己美感价值的重新调整，并因此跨入现代艺术之门。于是我译起史东的《梵高传》来。

当时我才二十七岁，对西洋绘画的兴趣大于知识，好在英文已有把握，遇到绘画问题，肯下苦功遍考群籍。梁实秋先生听我自述大计，欣然赞许，因为他刚巧也读过这部奇书，可是觉得书太长了，劝我不如节译算了。我不为所动，认定一本书既然值得翻译，就该全译，否则干脆不译。一旦动手，而且在《大华晚报》上连载，当然欲罢不能，十个月的光阴就投进去了。我不但在译一本书，也在学习现代绘画，但更重要的是，在认识一个伟大的心灵，并且借此考验自己，能否在他的感召之下，坚持不懈，完成这桩长期的苦工。

初译《梵高传》的那年，我自己还是惨绿少年，无论身心，都正陷于苦恼的困境。但是译动了头之后，有所寄托，心境渐趋安定，久而至于澄明，甚至身体也奇妙地恢复了康泰。面对着“红头疯子”坎坷的一生，我的小灾难消失在他的大劫之中，像一星泡沫卷入了一盘旋涡，随其浮沉。译到梵高自杀的时候，译者却反而得救了。

当时我的译文是在无格的白纸上横写，改正之后，寄给在崁子脚中纺幼儿园任教的我存，由她誊清在有格的稿纸上，再寄回给我。就这么，三十多万字的译文全靠她陆续誊清，才能送去报社发表。

为求简便，我寄译文给她时，往往也就在稿纸背面匆匆写信，所以那一大沓译稿，附有不少旧信，因为尚在婚前，更有情书的意味。在我们早年的回忆里，梵高其人其画，都是不可缺少的一份。苦命的文森特早已成了我家共同的朋友。

《梵高传》的中译本出版三十多年以来，影响深远，也为译者赢得不少朋友。直到最近，我才发现陈锦芳十四岁就读了《梵高传》，林怀民更早，十二岁就读了。足见这本书不但感动了译者，也影响了许许多多杰出的心灵。

今年四月，台湾《中国时报》、荷兰航空公司、台北市立美术馆合办“梵高逝世百周年教育展”，主要的活动是展出荷兰摄影名家保罗·胡夫（Paul Huf）追寻梵高足迹所拍的一百五十帧照片。那些镜头展示了百年前画家取景的所本，与名画对比而观，不但有互相印证之趣，更可窥探梵高改造自然是如何不拘形迹，真应了李贺所说的“笔补造化天无功”。胡夫先生的摄影艺术把我们带到当日许多名画的“现场”，告诉我们，喏，梵高的魔术就是从这里变起的！于是我们觉得更亲近梵高了。

那时正是四月中旬，荷兰的梵高大展，揭幕已有半月。参观的门券虽然只要荷币二十元一张，却必须趁早预购。等到我七月去荷兰时，大展已近尾声，手中无票，怕只能过屠门而大嚼了。荷航总公司的公共关系主任封德林克（R.C.J.Wunderink）也是一位诗人，问明我准备访荷的日期，对我保证，到阿姆斯特丹后尽管去找他，自有招待券送我进场。

我终于看到了梵高大展。

梵高一生的作品，据最新的统计，油画接近九百张，素描为一千一百张。各式各样的复制品我看过很多，但是说到原作，在这次去荷兰之前，我亲眼看过的，把芝加哥、纽约、巴黎几处美术馆加在一起，不会超过三十张。复制品与原画之间的差异，尤其是色彩繁富之作，往往大得离奇，有时简直面目全非。一般的画册或明信片，不是太浓艳，便是太淡薄。总要等亲睹原貌之后，知道了好歹，才能放心。梵高的翻版虽然风行天下，要捉摸他的“原貌”却比其他画家更难，因为他惯于把同一人物、同一风景画上几遍，而每一遍都有不同，不是构图有出入，便是色调有变化，所以观者往往觉得似曾相识，其实却是另一幅画。这次在荷兰，各国馆藏的梵高精华集于一堂，终于放目恣览，反复比照，一日之内遍赏梵高最美的“原貌”，那种视觉的豪奢餍饫，直到此刻还大堪舔馋。

2

一九九〇年的梵高大展，规模之大，展期之长，罕见其匹。一九五三年，为了庆祝梵高诞生一百周年，阿姆斯特丹的国立梵高美术馆（Riyksmuseum Vincent van Gogh，Amsterdam），和奥特洛的国立克洛勒·穆勒美术馆（Riyksmuseum Kröller-M ler，Otterlo）曾经联合举办了一次展览，展品皆为两馆自藏。这一次逝世百周年纪念的大展，向外国借来的油画多达四十七幅，占全部油画展品的三分之一，而出借的国家也多达十六个。最值得注意的是苏联、东德、捷克、匈牙利等国家的美术馆也慨然赞助。在欧美以外，日本也借出两幅，一幅是私人所有，一幅是广岛美术馆所藏。美国各馆借出十幅，法国的奥赛新馆借出八幅，皆多于他国。另有一点值得注意的是：私人手中的梵高作品仍然不少。仅以这次大展而言，一百三十三幅油画里，向私人借展的就占了二十四幅。这些“私画”非但真迹平时难见，就连复制品也远不及“公画”的那么流行。五月十五日，正当大展高潮，梵高末期的名画《嘉舍医生》在纽约克丽丝蒂公司，以八千二百五十万美元售出。那便是一张私画，现在转到日本富豪手里，仍是私藏。名画身价高涨，固然是画家的光荣，但是转来转去始终落在豪门之内，当作奇货可居，却与观众无缘。对于这件事，梵高未必高兴。可是这一次梵高大展能集这么多私画于一堂，却是观众难得的眼福。

百年大展之胜，不但在规模之大，也在设计之精。梵高作品上千，究竟该展出哪些呢？在组织庞大的展览委员会之下，由梵蒂尔波格（Louis van Tilborgh）与梵德福克（Johannes van der Wolk）两位专家分别负责油画与素描的选择与目录的编排。选画的原则，取决于梵高对自己作品的评价，也就是说，入选之作，都是他在写给弟妹和画友的信中津津乐道的那些。因此这百年的回顾大展，等于经画家自己选定，很像作家的自选集。

至于大展现场出售的所谓目录（Catalogue），简直是两本巨著，加起来有六百多页，不但把展出的三百八十一幅画全部彩色印出，而且详加分析，间或佐以考证，附以其他黑白图片，作为比较。最有趣的是一些名画的草稿，往往还不止一张，附在完稿的旁边，显示画家的意匠如何从混沌演变到清明，也可见梵高用功之勤。

大展筹备之严谨，在展览馆中处处可见。首先是挂画的次序，在年代的先后顺序中兼顾主题的发展，纵横并进。油画的排列，依次是海牙一幅，尼厄嫩十一幅，巴黎二十二幅，阿尔勒五十幅，圣瑞米三十三幅，奥维十六幅，恰如其分地显示每一时期的比重。

更可贵的，是将同一时期描绘共同主题的一组作品并列而挂，以便观众就近比较。梵高生前屡次强调，说他的作品不要一张张分开来，应该合而观之，才能算是他的 oeuvre（作品）。他对自己的要求很严，且又富于探讨求全的精神，每次找到重要的新主题，都不甘只用一次就轻易放过，总在素描草稿之后，就造型、着色甚至肌理各方面，再三试验，务求尽善尽美，而穷极人情物态。这种苦究主题的毅力与功力，在人像、风景、静物三方面都有见证。

梵高没有钱多雇模特儿，特立独行既难见容于世，罕有的画风也往往不为爱画者所喜，因此他在人像画上的不凡成就分外可惊。大展场中，早如《农妇果迪娜》（*Portrait of Gordina de Groot*），晚如《邮差鲁兰的太太》（*La Berceuse, Portrait of Madame Roulin*），都是大同小异的两张画像并列。最可惊的是《吉奴太太的画像》，又称《阿尔勒的妇人》（*L'Arl ienne, Portrait of Madame Ginoux*）。梵高在阿尔勒时期为她画了两张像，均为左手支颐，眼神低垂而若有所思，但脸色和背景的颜色则有差异，因此在色调上一则青冷，一则黄暖。到了圣瑞米时期，他又根据高更素描的吉奴太太像，作了五张油画，但色调及线条都比阿尔勒时期那两张淡远，其中的三张排成一排挂在大展的会场。阿尔勒时期那两张则并列在另一面墙上。

这是同类的并列。另一种则是对比的并列：最惹眼的是一排三张互异的人像，从左到右是《农人艾思卡烈》（*The Peasant, Portrait of Patience Escalier*）、《诗人巴熙》（*The Poet, Portrait of Eugene Boch*）、《情人米烈》（*The Lover, Portrait of Paul-Eugène Milliet*）。这三张像中的人物，身份与表情各不相同，色调也大异其趣，挂在一起，正好说明梵高风格变化之多。

风景画里，最明艳的莫过于四张并列的果树，依次是《粉红果树园》《白色果树园》《梨树开花：纪念莫夫之死》《梨树开花》。这四张画不但主题相近，甚至色感也互相呼应，都是在白云蓝天的背景上经营开花的枝丫，要做到缤纷而不乱，实非易事。这些美景全是阿尔勒时期的杰作，一眼望去，只觉云蒸花热，暖了脸颊，把整幅墙壁都照亮了。

静物或内景（interior）也有不少并列，最著名的该是一对椅子和三间卧室。《高更之椅》和《梵高之椅》形成发人深思的对照，令画评家诠释纷纷。至于黄屋时期的名作《卧室》，原是梵高最满意的杰作，我在芝加哥美术馆早已看过，不料这次大展场中一排三张都叫作《卧室》，构图几乎完全一样，变化的只是色彩。画的是安静而整洁的卧房，几乎所有的线条都是直线，看不出是什么异常之人所居。这三张《卧室》，除了芝加哥借来一张之外，另外两张分别是国立梵高美术馆自藏和巴黎的奥赛美术馆所借，若非这次大展刻意安排，怎能如此方便地合而观之。

除了广借名画按题并列之外，大展另一特色是考证画题，详加标识。其根据仍然在梵高自己的书信，凡信中自述作品所用的题目，都加采用，例如吉奴太太的画像，一般的画册只简称为“阿尔勒的妇人”，而无姓名。又如鲁兰太太的画像，通常也只题为“摇椅”（*La Berceuse*）。

梵高的画既已过了百年，有些画面不免失去了当初的光泽。所以为了这次大展，馆方还请了修画师来刮垢磨光，还名画本来的面目。西洋油画的杰作，若要长保其“不朽”，必须及时去污，这就是修画师（restorer）的工作。梵高的油画着色最浓，强调的地方简直堆砌若浮雕，术语所谓 impasto，但要去污也倍加困难。经过仔细检查，发现保护画面的假漆（varnish）下面潜伏了一层有点遮光的灰色，损害鲜丽的颜彩效果，原来是当年梵高用来涤画的蛋白。此外，以往涤洗时留在画面的，还有浆水、树脂、白胶等，因此清洁的工作非常复杂。加以百年前所用的颜料，有一些不很牢靠，所以去污溶剂的酸度要经常调整。真正动手时，更得使用立体显微镜及其他特备仪器。若非经过这一道整容的功夫，梵高作品的“丽质”只怕要见弃于无情的时间，而观众面对发黄的名画，未免太扫兴了。展览的场刊特别把去污到一半的《粉红果树园》印出，有图为证，旧画面的混沌和新画面的焕发，对比可惊。

画面的这些异质还可以扫除，无奈的是原画自己会逐渐褪色，有的因为颜料本就不好，有的是受到树脂和白胶的侵略。不但几幅春和景明的果园图都已减艳，就连那幅《夜间酒店》的弹子桌也不再鲜绿了。几幅《向日葵》里的黄色，是用铬黄所画，当日的色泽必更亢烈刚强，今日渐渐收敛，幸而变成温柔妥帖的黄金。梵高当日也预见颜料之难久，在信中对弟弟说："印象派采用而流行的颜料，全不可靠。所以我们更应该放手去着色……自有岁月来把那些颜色驯得服服帖帖。"回顾大展的苦心经营，甚至可见于画框。原来美术馆把梵高的作品都装在直板板的木条画框里，被画评家倪浩司讥为"三流的葬礼"。十年前馆方改用了镀金的画框，结果并不理想，因为框边太花哨，里面的画会显得沉重，而金边也往往与画中的色调不合。为了百年大展，馆方再改新框。本来我早就觉得花边的金框太富古典的装饰趣味，跟现代画格格不入。幸好梵高作品的新框不但抛弃了旧习，而且参考了梵高自己的意见。这又是勤于写信的好处了。

梵高对德拉克洛瓦的色彩见解十分倾倒，在完成初期的杰作《食薯者》之后，就依德氏之见，认定画面既然这么惨绿郁蓝，画框就该镀金。他把画寄给弟弟。吩咐暂勿装框，如要示人，只须在背后衬上黄赭色纸。这安排当然仍不脱古典品味。但是去阿尔勒后，他变了，认定橙色吃重的两幅《朗格鲁瓦之桥》应装宝蓝色的框子。他把圣瑞米时期的《柏树林与二女人》送给为他写评的青年艺评家奥里耶，吩咐他说，既然树色黛绿而天色浅蓝，就应装"十分单纯而平直的亮橙色框架”。

展览场中的新框，最动人的是阿尔勒时期的《拉克浩丰收》。画面是晴日的平野，满田的熟麦金黄照眼，大气里充盈着宁静的幸福。画框是亢亮的橙红色，板条平直，确是上选。框边若是波动起伏，就会干扰画中的平静。展览场刊用对照两页并列此画在旧框与新框里的色感。旧框是土黄色的木条，近于木质的原色，几乎和画面的麦田混在一起。但是同一张《拉克浩丰收》，放在橙红的框子里，一经反托，天就显得更亮蓝，田也显得更金黄，神气多了。

3

我和家人从纽约飞抵阿姆斯特丹的席波机场，是七月十日的清晨。在巴比松中心的黄金郁金香旅馆住定后，我立刻打电话给荷航总公司的公关主任封德林克。他不在国内，幸好行前已把我的事交代了秘书。一小时后，专差送来梵高大展的三张招待门券。我们立刻步行去国立梵高美术馆，从中午一直看到晚上七点半，才带着满足的疲倦出来。梵高十年的心血，我只有一下午可以饕餮。三层楼的画廊加起来不过半公里路，在我，却成了左顾右盼的山阴道，美不胜收。那一下午我心中的感触，多而且快，若要一起道来，可以成书一卷。以下只能记其著者。

不用说，有名的杰作前面，总是人头袖集。第一张吸引观众争睹的，是排在第七号的《食薯者》。梵高习画五年才成就此画，自许为第一张正式的油画，而以前的作品只能算是草稿。为了总结自己对农家生活的写照，他立意要完成这幅集体人像；但在正式成画之前，他试绘过很多张素描，有的是群像，有的是个像，最后，却是抛开他写生的真人，回到画室里凭记忆一挥而就的。梵高对此画十分重视，自认是去巴黎前的最好作品，不但常在信中提起，甚至在临终前的几个月，心里还有一股冲动，想把这情景再画一遍。在阿尔勒时期，他检讨新完成的力作《夜间酒店》，更与此画相提并论，说这些都是他“最丑的作品”。此地所谓的“丑”，当然是指反叛了传统美感。当日巴黎的画商普瓦提叶就说，此画的惨绿色调又像锈铜，又像肥皂。其实荷兰的传统原就习用浓重的褐色来反托少许的光，伦勃朗的画就往往如此。《食薯者》正是梵高荷兰时期的结论，也是一个告别手势，因为巴黎的七色光谱在喊他。至于我，早在二十几岁，第一眼见到此画便受其震撼，像面对一场挥之不去却又耐人久看的古魇。

梵高自称丑陋的另一幅画，是《农人艾思卡烈》。像中的老农夫穿着宽大的蓝衫，戴着阔边的草帽，虽然须发已白，目光却很矍铄。背景反托着蓝衫和浅柠檬的帽子，是一片暖厚的土黄色：那对照，正是普罗旺斯的天蓝与地黄。此画久为私人收藏，真貌难睹，所以备觉珍贵。

农夫画像的右边是尺码相近的另两幅画像：《诗人巴熙》和《情人米烈》。这两幅画在阿尔勒时期，也就是一百零二年以前，早就并排挂在梵高黄屋的卧室了。后来巴熙的像先入了网球场画廊（Galerie du Jeu de Paume），再入新建的奥赛美术馆（Mus è e d'or say），但是米烈的像却终于被奥特洛的美术馆收藏。分开了这些年，同一只右手所生，当年那么亲近的“画邻”，不，“画胞”，终于重聚一壁。我常想，每一张名画跟人一样，都有一个曲折多变的故事。当初怎么诞生，怎么被遗在世上，怎么转的手，挂在怎样的房里，怎么换的框，怎么险遭不测，又怎么幸传到今；画若能言，娓娓道来，一定动人极了。

巴熙本非诗人，而是比利时的画家，当时住在阿尔勒附近。梵高本意要画一位诗人，并以但丁为典型。但丁面长而瘦，颧骨高，颚骨突，隆准鹰钩，和高更有几分相似。梵高原就佩服高更，因此有意用高更做模特儿，但是一八八八年九月高更还在法国北部，没有南下。巴熙三十三岁，看来有点但丁的味道，又有点像高更，正合梵高之用。卡莱尔在《英雄与英雄崇拜》里说但丁心中拥有无限，所以梵高就把画像的背景画成星空。他在信中说：“在他脑后我画上无限，我给它一个单纯的背景，用最深厚最强烈的蓝色画成。”

至于米烈，乃是驻防阿尔及利亚的法军少尉，才二十五岁，比梵高小十岁。米烈年轻潇洒，很得女人欢心，所以梵高有意把他画成一个情人。但是他毕竟仍是军人，所以梵高画他胸前佩着参加东京远征（Tonkin expedition）而获颁的勋章。画像右上角的新月抱星图案，则是米烈所属苏阿夫兵第三团的旗徽。这位青年军官的艺术观相当保守，因此梵高为他绘像时，不敢像处理那幅《苏阿夫兵》

那么奔放，手法比较写实。他对梵高的艺术也评价不高：四十多年后，有位记者到他家去租房子，一眼就认出他的尖翘长髭；那时他已是退休的中校了，问起梵高送他的画像，则早已不知去向。梵高十分艳羡他的女人缘分，但是在信里对弟弟说："米烈艳福不浅，无论他要多少阿尔勒的女人，都能到手，可是他没有办法画她们；若是他做了画家呢，那就得不到她们。"

这三幅画像：农人、诗人、情人，从左到右一排，并列在墙上，吸引了不断的人潮。画中的来龙去脉、背景象征等，恐怕只有专家才知道，但是画中人的生命，尤其是透过灼灼的眼神，只要是敏感的观者，总逃不过的。爱上一张画，正如爱上一首歌，是直接的感受。事后才得知的背景、资料等，只能加强、加深那感受，却不能代替它。没有人能够仅凭注解就投入一件艺术品。

这三幅人像都是一八八八年初秋在阿尔勒的作品，此时梵高的用色，无论是色彩的象征或众色的对照，都已成熟。三画并列，就可以看出不但前景的主色与背景的辅色相互辉映，其间还有一个中介的第三色作为对照。农夫的蓝衫衬着橘色的黄昏，又有皮肤的血色与领巾、袖口的朱红依违其间。诗人的黄衫背负着邃蓝的夜穹，却有绿发绿须来连接夜色与衫色。至于《情人米烈》，则以墨蓝的戎装反托黛绿的背景，色感浓密，却以艳红的军帽来突破那压力。那一片鲜明而多变的缤纷虹彩，远远望去，令人目醉而心迷，半天都不忍移步。

另一组人潮拥聚的名作，是主题相似而色感浅明的开花果园，前文已有略述。其中一幅画梨花盛开，清丽柔美，满溢着早春的气息，左下角写着“纪念莫夫”（Souvenir de Mauve）。那是一八八八年三月，梵高听到他的姐夫，也是他一生仅有的老师——莫夫之死，便在画上题字签名，寄赠给莫夫的未亡人。其实两年之后他自己也就死了。生命苦短，梵高犹然，他不过晚走那么一步而已。

我一路看过去，苦了双腿，却餍足了眼睛，疲倦而且兴奋。大半的画我都熟悉，喜欢的程度却有差异，也有少数并非一见倾心。我停步在《星光夜》（*The Starry Night*）的前面，对着既非天文也非地理却是超凡入圣的宗教幻景，像是一场睁眼的美梦，又像是众神的嘉年华会；鲁宾说那是梵高患了惧高症的现象，果真如此，又是多壮丽的晕眩！光之旋涡一盘又一盘，如果是天国的奇迹，则坡上的柏树旋转向上，正是人间的祈祷。这幅画我初看并不喜欢，只觉得目迷心慌，有点难受，因为那时我拘于写实，未能脱俗。直到最近，才真正投入其中，并且认为它是梵高最饶象征心境的杰作，也是梵高后期画中一切星光月晕交辉的结论。

我向前巡礼，心中充满了感激，终于发现自己竟然置身于阿尔勒时期的三幅杰作之间。左边墙上挂的是《夜间酒店》，右边墙上是《露天咖啡座》，后面墙上是《黄屋》。这三幅代表作都画于一八八八年九月，正是梵高灵感勃发的全盛期。

《夜间酒店》无论在技巧上或主题上都堪称他的力作。他所追求的，是“一种只能用色彩来表达的象征语言”；草绿、赭赤、菊黄，三种强烈的主色在画面斗争，摩擦出高亢的噪声，连弹子台的阴影都显得燥热，令人不安。画面是一间通宵营业的酒店，专门招待住不起旅馆或者醉得旅馆拒收的夜游族。梵高认为这种地方不但是醉鬼和流浪汉的收容所，也是他这种失意画家放浪形骸的去处。他在给弟弟的信里说："在这种地方一个人会堕落、发狂，不然便犯罪。"所以他要用极端的色彩来表现人类可怕的激情，并烘托出一种气氛，类似魔鬼的熔炉，氤氲着淡淡的硫黄。梵高不常在画上签名，但是在这幅画上不仅签了，还在"文森特"之下加注了"夜间酒店"（le café de nuit）四个字，足见他对此画有多得意。

《露天咖啡座》（*Café Terrace on the Place du Forum*）的气氛却大不相同。此画作于梵高到阿尔勒的半年之后，和《黄屋》一样，都是他画该镇街景的最早作品。画的是晴朗的夏夜，咖啡馆外的平台上顾客正三三两两在桌前交谈，遮阳篷下溢满了暖黄的灯光。深巷里，一辆驿马车正沿着卵石街道辚辚驶来，巷口也走动着行人。巷底的夜色已浓，衬得人家的窗户里，橘色的灯火更加暖亮，而屋顶上的星光更加灿繁。那一簇簇星光，有的远如流萤，有的近如白葩，纷然交辉，真给人隐隐闪动的视觉。这是梵高画的第一幅星夜，虽然比不上次年五月那幅《星光夜》那么神奇壮丽，但是出手已自不凡，光晕之幻异迷离，抒情效果之饱满无憾，有若魔助。这时正是他黄色时期的开始。他勤习画论，也勤于实验色彩的组合，发现众色的冷与暖端在对照。在这幅夜景图中，遮阳篷下橘黄灯晕所以显得分外暖目动人，正赖四周或深或浅或整或散的蓝调来衬托。从深巷的蓝黑到卵石道的碎紫，益以窗扉的蓝条与门框的蓝边，梵高的布局实在不简单。在素描的草稿上，右上角原无树枝掩蔽。油画里加上了那一片绿荫，不但增加了纵深，也点明了季节。这时梵高也开始夜间作画，《露天咖啡座》正是夜间现场的写生。

《黄屋》也是画于此时。梵高住的是中间那栋黄屋的右半边，虽然五月已经起租，但是为了添置家具，直到九月才搬了进去。他对这黄屋期望很高，把它当成一座“艺术家之屋”（maison d'artiste），愿与其他画家共享。自从住进去后，凡他所画的一切作品，包括那一组《向日葵》，用意都在为黄屋装饰。他甚至把自己的卧室画了三次，可见眷恋之深。文森特苦于单身汉的流浪已久，真想定居南部，而以这黄屋为家；没有料到高更来后，两人因为性情和画观的差异，对立之势愈演愈烈，终于触动了文森特的发作。在进入圣瑞米的疯人院之前，文森特的黄屋之居只得七个多月。黄屋之中两大画家之争吵，在画面的两色对立里似乎已有预兆：酷蓝的天空之下，硫黄色的街屋和道路分外艳明，而文森特所住的那一栋，更以门窗的深蓝色与天色里应外合，对照的效果真是刚烈至极。

我站在这三幅名画之间，兴奋而感动，连呼吸都觉得十分名贵。三幅画是同一只右手所创造，生产的时间也很接近，都是一八八八年的九月，但百年后的归宿则天各一方，大展一结束立刻又要分手了，再聚，难道是二〇九〇年吗？《露天咖啡座》与《黄屋》分属奥特洛与阿姆斯特丹的美术馆，还在一国之内，可是《夜间酒店》却要回到大西洋的对岸，挂回耶鲁大学的艺廊里去。

这《夜间酒店》的身世特别曲折，必须一述。梵高一生的作品全属于他的弟弟，但弟弟在哥哥死后半年也发疯死去，那许多画便悉由弟媳妇约翰娜保管。约翰娜不但忠于丈夫，也热爱文森特，对于促成文森特身后的画展，促进文森特身后的声誉，不遗余力。文森特的书信成捆成堆，她不但加以整理，而且把三分之二译成了英文。等到文森特的声誉渐起，她便把手头的五百一十五幅油画及成百的素描售去若干，一来为了养家，二来也为了推广文森特的艺术。就这么，一九〇八年在莫斯科的“金羊毛展”上，这幅《夜间酒店》卖给了莫罗佐夫（J.A.Morozov），后来经莫斯科现代艺术馆收藏，终于又落入纽约的私人手中。再易手时，就为今日的耶鲁大学所有。

我的巡礼接近尾声，最后来到《嘉舍医生》的面前。梵高为这位医生一共画了两张像，都是戴着白色的水手帽，穿着深蓝的外套，而以右手支颐，左手扶桌，至于表情，则都有点愁眉苦脸，正如他在信中对高更所说，是“当代忧郁的面容”。梵高此画的风格不是写实，而是表情、写意，也就是高更标榜的所谓“综合主义”（Synthetism）。例如画的是同一个人物，穿的是同一件外套，脸色却有灰青与土黄之别，外套却有蓝黑与暗紫之异，甚至背后的山色、天色也明暗不同：可见画家的用意是心境的探讨，而非仅仅外貌的描摹。

第一张像在前景的桌上有两本书，还有瓶供的两枝指顶花（digitalis）。那两本黄皮的书，是法国自然主义作家龚古尔兄弟合著的小说《热曼妮·拉瑟顿》和《玛耐特·萨洛蒙》，用来暗示荒凉可悲的现代。至于指顶花，又名毛地黄，却是提炼强心剂的原料，可以象征纾解和希望。到了第二张像里，那两本小说不再出现，而指顶花也不再供于瓶中，而是平放在桌上。梵蒂尔波格认为梵高所以改变主意，是相信仅凭指顶花的安慰已经足够表达。何况画中人一手支腮而置书案头的构图，和《吉奴太太画像》也未免太像了。

大展会场所挂的，是没有两本小说的第二张《嘉舍医生》，借自巴黎的奥赛美术馆。至于第一张，原是私人所藏，已于五月中旬高价拍卖给日本的财阀了，否则也可以并展比较。

4

大展场中除了可以重温名作之外，还可以初睹不少罕见的“新画”，令人如得意外之财。那些“冷门画”当然不是什么新作，可是因为平常看不见，甚至也没有复印为之流传，就有新奇之感了。

画评家津津乐道梵高后期的杰作，正如诗评家特别重视叶芝的晚作。我却觉得梵高早年的作品，尽管没有后期的那么壮丽宏伟，却另具一种坚实苦拙之美，接近原始而单纯的生命，十分耐看。除了代表作《食薯者》之外，诸如《农夫与种薯的妇人》《农妇果蒂娜画像》《静物与圣经》等几幅也非常动人。《农夫与种薯的妇人》开拓出春耕的宽阔景色，背景几乎是空无一物，在浅苹果绿的天空下，一头棕白相间的花牛在前面曳犁而耕，一个农夫挥鞭掌犁跟在后面，而跟在他背后的农妇则穿着木鞋，低着头，弯着腰，一手扶着布袋，另一手则播苗入土。天地之间，一畜二人的行列，与其单纯而有力的姿态，简直是农家生活的缩影，一首重复而又苦涩的村歌。

画像中的果蒂娜，在宽阔的女帽下面露出浓眉大眼，隆鼻厚唇，除了一对单纯的耳环之外，毫无装饰，但是眸中满含活力，脸上泛出自然而焕发的光辉，那女性的动人之处，并不逊于雷诺阿姣好的淑女。至于《静物与圣经》一幅，画于一八八五年十月，正是梵高父亲死后半年。反衬着漆黑的背景，桌上摊开一本厚重而有光彩的老《圣经》，旁边的烛台上有一截已熄的残烛，这些当然是悼念做牧师的爸爸。而与此对照的，是《圣经》下端的一本小书，黄色封面上的书名是左拉的《生之喜悦》，那便是影射他自己了。他对左拉此书的诠释是："若是认真生活，就必须工作而且担当一切。"如果我们细看那《圣经》，则翻开的地方正是以赛亚的五十三章，大意是说先知宣称，神的仆人将要到来，并受世人的鄙弃。这又似乎是梵高对自己前途的担忧。

《亚历山大·瑞德画像》(*Portrait of Alexander Reid*) 作于一八八七年春天，是巴黎时期所画。瑞德是苏格兰的画商，在巴黎结识了梵高兄弟。梵高为他画了两张像，一张是全身，另一张就是大展会场所挂，半身。这张半身像的表情，在端凝肃静之中略露不耐，相当传神，堪称佳作。瑞德自己却似乎不太喜欢此画，未曾保留，幸好目前是归格拉斯哥的美术馆收藏。巴黎的两年是梵高的过渡时期，此画一望便知是采用了当时新印象主义的点画技巧，主要是红绿两色的斑点与短线织成。尽管如此，梵高的取法仍然笔势纵横，富于律动之感，不同于修拉（Georges Seurat）所营的静态。画中人背后涌动的红潮，纯然是象征的写意，已经开始试验“光轮的旋涡化”了。

给我更大惊喜的是一幅小号的海景，叫作《海上渔舟》，作于一八八八年六月。那是梵高定居普罗旺斯后的三个多月，他去阿尔勒西南方地中海岸的小渔村圣玛丽（Les Saintes-Maries-de-la-Mer）住了三天，结果画了九张素描，三张油画，十分兴奋。三张油画都是海景，其中《圣玛丽海滩的渔舟》画四条色彩鲜丽的渔舟拖靠在沙滩，另有四条由近而远则正在波上，十分有名，一般画册上常见翻印。这一幅是梵高国家美术馆自藏，在大展会场当然挂出。令我初见而乍喜的，是挂在它旁边的《海上渔舟》：因为《海上渔舟》不但浪势奔放，色彩大胆，而且是莫斯科的普希金美术馆借来，以前绝难看到。这《海上渔舟》共有两幅，另一幅只有渔舟三艘，但是浪势更开阔，线条与色彩更见活力，我更喜欢。会场所挂的这幅，远远近近的船多达十艘，错落有致；水平线提得很高，拍岸的浪脊卷得很长，浪头向右卷，而近船的帆尖向左翘，也对照得形成张力，仍颇耐看。两张《海上渔舟》都有 Vincent 的签名，显然画家自觉相当满意。

另一幅令行家喜出望外的杰作，是《绿葡萄园》（*The Green Vineyard*）。画面是一个晴朗的秋日，满园的葡萄正待秋收，虽有马曳的拖车等在田里，摘工却未见忙碌，倒是几位妇人衣裙翩然，持着艳红的阳伞在畦间穿行，像是趁着秋晴出来散步。那一片富足而踏实的满足感，令人联想到更旷远更安详的《拉克浩丰收》，可是这幅《绿葡萄园》另有一股生生不息的活力，强烈地鼓动着我。隔着开阔的地平线，长空变幻的云影与大地葡萄藤纵横的走势互相呼应，主宰了整个画面的节奏。蟠蜿强劲的枝藤，挟着黛绿与青紫的丛叶，覆盖了全部的前景，但枝叶疏处却又任其大片的留白，真是奇观。梵蒂尔波格说，疏处见白，乃是沙地，又说这种不计写实后果的笔法，乃是师承法国画家蒙蒂塞利（Adolphe Monticelli，1824—1986）。就算是沙地吧，但其用色之淡浑似无物，所以觉得满园的枝藤都像虚悬而架空，视觉效果非常奇特。

《绿葡萄园》之所以引人注目，另一原因是《红葡萄园》是它的姐妹作。梵高生前只卖掉一幅油画，便是他死前四个月送去布鲁塞尔“二十人画展”参展的《红葡萄园》，售价四百瑞士法郎，买主安娜·巴熙正是梵高为之画像的诗人巴熙之妹，本身也是画家。梵高的一切传记甚至简介里，一定会提到这幅《红葡萄园》，但是谁也没有见过此画，连画册上也从未复印。《绿葡萄园》作于一八八八年十月，《红葡萄园》作于同年十一月初，成为梵高试验色调对比的姐妹作。他对两幅作品相当重视，而且每每相提并论，甚至有意把这主题变奏成组画，可惜关进了圣瑞米病院之后，附近不见葡萄园，便作罢了。原来《红葡萄园》辗转卖去了苏联，今日藏于莫斯科的普希金美术馆，不知何故，这次大展却未借出。

到了奥维时期，通常认为梵高已呈才竭之象，其实不然。除了《奥维教堂》《嘉舍医生》《麦田群鸦》等杰作之外，他在这十星期中完成的七十幅油画里，仍有一些风格独造之作。大展场中所见、编号一二九的《奥维古堡》(*Field with Trees，the Chateau of Auvers*)便是一例。梵高绝少绘画古迹，这幅画里的古堡也只是树影背后的远景。画面呈现的，主要是黄昏降临的暮色，由满天金灿灿的晚霞和背光的树影对比形成，色调十分逼真。一条村道从前景没入远方，迎着夕照，路面也有淡幻的反光。整幅画面那种逡巡欲逝的夕暮感，强烈祟人。这时离他的死期已不足两月，真可视为他生命的回光返照了。

另一幅耐看的奇画距他的死期更近，就是挂在《麦田群鸦》旁边而主题也相近的《阴云下的麦田》。梵高在信中告诉他弟弟，这一组画都是“不安的天色下开阔的麦田”，而他要表现的是其间的“不快与极端寂寥”。这幅画的形象与色调极其单纯也极其有力：天色蓝得沉重而迟滞，冷漠地面对着浅黄淡绿的旷野，上上下下都是空的，中间也没有任何动静。没有演员也没有故事，这空洞的戏台是设给神看的还是人看的呢？寂寞的主题呈现得如此原始而单纯，已经近乎抽象画了。《阴云下的麦田》富于朴素之美，是梵高末期的特异之作，允当与《麦田群鸦》并列而无愧。大展场中，我在远处只消一瞥，就断定这是一幅奇画，立刻列入我的上选之中。

5

梵高逝世百年大展由荷兰的两所国立美术馆联合举办，不但设计周详，内容丰富，能够教育观众，同时便利专家，即连附带的服务项目也做得有声有色，可补大展本身之不足。以美术馆楼下的贩卖部为例，观众看过楼上的展品，若感意犹未尽，大可进去采购一番。各式各样的复制品，或是大幅的单张，或是小幅的卡片，或是选辑成画册，或是做成了幻灯片与录像带，或是设计成夺目的海报，来满足观众不同的需要。如果要更深入研究，当然还有许多专书可供挑选。仅传记一项，在史东的《梵高传》之后，至少就有半打以上的新著，用各国文字写成，可供参考。我买了英国作家斯威特曼（David Sweetman）今年刚出版的梵高新传《博爱万物》（*The Love of Many Things*），迫不及待，就先读了它的末章，对梵高身后声名如何渐起，作品如何转手，特别注意追踪。馆方为大展编印的两大册目录，我当然不会错过，立刻买了；回到高雄一称，足足有七磅重。至于一九八〇年纽约出版的霍尔司克（Jan Hulsker）所编《梵高油画素描速写全集》（*The Complete Van Gogh: Paintings, Drawings, Sketches*），卷帙更加浩繁沉重，我就只好颓然放弃了。

梵高的素描代表作二百四十八幅，同时在国立克洛勒·穆勒美术馆展出。馆在阿姆斯特丹东南约九十公里的小镇奥特洛，深入林间，风景幽美。我们三人专程去观赏了一个下午，对克洛勒·穆勒夫人搜购梵高作品的苦心不胜钦敬，对梵高素描用功之勤，探讨之深，益增了解，更加领悟他的成就绝非幸致。但这些说来话长，只好留待下一篇文章了。

——一九九〇年十月

莫惊醒金黄的鼾声

1

今年七月，初访荷兰，不为风车，也不为运河，为的是梵高逝世百周年的回顾大展。一连两天，在阿姆斯特丹和奥特洛的美术馆长廊里，仰瞻低回，三百八十幅的油画和素描，尽情饱览，入神之状，简直有若梵高的圣灵附身。

七月十四日，我们又去了巴黎。巴黎不能算是梵高的城市，但他的联想却是难断的，尤其是近郊的奥维，因为他就葬在该处。梵高之旅不甘就此结束，第二天中午我们又抱着追看悲剧续集的心情，去访奥维。

五年前在巴黎小住，熊秉明先生曾经带我去凭吊米勒在巴比松的故居，田园的意趣宛然犹在。有一次心血来潮，想就地印证一下莫奈那些帆影弄波的河景，便和我存约了文娴、怀文去访阿让特伊（Argenteuil），不料塞纳河上杳无片帆，对岸更有工厂的烟囱矗起，扫兴而归。

奥维的全名是 Auvers-sur-Oise，意为瓦兹河畔的奥维。可以想见叫奥维的法国小镇不止一个，所以再用河名来区分。这瓦兹河是塞纳河的支流，由东北向西南，蜿蜒流经奥维与蓬图瓦兹，注入主河。奥维镇小，人口只有五千，甚至在法国公路的行车详图上，屡用放大镜来回搜寻也找不到。不过它在巴黎北郊并离蓬图瓦兹不远，是可以确定的。于是我们坐地铁去火车北站，果然在路线牌上找到了奥维。

我们上了火车，西北行至蓬图瓦兹（Pontoise，瓦兹河桥之意），要等两小时才有车转去奥维。那天是星期天，又是法国国庆的次日，镇上车少人稀，商店处处关门。天气却颇干燥，晴空一片净蓝，正是下午两点半，气温二十七八摄氏度。这在巴黎说来，要算天热的了，不过干燥无汗，阴地里若有风来，尚有凉意。

我们沿着颇陡的石级，一路走上坡去，手里分担提着水果和矿泉水。我们一共是五人，除了我们夫妻、幼珊、季珊之外，还有唯弦的女儿小米。季珊和小米都在法国读书，一个在翁热（Angers），一个在贝桑松（Besançon），虽然法语尚未意到舌随，却也义不容辞，好歹都得负起法国通的向导之责。荷兰的梵高大展她们未能观赏，但是就近去吊画家之墓，也不失为一程“感性教育之旅”吧。

终于到了坡顶，再一转弯，就是圣克路教堂了。一进去，里面便是中世纪的世界，深邃、安静、阴凉。在欧洲旅行，教堂不论大小，通常可以推门而入，到另一个时光里去歇脚，由你闭上倦目，冥冥入神。我把两枚十法郎的硬币分给季珊和小米，让她们投入捐献柜里，并且各取一支白烛，向圣母像前接火点亮。我们顺着侧廊一间间巡礼过去，到了最后一间，被上下两层的雕像深深感动，瞻仰了许久。都是大理白石的雕刻：下层是耶稣被二徒抱下十字架，另有四人在下接应，圣母也在其中，那面容，低首垂目，悲切之中透出慈爱，加上女性的包容与温婉，真令世上的人子不胜其孺慕之眷眷。雕刻家不知是几世纪前的人了，但是那深厚真挚的敬爱之情，仍从栩栩的顽石里透出，一波波袭来，攫住我，一个过客与异教徒，攫住我，在那难忘的下午。上层则是耶稣复活了，从棺中立起，罗马兵四人惊视于两侧，并有天使翩然为耶稣开道。

2

梵高早年在比利时的矿区传道，摩顶放踵，推食解衣，俨然有基督之风。后来他在教会受挫，把一腔博爱转而注入艺术，化成了激动的线条，热烈的色彩，因而分外感人。万物在他的画里，不但人格化，甚且神格化了。梵高所以感人，在于他的画“情溢于词”，最具宗教与文学的精神。他的某些自画像，用断续的弧线，把基督的光圈“解构”为急转的旋涡，戴在头上，隐然仍以基督受难自许。在自杀前的一年之内，他两度临摹德拉克洛瓦的《圣母恸子图》（*Piet à* ），但图中的基督不但红发红须，就连面貌也像梵高自己，而张臂要俯抱基督的圣母，更状似梵高的母亲。临摹他人的画而将自己代入，正是基督意识与恋母情结的综合浮现……在蓬图瓦兹去奥维的火车上，望着滚滚西去的瓦河水，我从圣克路教堂的雕像想到梵高的画面。

忽然火车在一个小站停下。奥维到了。

在梵高的艺术生命里，奥维不是最重要的一站，却是最令人感伤的尾声，因为他就是在这里告别人间的：余音袅袅从这里开始。从五月二十日到七月二十九日，梵高最后的十个星期在此地度过，而且有七十幅油画作品在此完成，其中《嘉舍医生》《奥维教堂》《麦田群鸦》并经公认为杰作。而最具感情分量的，是梵高的坟墓。一八六一年，早在梵高来此定居之前，法国画家杜比尼（Charles Daubigny，1817—1878）已经在这里筑屋辟园，经营画室。后来塞尚和毕沙罗也在此住过、画过，也都不足以把此地“据为己有”。最后来了梵高，变色的长空，波荡的麦田，纷飞的群鸦，一时都绕着他旋转起来，属于他了。砰然的一声响后，他的血滴进了七月的麦田，染红了麦香的沃土，于是奥维永远成为梵高，属于荷兰。

出了小火车站，我们沿着房屋稀疏的长街向西走去，已斜的太阳照个满怀。米黄色的两层楼市政厅前，挂着梵高百年前用黑粉笔所画的此屋，供人比较，看得出变化不大。斜对面的街上也都是整齐的两层楼屋，其中有一座戴着浅绿色的三角形屋顶，二楼的两扇窗都开着褐色的窗扉，下面的横布条上，褐底白字，大书 La Maison de Van Gogh，正是画家当年的寓所，那时叫作拉雾酒店，每天房租是三个半法郎。我们走去对街，发现大门锁住了，想是星期天的关系。只好再走过来，隔街打量一番。一百年前，那个劳碌而苦命的肉体，带着血腥的伤口，残缺的耳朵，在子弹头尖锐的噬痛下，真的就死在那窗子里吗？而今窗扉寂寞，早已是人去楼空了，只留下络绎来望楼的人。

我们终于回过身去，沿街东行，经过了梵高公园。见有行人出入其间，便也进去巡了一圈。草地上竖立着一尊塑像，有一个半人高，把梵高的身材拉高削瘦，背着画架，很有贾科梅蒂雕刻的风格。一百年前，奥维村民眼中的红头画家，背着画具在田埂上每天走过，大概就是这样子吧？

出了公园，继续朝东走。过了车站，坡势渐陡，我们顺势左转，努力爬到半坡，不由得站定下来。一座朴素的小教堂屏于道左，正是梵高画过的那座哥特式教堂，正堂斜脊的上面更耸起联鸣钟楼的尖顶。我们面对的是教堂的背后，也正是当日梵高所取的角度，怪不得此画的复制品贴在路边的牌子上，供人就地比较。整整一世纪后，奥维教堂的外貌大致未变，只是钟楼的排窗拆空了，背后的蔷薇圆窗下也加了防盗铁条。是的，一切都仍如旧观，只是眼前的教堂如此安详而镇定，哪里像画里的教堂，蠢蠢然若在蠕动，而且岌岌乎倾向一边，尤其是上面的钟楼，简直有比萨塔下压之势。屋后的一角草地和两侧的黄沙土路，也平平静静，毫无异状，但到了梵高的画里，看哪，却中了魔，草地剧烈地起伏如波，土路流成了两股急湍，向我们奔泻而来。上面的天空更是风起云涌，漫天的阴霾卷成了旋涡，蓝中带紫，紫中带着惨白，骚动得令人不安。应和着下面惴惴然怔怔然的危楼歪屋，整个画面神秘而奇诡，似乎有所启示。尤其是那天色，比起埃尔·格列柯的《托雷多风景》来，虽无其激动变幻，却更为深邃阴沉。那天色，在阿尔勒时期的《绿葡萄园》里已经露过脸了，到了奥维时期更变本加厉，简直成了具体的心情，又像一幅庞大逼人的不祥预言，悬在扭动不安的大地之上。有谁，只要一瞥过他临终前的《麦田群鸦》，能不被那惊骇的天色所祟呢？

但是此刻，头顶的晴空虚张着淡淡的柔蓝，被偏西的艳阳烘上一层薄金，风光是明媚之至，很难想象，一世纪前一个受苦受难的敏感心灵，怎样把这一片明媚逼迫成寓言，酿成悲剧。同样是一双眼睛，为什么从杜比尼看到塞尚，从奥维的景色里就看不出什么危机和熬炼呢？足见画家所见，莫非他心中所有。比起客观写实的印象派来，梵高真是一位象征大师，一位先知。

3

这么想着，我的目光停留在钟楼的钟面上，发现已经快六点了。还有公墓要去凭吊呢。一行五人仰面再走上坡去。到得坡顶，眼界一宽，左边望不尽的平畴，一亩亩的麦香连接到天涯，麦已熟透，穗芒蓬松，垂垂重负的密实姿态，给人丰收的成就感、满足感。那无穷无尽的金黄，在七月下午的烈阳下，分外耀人眼目，暖人脸颊。可惜那天干热无风，否则麦浪起伏必然可观。这正是梵高一生阡陌来去画之不餍的麦田，叫人看了，格外怀念画它的人。右边是石砌的矮墙，上面盖着橘黄的瓦顶，一路把络绎的行人引到公墓的门口。

刚才在半坡上打量那教堂，此刻零零落落进入公墓，怀着虔敬与感激，要把这一出悲剧追踪到落幕的，除我们之外，还有好几十位香客。墓地平坦宽大，想必百年来村民葬者渐多，所以墓碑相接，亡魂颇密。一时之间，大家的心头沉重起来，明知墓中人死了已整整一世纪，但走近了他的血肉之躯，就算血已枯肉已化，仍然令人不由得要调整呼吸，准备接受那可畏的一瞬。

尽管如此，真走到墓前时，目光和石碑一触，仍然不由得一震。因为不是一座碑，而是两座。都是两尺半高，横列成一排，哥哥的碑比弟弟的稍微超前两寸。上圆下方的白石上面，黑字写着“文森特·梵高在此安息，一八五三—— 一八九〇”。另一块是“提奥·梵高在此安息，一八五七—— 一八九一”。一百年前，也是这样的七月，七月二十七日，也是在麦熟穗垂的田里，砰的一声枪响，哥哥便拖着残破的倦体，挣扎着，回到镇上那家，我们刚才去张望过的，拉雾酒店。两天之后，他就在那小楼上死去。弟弟把他葬在这里，就是我正踏着的这片土，种得出满田麦香来的，同样的这片土。但不久，弟弟也失魂落魄，一似梦游于世间，终于也疯了。半年之后，弟弟也死了，葬在荷兰。过了二十三年，提奥之妻约翰娜读到《圣经》里的这么一句："死时两人也不分离"，心有遗憾，便将弟弟的遗骸运来奥维，葬在哥哥身边。

绿油油的常春藤似乎也懂得约翰娜的心意，交藤接叶，把两座小坟覆盖成一张翠毡，一直结缠到碑前，象征着文森特的艺术长青，而兄弟之情不朽。一个日本人走过来，恭恭敬敬，向墓地行了一鞠躬礼。又来了一对夫妻模样的北欧人，把手持的麦穗轻轻放在常春藤上，那样轻柔，像是怕惊醒墓中的酣睡。再细看时，那一片鲜绿之上，早已撒了好几茎黄穗。

石碑坐北朝南。我擅自站到两碑之间，俯下身来，一手扶着一碑，央我存为我照了张相。幻想之中，我的手似乎应该发烫。谁敢介入这两兄弟之间呢，甚至约翰娜？我未免太僭越了。但是地下的英灵，知道了我是《梵高传》早年的译者，心香一瓣，千里迢迢来顶礼这一抔黄土，恐怕也就谅解了吧。

双墓的两侧都是高大而堂皇的石墓，碑饰也富丽得多，当然也是后人的一片孝心。法国政府好像也不刻意要美化或神化梵高的坟墓。这样的朴素其实更好：真正的伟大何须装饰？我曾经站在华兹华斯的墓前，那石碑比这块更古拙，更不起眼。梵高死时，他似乎一无所有。但是百年过去，他似乎拥有了一切。我不是指《鸢尾花》《嘉舍医生》拍卖的高价，而是全世界向此地投来的、愉悦而感恩的目光，和不分国别无论老少、那许多敬爱的手带来的那许多麦芒。

4

从北边的侧门走出公墓的短墙，却走不出梵高的画。墙外的麦田远连天边，在西倾而犹炽的骄阳下，蒸腾着淡香诱鼻的午梦，几乎听得见金黄的鼾声。大地的丰盈膨胀到表面张力，我们走在沃土的田埂上，像踏着地之脉，土之筋。也是七月的下午，也是盛夏的太阳，也就是在这样的麦田里，文森特仰面，举枪，对着自己生命最脆弱的地方，扣动扳机的吗？

成熟的麦田永远号召着梵高。他画里的人物不是古典的贵族，也不是印象派的中产仕女，而是匹夫匹妇，尤其是农人。他从法国南部回到巴黎，只住了三天，就不堪其扰地逃来这乡野的小镇。他曾告诉画家贝尔纳（Emile Bernard）说，原始而健康的农村画题与波德莱尔眼中的巴黎景色，截然不同。在给妹妹威廉明娜的信中他说："我无妻无子，只能凝视一片片的麦田，要我长住在城里，可活不下去。"接着他又用圣经式的比喻说："一个人想起人间的万事而想不通时，除了望着麦田之外，还能怎样呢？我们靠面包过活，自己不也很像麦子吗？等我们像麦子一样长熟，就要给收割了。"

早在巴黎时期，梵高已经画过一幅麦田，风来田里，吹起一头云雀，但麦穗半青半黄，尚未熟透。阿尔勒时期的《丰收》，平畴开阔，舒展着熟麦的金色，野景宁静而安详，是观众爱看的名作。《夏日黄昏的麦田与落日》一幅，已经有满田的麦浪含风，隐隐开启了后来的风格。到了圣瑞米时期，在《麦田与柏树》一类的画里，鲜黄的麦浪滔滔更成了亢扬的主调。在疯人院后面围墙内的麦田里，他看到一个农夫在阳光下收割，非常感动，一连画了三幅《收割者》：鲜黄而稠密的麦田占了大半个画面。他意犹未尽，更师米勒的原作，另画了一幅《收割者》，而以人物独占其前景，稠密的麦株蔽其背景。

他写信告诉弟弟说："我看到那收割者——一个梦幻的身影在火旺旺的烈日下，为了赶工，像魔鬼那样出力——我在他身上看到死亡的象征，也就是说，他收割的麦子正是人类。"

收割的寓言，早在《新约》的《路加福音》与《约翰福音》里就有了；莎士比亚在《十四行诗》中也说：玫瑰色的嘴唇与脸颊，终究被时间的镰刀割去。可是梵高在信中谈到收割者，语调并不哀沉；他说："这件事发生在大白昼，当太阳把万物浴在纯金的光中……它是死亡的象征，我们在自然的大书中都读到——我所追寻的却是'近乎微笑之境'。"最后这一句乃是影射浪漫派大师德拉克洛瓦。德氏"脑中悬日，心中驰骋暴风雨"，临终的表情据说"近乎微笑"。梵高对他十分崇敬，并且熟读他的日记。

《麦田群鸦》是梵高临终前回光返照的惊骇杰作。画面上但见天色深蓝而黑，阴霾四合而将压下，似日又似云之物迸破成几团灰白，旋转不已。满田的麦浪掀起惊惶的挣扎，其上则纷飞飘忽的鸦群舞着零碎而又祟人的片片黑影，其下则土红的歧路绝望地伸着，更无出路。不，这不是"近乎微笑之境"。梵高自杀，就在这样的太阳下，这样丰收待割的麦田里，并且是在礼拜天，基督徒敬神而休息的日子，但是他心中有许多遗憾，对人间的留恋仍多。即使孔子将死，也不免悲叹“泰山坏乎！梁柱摧乎！哲人萎乎！”孔子病重，尚且倚门等子贡来见最后一面。释迦寂灭，举行火葬，棺木却不能燃烧，也是为了等弟子大迦叶波。后来他母亲摩耶夫人赶到，释迦更从棺中坐起，合掌向慈母慰问。梵高一生，隐隐以基督自许，这意识在他的画中时时得到见证。就连基督死时，也不免“四境黑暗”，而基督悲呼道：“神啊神啊，为何你弃我而去？”

梵高短促的生命里，最后的十周在此地度过。一来奥维，他就爱上这恬静的小镇了。他是荷兰南部的乡下人，一向喜欢深入村野，赤坦坦面对自然。他那么倾倒于米勒，绝非偶然。在信中他曾赞美奥维洋溢着色彩，有一种庄严之美，甚至“空气里充满了幸福”。可是他的心灵找不到宁静，只找到《嘉舍医生》的忧郁，《奥维教堂》的不安，最后是《麦田群鸦》的骚动与不祥。他面对死亡，要寻找“近乎微笑之境”，却未能臻及，终于在他热爱的麦穗与阳光中举起手来，收割了自己。

他的肉躯少有宁日，就这么匆匆地收割了。但是心灵的秋收多么丰富啊，简直是美不胜收。世界各地的美术馆都因他而充实，变成了丰收的仓库，变成了成亩的麦田，一走进去就是扑鼻的麦香。所有的眼睛都被他的向日葵照亮。

一行五人终于走过了麦田，停在一大片向日葵田的前面，有的欢呼，有的喃喃像是在祈祷，为了这么多壮丽，这么庞沛而稠密地一下子出现在眼前。麦田之美，无边无际的金黄，是单纯的。向日葵田的色调，翠萼反托着金瓣，那美，却对照而来，因此特别明艳。一朵还好对付，千葩万朵的亮丽密集成排、成行、成阵，全部都转过身来跟你照个正面，那万目睽睽猬聚你一身的焦点感，就算你是唯美的教徒，啊，也承当不起。何况向日葵比麦秆高出一倍，挺直的株干灯柱一般把花盘托举到高处，每一盏金碧辉煌都那么神气，满田呢，就更具集体而盛大的气象。那样天真的健美与壮观，活力与自信，那样毫无保留地凝望着你也让你瞪视，令人感到既兴奋，又喜悦，又不禁有点好笑。对比之下，麦穗的负重垂首就显得谦逊多了。

梵高的艺术生命因南部的艳阳而成熟，而灿放。梵高、麦穗、向日葵花，都是太阳之子。也许向日葵是太阳专宠的女儿，在法文里甚至跟爸爸同名，所以也得到梵高的眷顾，绘画成人人宠爱的杰作。在一九九〇的梵高年，向日葵娇艳健美的形象，从荷兰的五十元钞票到名酒的标签，女人的衣饰，处处惹眼。这一切，满田天真的葵花当然不知道，只知道烈日已经偏西，不胜曝晒，千千万万的葵花竟全部别过脸去，望着东边，正是梵高墓地的方向。一只肥硕的蜜蜂正营营振翅，起落频频地忙着向我面前的一朵大花盘采蜜，令人怀疑梵高的灵魂，此刻，究竟是悬在阿姆斯特丹美术馆的墙上，还是逡巡在这一片葵花田里。

直到一声汽笛从坡下传来，火车驶过瓦兹河边，说晚餐正在巴黎等着我们。

——一九九〇年八月

中文的常态与变态

1

自“五四”新文化运动以来，七十年间，中文的变化极大。一方面，优秀的作家与学者笔下的白话文越写越成熟，无论表情达意或是分析事理，都能运用自如。另一方面，地道的中文，包括文言文与民间文学的白话文，和我们的关系日渐生疏，而英文的影响，无论来自直接的学习或是间接的潜移默化，则日渐显著，因此一般人笔下的白话文，西化的病态日渐严重。一般人从大众传媒学到的，不仅是流行的观念，还有那些观念赖以包装的种种说法；有时，那些说法连高明之士也抗拒不了。今日的中文虽因地区不同而互见差异，但共同的趋势都是烦琐与生硬。例如中文本来是说“因此”，现在不少人却爱说“基于这个原因”；本来是说“问题很多”，现在不少人却爱说“有很多问题存在”。对于这种化简为繁、以拙代巧的趋势，有心人如果不及时提出警告，我们的中文势必越变越差，而地道中文原有的那种美德，那种简洁而又灵活的语文生态，也必将面目全非。

中文也有生态吗？当然有。措辞简洁、语法对称、句式灵活、声调铿锵，这些都是中文生命的常态。能顺着这样的生态，就能长保中文的健康。要是处处违拗这样的生态，久而久之，中文就会污染而淤塞，危机日渐迫近。

目前中文的一大危机，是西化。我自己出身外文系，三十多岁时有志于中文创新的试验，自问并非语文的保守派。大凡有志于中文创作的人，都不会认为善用四字成语就是创作的能事。反之，写文章而处处仰赖成语，等于只会用古人的脑来想，只会用古人的嘴来说，绝非豪杰之士。但是，再反过来说，写文章而不会使用成语，问题就更大了。写一篇完全不带成语的文章，不见得不可能，但是很不容易；这样的文章要写得好，就更难能可贵。目前的情形是，许多人写中文，已经不会用成语，至少会用的成语有限，显得捉襟见肘。一般香港学生目前只会说“总的来说”，却似乎忘了“总而言之”。同样，大概也不会说“一言难尽”，只会说“不是一句话就能够说得清楚的”。

成语历千百年而犹存，成为文化的一部分。例如“千锤百炼”，字义对称，平仄协调，如果一定要说成“千炼百锤”，当然也可以，不过听来不顺，不像“千锤百炼”那样含有美学。同样，“朝秦暮楚”“齐大非偶”“乐不思蜀”等语之中，都含有中国的历史。成语的衰退正显示文言的淡忘，文化意识的萎缩。

英文没有学好，中文却学坏了，或者可以说，带坏了。中文西化，不一定就是毛病。缓慢而适度的西化甚至是难以避免的趋势，高妙的西化更可以截长补短。但是太快太强的西化，破坏了中文的自然生态，就成了恶性西化。这种危机，有心人都应该及时警觉而且努力抵制。在欧洲的语文里面，文法比较单纯的英文恐怕是最近于中文的了。尽管如此，英文与中文仍有许多基本的差异，无法十分融洽。这一点，凡有中英文互译经验的人，想必都能同意。其实，研究翻译就等于研究比较语言学。以下拟就中英文之间的差异，略略分析中文西化之病。

2

比起中文来，英文不但富于抽象名词，也喜欢用抽象名词。英文可以说“他的收入的减少改变了他的生活方式”，中文这么说，就太西化了。英文用抽象名词“减少”做主词，十分自然。中文的说法是以具体名词，尤其是人，做主词：“他因为收入减少而改变生活方式”，或者“他收入减少，乃改变生活方式”。

中文常用一件事情（一个短句）做主词，英文则常用一个名词（或名词词组）。“横贯公路再度坍方，是今日的头条新闻”，是中文的说法。“横贯公路的再度坍方，是今日的头条新闻”，就是英文语法的流露了。同理，“选购书籍，只好委托你了”是中文语法。“书籍的选购，只好委托你了”却是略带西化。“推行中文，要靠大家努力”是自然的说法。“中文的推行，要靠大家的努力”却嫌冗赘。这种情形也可见于受词。例如“他们抵制这种风俗的继续”，便是一句可怕的话。无论如何，“抵制继续”总嫌生硬。如果改成“他们反对保存这种风俗”，就自然多了。

英文好用抽象名词，其结果是软化了动词，也可以说是架空了动词。科学、社会科学与公文的用语，大举侵入了日常生活，逼得许多明确而有力的动词渐渐变质，成为面无表情的词组。下面是几个常见的例子：

apply pressure：press

give authorization：permit

send a communication：write

take appropriate action：act

在前例之中，简洁的单音节动词都变成了含有抽象名词的词组，表面上看来，显得比较堂皇而高级。例如 press 变成了 apply pressure，动作便一分为二，一半驯化为静止的抽象名词 pressure，一半淡化为广泛而笼统的动词 apply。巴尔赞（Jacques Barzun）与特里林（Lionel Trilling）等学者把这类广泛的动词叫作“弱动词”（weak verb）。他们说："科学报告不免单调而冷淡，影响之余，现代的文体喜欢把思路分解成一串静止的概念，用介词和通常是被动语气的弱动词连接起来。"①

巴尔赞所谓的弱动词，相当于英国小说家奥韦尔所谓的"文字的义肢"(verbal false limb)②。当代的中文也已呈现这种病态，喜欢把简单明了的动词分解成"万能动词+抽象名词"的词组。目前最流行的万能动词，是"做出"和"进行"，恶势力之大，几乎要吃掉一半的正规动词。请看下面的例子：

(一)本校的校友对社会做出了重大的贡献。

(二)昨晚的听众对访问教授做出了十分热烈的反应。

(三)我们对国际贸易的问题已经进行了详细的研究。

(四)心理学家在老鼠的身上进行试验。

不管是直接或间接的影响，这样的语法都是日渐西化的现象，因为中文原有的动词都分解成上述的烦琐词组了。前面的四句话本来可以分别说成(一)本校的校友对社会贡献很大。(二)昨晚的听众对访问教授反应十分热烈。(三)我们对国际贸易的问题已经详

① Follett, Wilson: *Modern American Usage*, ed. and completed by Jacques Barzun in collaboration with Lionel Trilling and others. New York: Warner Paperback Library, 1974, p.286. See also such items as "jargon," "journalese," "nounplague," and "scientism" in Chapter IV on Style.

② Orwell, George: "Politics and the English Language"

加研究。（四）心理学家用老鼠来做试验。（或：心理学家用老鼠试验。）

巴尔赞等学者感慨现代英文喜欢化简为繁、化动为静、化具体为抽象、化直接为迂回，到了“名词成灾”（noun-plague）的地步。学问分工日细，各种学科的行话术语，尤其是科学与社会科学的“夹杠”，经过本行使用，外行借用，加上“新闻体”（journalese）的传播，一方面固然使现代英文显得多彩多姿，另一方面却也造成混乱，使日常用语斑驳不堪。英国诗人格雷夫斯（Robert Graves，1895—1986）在短诗《耕田》（*Tilth*）里批评这现象说：

Gone are the sad monosyllabic days
When “agricultural labour” still was tilth;
And “100% approbation”, praise;
And “pornographic modernism”, filth–
And still I stand by tilth and filth and praise.

“名词成灾”的流行病里，灾情最严重的该是所谓“科学至上”（scientism）。在现代的工业社会里，科学早成显贵，科技更是骄子，所以知识分子的口头与笔下，有意无意，总爱用一些“学术化”的抽象名词，好显得客观而精确。有人称之为“伪术语”（pseudo-jargon）。例如，明明是first step，却要说成initial phase；明明是letter，却要说成communication，都属此类。

中文也是如此。本来可以说“名气”，却凭空造出一个“知名度”来，不说“很有名”，却要迂回作态，貌若高雅，说成“具有很高的知名度”，真是酸腐可笑。另一个伪术语是“可读性”，同样活跃于书评和出版广告。明明可以说“这本传记很动人”“这本传记引人入胜”，或者干脆说“这本传记很好看”，却要说成“这本传记的可读性颇高”。我不明白这字眼怎么来的，因为这观念在英文里也只用形容词 readable 而不用抽象名词 readability。英文会说：The biography is highly readable，却不说 The biography has high readability。此风在台湾日渐嚣张。在电视上，记者早已在说“昨晚的演奏颇具可听性”。在书评里，也已见过这样的句子：“传统写实作品只要写得好，岂不比一篇急躁的实验小说更具可看性？”

我实在不懂那位书评家何以不能说“岂不比一篇……更耐看（更动人）？”同理，“更具前瞻性”难道真比“更有远见”要高雅吗？长此以往，岂不要出现“他讲的这件趣事可笑性很高”一类的怪句？此外，“某某主义”之类的抽象名词也使用过度，英美有心人士都主张少用为妙①。

名词而分单数与复数，是欧洲语言的惯例。英文文法的复数变化，比起其他欧洲语言来，单纯得多。请看“玫瑰都很娇小”这句话在英文、法文、德文、西班牙文、意大利文里的各种说法：

---

① Follett， Wilson：Modern American Usage，p.236-237.

The roses are small.

Les roses sont petites.

Die Rosen sind klein.

Las rosas son chiquitas.

Le rose sono piccole.

每句话都是四个字，次序完全一样，都是冠词、名词、动词、形容词。英文句里，只有动词跟着名词变化，其他二字则不分单、复数。德文句里，只有形容词不变。法文、西班牙文、意大利文的三句里，因为做主词的名词是复数，其他的字全跟着变化。

幸而中文的名词没有复数的变化，也不区分性别，否则将不胜其烦琐。旧小说的对话里确有“爷们”“娘们”“丫头们”等复数词，但是在叙述的部分，仍用“诸姐妹”“众丫鬟”。中文要表多数的时候，也会说“民众”“徒众”“观众”“听众”，所以“众”也有点“们”的作用。但是“众”也好，“们”也好，在中文里并非处处需要复数语尾。往往，我们说“文武百官”，不说“官们”，也不说“文官们”“武官们”。同理，“全国的同胞”“全校的师生”“所有的顾客”“一切乘客”当然是复数，不必再画蛇添足，加以标明。不少国人惑于西化的意识，常爱这么添足，于是“人们”取代了原有的“人人”“大家”“大众”“众人”“世人”。“人们”实在是丑陋的西化词，林语堂绝不使用，希望大家也不要使用。电视上也有人说“民众们”“观众们”“听众们”“球员们”，实在累赘。尤其“众、们”

并用，已经不通。

中文名词不分数量，有时也会陷入困境。例如“一位观众”显然不通，但是“观众之一”却嫌累赘，也欠自然。“一位观者”毕竟不像“一位读者”那么现成。所以，“一位观众来信说……”之类的句子，也只好由它去了。

可是“……之一”的泛滥，却不容忽视。“……之一”虽然是单数，但是背景的意识却是多数。和其他欧洲语言一样，英文也爱说 one of my favorite actresses，one of those who believe...，one of the most active promoters。中文原无“……之一”的句法，现在我们说“观众之一”实在是不得已。至于这样的句子：

> 刘伶是竹林七贤之一。
>
> 作为竹林七贤之一的刘伶……

目前已经非常流行。前一句虽然西化，但不算冗赘。后一句却是恶性西化的畸婴，不但“作为”二字纯然多余，“之一的”也文白夹杂，读来破碎，把主词“刘伶”压在底下，更是扭捏作态。其实，后一句的意思跟前一句完全一样，却把英文的语法 as one of the Seven Worthies of Bamboo Grove，Liu Ling... 生吞活剥地搬到中文里来。所以，与其说“作为竹林七贤之一的刘伶以嗜酒闻名”，何不平平实实地说“刘伶是竹林七贤之一，以嗜酒闻名”？其实前一句也尽有办法不说“之一”。中文本来可以说“刘伶乃竹林七贤之同侪”，“刘伶列于竹林七贤”，“刘伶跻身竹林七贤”，“刘伶是竹林七贤的同人”。

“竹林七贤之一”也好，“文房四宝之一”也好，情况都不严重，因为七和四范围明确，同时逻辑上也不能径说“刘伶是竹林七贤”“砚乃文房四宝”。目前的不良趋势，是下列这样的句子：

《红楼梦》是中国文学的名著之一。

李广乃汉朝名将之一。

两句之中，“之一”都是蛇足。世间万事万物都有其同侪同类，每次提到其一，都要照顾到其他，也未免太周到了。中国文学名著当然不止一部，汉朝名将当然也不会只有一人，不加上这死心眼儿的“之一”，绝对没有人会误会你孤陋寡闻，或者挂一漏万。一旦养成了这种恶习，只怕笔下的句子都要写成“小张是我的好朋友之一”“我不过是您的平庸的学生之一”“他的嗜好之一是收集茶壶”了。

“之一”之病到了香港，更变本加厉，成为“其中之一”。在香港的报刊上，早已流行“我是听王家的兄弟其中之一说的”或者“大卫连一直以来都是我最喜欢的导演其中之一”这类怪句。英文复数观念为害中文之深，由此可见。

这就说到“最……之一”的语法来了。英文最喜欢说“他是当代最伟大的思想家之一”，好像真是精确极了，其实未必。“最伟大的”是抬到至高，“之一”却稍加低抑，结果只是抬高，并未真正抬到至高。你并不知道“最伟大的思想家”究竟是几位？四位吗？还是七位？所以弹性颇大。兜了一个大圈子回来，并无多大不同。所以，只要说“他是一个大名人”或“他是赫赫有名的人物”就够了，不必迂而回之，说什么“他是最有名气的人物之一”吧。

3

在英文里，词性相同的字眼常用and来连接：例如man and wife, you and I, back and forth了。但在中文里，类似的场合往往不用连接词，所以只要说“夫妻”“你我”“前后”就够了。同样地，一长串同类词在中文里，也任其并列，无须连接：例如“东南西北”“金木水火土”“礼乐射御书数”“柴米油盐酱醋茶”皆是。中国人绝不说“开门七件事，柴、米、油、盐、酱、醋以及茶”。谁要这么说，一定会惹笑。同理，中文只说“思前想后”“说古道今”，英文却必须动用连接词，变成“思前和想后”“说古及道今”。可是近来and的意识已经潜入中文，到处作怪。港报上有过这样的句子：

> 在政治民主化与经济自由化的发展道路，××显然比××起步更早及迈步更快，致在政经体制改革的观念、行动、范围及对象，更为深广更具实质……

这样的文笔实在不很畅顺：例如前半句中，当作连接词的“与”“及”都不必要。“与”还可以说不必要，“及”简直就要不得。后半句的“更为深广更具实质”才像中文，“起步更早及迈步更快”简直是英文。“及”字破坏了中文的生态，因为中文没有这种用法。此地一定要用连接词的话，也只能用“而”，不可用“及”。正如 slow but sure 在中文里该说“慢而可靠”或者“缓慢而有把握”，却不可说“慢及可靠”或者“缓慢与有把握”。“而”之为连接词，不但可表更进一步，例如“学而时习之”，还可表后退或修正，例如“国风好色而不淫，小雅怨诽而不乱”，可谓兼有 and 与 but 之功用。

目前的不良趋势，是原来不用连接词的地方，在 and 意识的教唆下，都装上了连接词；而所谓连接词都由“和”“与”“及”“以及”包办，可是灵活而宛转的“而”“并”“而且”等词，几乎要绝迹了。

4

介词在英文里的用途远比中文里重要，简直成了英文的润滑剂。英文的不及物动词加上介词，往往变成了及物动词，例如 look after, take in 皆是。介词片语（prepositional phrase）又可当作形容词或助词使用，例如 a friend in need, said in earnest。所以英文简直离不了介词。中文则不尽然。“扬州十日、嘉定三屠”两个片语不用一个介词，换了英文，非用不可。

“欢迎王教授今天来到我们的中间，在有关环境污染的各种问题上，为我们作一次学术性的演讲。”这样不中不西的开场白，到处可以听见。其实“中间”“有关”等介词，都是画蛇添足。有一些《圣经》的中译，牧师的传道，不顾中文的生态，会说成“神在你的里面”。意思懂，却不像中文。

“有关”“关于”之类，大概是用得最滥的介词了。“有关‘文革’的种种，令人不能置信”；“今天我们讨论有关台湾交通的问题”；“关于他的申请，你看过了没有？”在这些句子里，“有关”与“关于”完全多余。最近我担任“学生文学奖”评审，有一篇投稿的题目很长，叫《关于一个河堤孩子的成长故事》。十三个字里，“关于”两字毫无作用，“一个”与“故事”也可有可无。

“关于”有几个表兄弟，最出风头的是“由于”。这字眼在当代中文里，往往用得不妥：

> 由于秦末天下大乱，（所以）群雄四起。
>
> 由于好奇心的驱使，我向窗内看了一眼。
>
> 由于他的家境贫穷，使得他只好休学。

英文在形式上重逻辑，喜欢交代事事物物的因果关系。中文则不尽然。“清风徐来，水波不兴”，其中当然有因果关系，但是中文只用上下文作不言之喻。换了是英文，恐怕会说“因为清风徐来，所以水波不兴”，或者“清风徐来，而不兴起水波”。上列的第一句，其实删掉“由于”与“所以”，不但无损文意，反而可使文章干净。第二句的“由于好奇心的驱使”[1]并没有什么大毛病，可是有点啰唆，更犯不着动用“驱使”一类的正式字眼。如果简化为“出于好奇，我向窗内看了一眼”或者“为了好奇，我向窗内看了一眼”，就好多了。第三句的不通，犯者最多。“由于他的家境贫穷”这种词组，只能拿来修饰动词，却不能当作主词。这一句如果删掉“由于”“使得”一类交代因果的冗词，写成“他家境贫穷，只好休学”，反觉眉清目秀。

5

英文的副词形式对中文为害尚不显著，但也已经开始了。例如这样的句子：

> 他苦心孤诣地想出一套好办法来。
> 老师苦口婆心地劝了他半天。
> 大家苦中作乐地竟然大唱其民谣。

“苦”字开头的三句成语，本来都是动词，套上副词语尾的“地”，

① 疑为prompted by curiosity之直译。

就降为副词了。这么一来，文章仍然清楚，文法上却主客分明，太讲从属的关系，有点呆板。若把“地”一律删去，代以逗点，不但可以摆脱这主客的关系，语气也会灵活一些。

有时这样的西化副词词组太长，例如“他知其不可为而为之地还是去赴了约”，就更应把“地”删掉，代之以逗点，使句法松松筋骨。目前最滥的副词是“成功地”。有一次我不该为入学试出了这么一个作文题目：《孙中山诞辰的感想》，结果十个考生里至少有六个都说：“孙中山先生成功地推翻了清朝。”这副词“成功地”在此毫无意义，因为既然推而翻之，就是成功了，何待重复？同理，“成功地发明了相对论”“成功地泳渡了直布罗陀海峡”也都是饶舌之说。天下万事，凡做到的都要加上“成功地”，岂不累人？

6

白话文一用到形容词，似乎就离不开“的”，简直无“的”不成句了。在白话文里，这“的”字成了形容词除不掉的尾巴，至少会出现在这些场合：

> 好的，好的，我就来。是的，没问题。
>
> 快来看这壮丽的落日！
>
> 你的笔干了，先用我的笔吧。

也像西湖的有里外湖一样，丽芒分为大湖小湖两部分。[①]

他当然是别有用心的。你不去是对的。

喜欢用“的”或者无力拒“的”之人，也许还有更多的场合要偏劳这万能“的”字。我说“偏劳”，因为在英文里，形容词常用的语尾有 -tive，-able，-ical，-ous 等多种，不像在中文里全由“的”来担任。英文句子里常常连用几个形容词，但因语尾变化颇大，不会落入今日中文的公式。例如雪莱的句子：

An old，mad，blind，despised，and dying king——[②]

一连五个形容词，直译过来，就成了：

一位衰老的、疯狂的、瞎眼的、被人蔑视的、垂死的君王——

一碰到形容词，就不假思索，交给“的”去组织，正是流行的白话文所以僵化的原因。白话文所以啰唆而软弱，虚字太多是一大原因，而用得最滥的虚字正是“的”。学会少用“的”字之道，恐怕是白话

---

① 姚乃麟编《现代创作游记选》，台北：新文丰出版公司，一九八二年，六十九页，孙伏园《丽芒湖上》。

② Shelley， P.B.： *England in* 1819.

文作家的第一课吧。其实许多名作家在这方面都很随便，且举数例为证：

> （一）月光是隔了树照过来的，高处丛生的灌木，落下参差的斑驳的黑影，峭楞楞如鬼一般；弯弯的杨柳的稀疏的倩影，却又像是画在荷叶上。①
>
> （二）最后的鸽群……也许是误认这灰暗的凄冷的天空为夜色的来袭，或是也预感到风雨的将至，遂过早地飞回它们温暖的木舍。②
>
> （三）白色的鸭也似有一点烦躁了，有不洁的颜色的都市的河沟里传出它们焦急的叫声。③

第一句的“参差的斑驳的黑影”和“弯弯的杨柳的稀疏的倩影”，都是单调而生硬的重叠。用这么多“的”，真有必要吗？为什么不能说“参差而斑驳”呢？后面半句的原意本是“弯弯的杨柳投下稀疏的倩影”，却不分层次，连用三个“的”，读者很自然会分成“弯弯的、杨柳的、稀疏的、倩影”。第二句至少可以省掉三个“的”。就是把“灰暗的凄冷的天空”改成“灰暗而凄冷的天空”，再把“夜色的来袭”和“风雨的将至”改成“夜色来袭”“风雨将至”。

---

① 朱自清《荷塘月色》。

② 何其芳《雨前》。

③ 同上。

前文说过，中文好用短句，英文好用名词，尤其是抽象名词。“夜色来袭”何等有力，“夜色的来袭”就松软下来了。最差的该是第三句了。“白色的鸭”跟“白鸭”有什么不同呢？“有不洁的颜色的都市的河沟”，乱用“的”字，最是惑人。此句原意应是“颜色不洁的都市河沟”（本可简化为“都市的脏河沟”），但读者同样会念成“有不洁的、颜色的、都市的、河沟”。

目前的形容词又有了新的花样，那便是用学术面貌的抽象名词来打扮。再举数例为证：

> 这是难度很高的技巧。
>
> 他不愧为热情型的人。
>
> 太专业性的字眼恐怕查不到吧。

“难度很高的”是什么鬼话呢？原意不就是“很难的”吗？同理，“热情型的人”就是“热情的人”；“太专业性的字眼”就是“太专门的字眼”。到抽象名词里去兜了一圈回来，门面像是堂皇了，内容仍是空洞的。

形容词或修饰语（modifier）可以放在名词之前，谓之前饰，也可以跟在名词之后，谓之后饰。法文往往后饰，例如纪德的作品 *La Symphonie pastorale* 与 *Les Nourritures terrestres*，形容词都跟在名词之后；若译成英文，例如 The Pastoral Symphony，便是前饰了。中文译为“田园交响乐”，也是前饰。

英文的形容词照例是前饰，例如前引雪莱的诗句，但有时也可以后饰，例如雪莱的另一诗句：One too like thee：tameless，and swift，and proud[①]。至于形容词词组或子句，则往往后饰，例如，man of action，I saw a man who looked like your brother。

目前的白话文，不知何故，几乎一律前饰，似乎不懂后饰之道。例如前引的英文句，若用中文来说，一般人会不假思索说成："我见到一个长得像你兄弟的男人。"却很少人会说："我见到一个男人，长得像你兄弟。"如果句短，前饰也无所谓。如果句长，前饰就太生硬了。例如下面这句："我见到一个长得像你兄弟说话也有点像他的陌生男人。"就冗长得尾大不掉了。要是改为后饰，就自然得多："我见到一个陌生男人，长得像你兄弟，说话也有点像他。"其实文言文的句子往往是后饰的，例如司马迁写项羽与李广的这两句：

> 籍长八尺余，力能扛鼎，才气过人。
> 广为人长，猿臂，其善射亦天性也。

这两句在当代白话文里，很可能变成：

> 项籍是一个身高八尺，力能扛鼎，同时才气过人的汉子。

---

① Shelley， P.B.： *"Ode to the West Wind."*

> 李广是一个高个子，手臂长得好像猿臂，天生就会射箭的人。

后饰句可以一路加下去，虽长而不失自然，富于弹性。前饰句以名词压底，一长了，就显得累赘，紧张，不胜负担。所以前饰句是关闭句，后饰句是开放句。

7

动词是英文文法的是非之地，多少纠纷，都是动词惹出来的。英文时态的变化，比起其他欧洲语言来，毕竟单纯得多。若是西班牙文，一个动词就会变出七十八种时态。中文的名词不分单复与阴阳，动词也不变时态，不知省了多少麻烦。《阿房宫赋》的句子："秦人不暇自哀，而后人哀之。后人哀之而不鉴之，亦使后人而复哀后人也。"就这么一个"哀"字，若用西文来说，真不知要玩出多少花样来。

中文本无时态变化，所以在这方面幸而免于西化。中国文化这么精妙，中文当然不会拙于分别时间之先后。散文里说："人之将死，其言也善"；"议论未定，而兵已渡河。"诗里说："已凉天气未寒时”[①]。这里面的时态够清楚的了。苏轼的七绝：“荷尽已无擎雨盖，菊残犹有傲霜枝。一年好景君须记，最是橙黄橘绿时。”里面的时序，有已逝，有将逝，更有正在发生，区别得准确而精细。

中文的动词既然不便西化，一般人最多也只能写出“我们将要开始比赛了”之类的句子，问题并不严重。动词西化的危机另有两端：一是单纯动词分解为“弱动词＋抽象名词”的复合动词，前文已经说过。不说“一架客机失事，死了九十八人”，却说“一架客机失事，造成九十八人死亡”，实在是迂回作态。

另一端是采用被动语气。凡是及物动词，莫不发于施者而及于受者。所以用及物动词叙述一件事，不出下列三种方式：

（一）哥伦布发现了新大陆。

（二）新大陆被哥伦布发现了。

（三）新大陆被发现了。

第一句施者做主词，乃主动语气。第二句受者做主词，乃被动语气。第三句仍是受者做主词，仍是被动，却不见施者。这三种句子在英文里都很普遍，但在中文里却以第一种最常见，第二、第三种就少得多。第三种在中文里常变成主动语气，例如“糖都吃光了”“戏看完了”“稿写了一半”“钱已经用了”。

① 韩偓《已凉》。

目前西化的趋势，是在原来可以用主动语气的场合改用被动语气。请看下列的例句：

（一）我不会被你这句话吓倒。

（二）他被怀疑偷东西。

（三）他这意见不被人们接受。

（四）他被升为营长。

（五）他不被准许入学。

这些话都失之生硬，违反了中文的生态。其实，我们尽可还原为主动语气如下：

（一）你这句话吓不倒我。

（二）他有偷东西的嫌疑。

（三）他这意见大家都不接受。

（四）他升为营长。

（五）他未获准入学。

同样，“他被选为议长”不如“他当选为议长”。“他被指出许多错误”不如“有人指出他许多错误”。“他常被询及该案的真相”也不如“常有人问起他该案的真相”。

目前中文的被动语气有两个毛病。一个是用生硬的被动语气来取代自然的主动语气。另一个是千篇一律只会用“被”字，似乎因为它发音近于英文的 by，却不解从“受难”到“遇害”，从“挨打”到“遭殃”，从“经人指点”到“为世所重”，可用的字还有许多，不必套一个公式。

8

中文的西化有重有轻，有暗有明，但其范围愈益扩大，其现象愈益昭彰，颇有加速之势。以上仅就名词、连接词、介词、副词、形容词、动词等西化之病稍加分析，希望读者能举一反三，知所防范。

常有乐观的人士说，语言是活的，有如河流，不能阻其前进，所谓西化乃必然趋势。语言诚然是活的，但应该活得健康，不应带病延年。至于河流的比喻，也不能忘了两岸，否则泛滥也会成灾。西化的趋势当然也无可避免，但不宜太快、太甚，应该截长补短，而非以短害长。

颇有前卫作家不以杞人之忧为然，认为坚持中文的常规，会妨碍作家的创新。这句话我十分同情，因为我也是“过来人”了。“语法岂为我辈而设哉！”诗人本有越界的自由。我在本文强调中文的生态，原为一般写作说法，无意规范文学的创作。前卫作家大可放心去追逐缪斯，不用碍手碍脚，做语法之奴。

不过有一点不可不知。中文发展了好几千年，从清通到高妙，自有千锤百炼的一套常态。谁要是不知常态为何物而贸然自诩为求变，其结果也许只是献拙，而非生巧。变化之妙，要有常态衬托才显得出来。一旦常态不存，余下的只是乱，不是变了。

——一九八七年七月

白而不化的白话文

——从早期的青涩到近期的烦琐

半个世纪以来，盘踞在教科书、散文选、新文学史，被容易满足的人奉为经典之作模范之文，一赞而再赞的，是二十年代几篇未尽成熟，甚或颇为青涩的“少作”。这真是所谓新文学的一则神话。这些人里面，有文艺青年，有文艺中年，说不定还有一些文艺老年。他们习于诵读这些范文，久而不倦，一直到现在，还不肯断“五四”的奶。

也许很多人都不曾留意，民初作家写这些“范文”的时候，有多年轻。朱自清生于一八九八年，《荷塘月色》写于一九二五年，当时作者是二十七岁。《桨声灯影里的秦淮河》更早两年，是他二十五岁的作品。当时同游的俞平伯也写了一篇游记，题名相同，而俞平伯比朱自清还小一岁。冰心写《山中杂记》和《寄给母亲》时，也只有二十四岁。徐志摩的《我所知道的康桥》写得较晚，但作者当时也不过三十。其他的文体也有这现象，例如郁达夫的小说

《沉沦》写于二十五岁，闻一多的诗《死水》则为二十七岁之作。从这些例子看来，课本和文选的新文学，几乎全是“金童玉女”的天下。所以我在中文大学讲“现代文学”，就时常提醒班上的同学说：“不要忘了，这些作家当时只比各位大四五岁。”

作家有夙慧，天才多早熟。少作当然不一定不如晚作。《古文观止》的几篇名作，像《过秦论》《滕王阁序》《阿房宫赋》《留侯论》等，都是少作。苏辙那封《上枢密韩太尉书》，写于十九岁（按西方算法只有十八岁），是最早的了。可是他那篇《黄州快哉亭记》却写于四十五岁。他的哥哥天才盖世，二十二岁就以《刑赏忠厚之至论》吓了欧阳修一跳，可是像《方山子传》《赤壁赋》《石钟山记》等杰作都成于四十五岁以后。欧阳修的《秋声赋》（五十二岁）、《祭石曼卿文》（六十一岁）、《泷冈阡表》（六十四岁）等文，更是晚年之作。

有的作家早熟，但更多的是大器晚成，老而益肆。至少同一天才如果写作不断，当能变化风格，恢宏胸襟，层楼更上，而尽展所长。民国初期的作家里面，绝少能像杜甫、陆游，或是西方的哈代、叶芝那样，认真写作到老，当然大器晚成的机会也就不多。朱湘、徐志摩、梁遇春、陆蠡等人天不假年，固无机会。何况再长寿的作家，从反右一直沉默到“文革”，能保命已经不易，还想保笔，简直是奢望了。半百而折的几位，如朱自清和闻一多等，后期都做了学者，不再创作。朱自清在三十三岁所写的《论无话可说》一文中说：“十年前我写过诗，后来不写诗了，写散文；入中年以后，散文也不大写得出了——现在是，比散文还要‘散’的无话可说！”一班人过誉朱自清为散文大师，其实他的文集不过薄薄的四册（其中两册大半是诗，一册有一半是序跋书评之类），外加两册旅游杂记而已。他的最后一本散文集《你我》出版于一九三四年，正当作者三十六岁的壮年，可见文思笔力无以为继。试问韩柳欧苏，或者约翰逊、兰姆、卡莱尔、罗斯金等，有这种早竭的现象吗？

其他的作家也多有这种现象。以诗人为例，闻一多一生只有薄薄两本集子，不满百首，三十二岁便告别了缪斯。徐志摩年龄和拜伦相若，但诗的产量还不及拜伦的十分之一。戴望舒的作品总数是八十八首。辛笛的更少，只得四十六首。古典的大诗人中，李白全集有九百多首，杜甫的超过一千四百，白居易、苏轼都在两千以上，杨万里有四千二百。陆游更多达九千二百余篇。即使二十七岁便夭亡的李贺，也有二百四十多首。比起古人来，早期的新诗人真是单薄。

作品贵精不贵多。少产的作家如果佳作颇多，则量之不足还有质来弥补。可是民国初年的那些名作，以白话文而言，每有不顺、不妥、甚至不通的句子；要说这样的文笔就能成名成家，那今日的台湾至少有五百位散文作者成得了家。请看朱自清的文句：“但一个平常的人像我的，谁愿凭了理性之力去丑化未来呢？我宁愿自己骗着了。不过我的社会感性是很敏锐的；我的思力能拆穿道德律的西洋镜，而我的感情却终于被他压服着……在众目睽睽之下，这两种思想在我心里最为旺盛。他们暂时压倒了我的听歌的盼望，这便成就了我的灰色的拒绝。”

这样生硬晦涩的句子，就算是译文，也不够好。生硬的不看，且看流畅的吧。下面是朱自清另一名作《匆匆》的起首二段：

> 燕子去了，有再来的时候；杨柳枯了，有再青的时候；桃花谢了，有再开的时候。但是，聪明的，你告诉我，我们的日子为什么一去不复返呢？——是有人偷了他们罢：那是谁？又藏在何处呢？是他们自己逃走了罢：现在又到了哪里呢？
>
> 我不知道他们给了我多少日子；但我的手确乎是渐渐空虚了。在默默里算着，八千多日子已经从我手中溜去；像针尖上一滴水滴在大海里，我的日子滴在时间的流里，没有声音，也没有影子。我不禁头涔涔而泪潸潸了。

这真是忧来无端的滥情之作。一个人在世上过了八千多个日子，正是二十几岁的青年，朝前看还来不及，何以如此惆怅地回顾，甚至到“头涔涔而泪潸潸”的地步？这青年也未免太爱哭了。朱自清在《背影》哭了三次，我已经觉得太多了一点；不过那是亲情之泪，总还算事出有因。但是《匆匆》里的潸潸之泪，却来得突兀而滑稽。如果岁月消逝就令人一哭，那年轻人的生日都应该举哀，不该庆祝了。

古典诗文对时间素来最为敏感，也表现得最出色，最动人。曹操的《短歌行》，王羲之的《兰亭集序》，在这方面都很感人。曹丕的名句："古人贱尺璧而重寸阴，惧乎时之过已。而人多不强力，贫贱则慑于饥寒，富贵则流于逸乐，遂营目前之务，而遗千载之功。日月逝于上，体貌衰于下，忽然与万物迁化，斯志士之大痛也！"说得多么沉郁。再看李白《日出入行》的诗句："日出东方隈，似从地底来。历天又复西入海，六龙所舍安在哉？其始与终古不息，人非元气，安得与之久徘徊？"说得有多惊心动魄。《匆匆》这两段还有别的毛病。朱自清像许多民初作家一样，爱用代名词，却有许多用得全无必要。例如《桨声灯影里的秦淮河》末段，就有三十四个代名词，其中"我们"占了二十六个。西化的毛病很多，滥用代名词是其一端。

《匆匆》首段的句子"是有人偷了他们罢"，此地的"他们"指谁呢？从中文文法上根本找不出来，但就文意可知是指"日子"。因为日子有八千多个，所以其代名词要用表多数的"他们"。下面那句"是他们自己逃走了罢"，当然也是指八千多个日子。问题就在第二段又出现了一个"他们"，所指何物却很暧昧。"我不知道他们给了我多少日子"：这第三个"他们"原应承接上文，指逝去的八千多个日子，但句意岂不等于"我不知道逝去的日子给了我多少日子"？这实在混乱不堪。而所以混乱，就是因为滥用代名词。

一定有人为作者辩护，说何必这么认真呢，朱自清当时不过二十四岁，白话文当时也不过三岁（从"五四"算起），能写到这样，已经很不错了。我也正是这个意思。民国初年的作家年轻时用青涩的白话文写出来的不很成熟的作品，值得全国青年当作经典范文，日习而夜诵吗？民初的这几位作家，停笔又早，作品又少，而寥寥几篇不耐嚼咀不堪细析的少作，却盘踞课本和文选达数十年之久，这真是一个怪现象。也难怪今天还有不少青年写的是“她是有着一颗怎样纯洁的心儿呀”一类幼稚而夹缠的白话文。

二十年代白话文的生硬青涩，今日读来，恍如隔世。“五四”初期，深受科举之害或其遗风影响的文人学者，大半都反对文言。最激烈的一些，例如吴稚晖和钱玄同，更恨不得废掉中国文字。另一方面，则对西文十分羡慕，于是翻译主张直译，创作则倾向西化。最浅俗的现象便是嵌用英文，于是S君、M城、W教授之类大行其道，鲁迅也不能免。有时候会夹上整个英文字，甚至整句英文：郭沫若的诗、徐志摩的散文常常如此。有时退而求其次，就译英文的音，从“梵婀玲”到“辟克匿克”，从“烟士披里纯”到“德谟克拉西”，不一而足。可是这些“音不及义”的译名，不能令人顾名思义，有时也嫌太长，所以大半都淘汰了。就连鲁迅笔下的什么“海乙那”（hyena）、“恶毒妇”（old fool）等，也保不住。倒是林语堂译音的“幽默”，并未随潮流俱逝，连再三嘲讽他的钱锺书，也不能不采用，真是始料不及的反讽了。

钱玄同为胡适的诗集作序，认为“辟克匿克来江边”一句并无不当。他说：“语言本是人类公有的东西，甲国不备的话，就该用乙国话来补缺：这‘携食物出游，即于游处食之的’意义，若是在汉文没有适当的名词，就可直用‘辟克匿克’来补他。”钱玄同的主张若加贯彻，今天的中文岂不要平添千百个“德律风”，甚至“德律维生”之类的怪字？其实“辟克匿克”这件事，中文并不是全无说法：例如《桃花扇》就叫它作“花里行厨”。今日“野餐”一词早成定案，回头再读胡适这句诗，竟有打油的味道了。

一国的文字多用外来语，尤其是直接的使用，当然是消化不良的过渡现象。二十年代的作家要废除文言，改写白话，乃朝与文言相反的两个方向探索：朝外的探索是西化，朝下的探索是俗化。俗化的现象有二，一是采用俚词俗语，一是多用虚字冗词。

俚词俗语来自方言，民初既定北京话为普通话，当时的白话文就自然染上北京方言的色彩。从明代以来，中国的作家南方人越来越多，“五四”以来尤其如此。以杨牧所编的《中国近代散文选》为例，入选的五十四人，从梁实秋到王孝廉，北方人只有十位，余皆南方人。这本书不收近三十年来的大陆作家，南北之比当然更加悬殊。不过，即以林文月为分水岭，南北之比也是三十比六。二十年代在北方写作、教书的名家多为南方人，尤其是江浙人氏，可是笔下却极力模仿北方土语，尤其是“花儿、虫儿、鱼儿、鸟儿”之类的儿化语。影响所及，可怜今日美国的大孩子还在牙牙学语地念“鸡子儿”一类的土语，而我班上有些广东大孩子还在写“我独个儿在校园踯躅着”之类文白夹杂刺耳的句子。

虚字冗词的问题更大。所谓虚字，根据马建忠《文通》的分类，包括介字、连字、助字、叹字，以别于代字、名字、动字、静字、状字组成的实字。这九种字的分类，相当于英文文法的九个词类，只是大致说来，英文没有“矣、焉、乎、哉”或“哩、吗、呢、吧”

之类的助字，而中文也不用或少用 a，an，the 之类的冠词。平常都说“之、乎、者、也”是虚字，其实这四字已包括了介字、助字、代字。白话文废了之乎者也，改用的了吗呢，许多作家不知节制，以为多用这些新虚字才算新文学。其实一切文学作品皆贵简洁，文言如此，白话亦然。黄遵宪所说的“我手录我口”，因为从口到手，还有选择、重组、加工等过程，即使出口成章的人，也不能免，否则写作岂不等于录音？有时在我演讲之后，别人把记录稿拿给我修改，记录得愈忠实，愈令我惊讶，因为“我口”太不像“我手”了。

虚字是文章的润滑剂，可以调节实字之间的关系，助长文句的语气和态势。用得恰当，文句便周转自如，用滥了，反而乱人耳目，造成淤塞：于是虚字比实字还要实了。例如“他讲了老李的许多往事”，原是一句干干净净的话，改成“他讲了许多有关于老李的往事”，便是滥用虚字，平添麻烦。“五四”以来，为害最大的虚字，便是出现得最频的那个“的”字。我常觉得，知道省用“的”字，是一切作家得救的起点。“荷塘月色”便有这样的“的的句”：

> 月光是隔了树照过来的，高处丛生的灌木，落下参差的斑驳的黑影，峭楞楞如鬼一般；弯弯的杨柳的稀疏的倩影，却又像是画在荷叶上。

短短一句话就用了七个“的”，文笔这么冗赘，那里称得上范文？许多作家或出于懒惰，或出于无能，把形容词和名词的关系，一律交给“的”字去收拾。换了今日台港比较有心的作家，大概会这样改写：

> 月光隔树照过来，高处丛生的灌木，落下参差而斑驳的黑影，峭楞楞如鬼一般；杨柳弯弯，稀疏的倩影却又像画在荷叶上。

至于冗词，则品类繁复，不但包括许多碍手碍脚的虚字，还有一些不必要的实字。滥用代名词便是常见的现象，尤其是所有格。试看何其芳《哀歌》里的句子：“我们的祖母，我们的母亲的少女时代已无从想象了……我们的姐妹，正如我们，到了一个多变幻的歧途。最使我们怀想的是我们那些年轻的美丽的姑姑……停止了我们的想象吧。关于我那些姑姑我的记忆是非常简单的。”除了一路的的不绝之外，句中那些代名词大半也可以省略。中文的代名词及其所有格，往往可以由常情或上下文推断，所以大半不用标明。例如“父亲老了，要人陪伴”一句，当然就等于“我的父亲老了，要人陪伴他”。世界上的东西无不彼此相属，如果一一标明，岂不是自找麻烦？杜甫诗句：“绛唇珠袖两寂寞，晚有弟子传芬芳”，如果用虚冗的白话来写，真可能变成“她的绛唇和她的珠袖，它们都消逝了呢；幸好在她的晚年还有她的弟子们继续着她的芬芳”。白话文要是朝这方面发展，我实在看不出它有什么理由取代文言。

二十年代的作家去古未远，中文根底仍厚，西化之病只在皮毛。

径嵌英文，或采音译，不过像脸上生些小疮。到了三十年代，像何其芳笔下的西化，就已经危及句法、语法和思考方式了。另一恶性西化的显例是艾青。下面的句子摘自他为《戴望舒诗选》所写的序言：

> 这个时期的作品，虽然那种个人的窄狭的感情的咏叹，依旧占有最大的篇幅，但调子却比过去明朗，较多地采用现代的日常口语，给人带来了清新的感觉……不幸这种努力并没有持续多久，他又很快地回到一个思想上紊乱的境地，越来越深地走进了虚无主义，对自己的才能作了无益的消耗……诗人在敌人的占领的区域过着灾难的岁月。他吞咽着沉哀地过着日子，怀念着战斗的祖国。

鲁迅笔下尽管也有C君、阿Q之类的皮毛西化，他的中文却很老练，少见败笔。艾青的西化不但在皮毛，更深入了筋骨。前引的句子没有一句是清纯地道的中文，好像作者只读过翻译的书，根本没接触过古典文学。也许作者要扬弃的，正是封建的文言，所以现成的语汇不用，要大绕圈子说话。例如“日常口语用得较多”要说成“较多地采用现代的日常口语”。“浪抛了自己的才能”要说成“对自己的才能作了无益的消耗”。“沦陷区”（至少可说“敌人的占领区”）偏要说成“敌人的占领的区域”。而最令人惊讶的一句，是“他吞咽着沉哀地过着日子”。这一句的文法极尽纠缠之能事，原来“他过着日子”是句子的骨架，“吞咽着沉哀地”是副词，形容“过着”。句句化简为繁，也是一种特殊的本领。

也许艾青不能充分代表三十年代的作家。那就再引曹禺的一段文章作抽样检查。曹禺在《日出》的跋里说：

> 《日出》末尾方达生说：“我们要做一点事，要同金八拼一拼！”原是个讽刺，这讽刺藏在里面，（自然我也许根本没有把它弄显明，不过如果这个吉诃德真地依他所说的老实做下去，聪明的读者会料到他会碰着怎样大的钉子。）

台词写得好的剧作家，说起话来总更像话些。前引的一段比艾青的文字显然要好，却也不够顺畅，更说不上精警。括号里的句子有点半生不熟，基调却是暧昧的西化；“没有把它弄显明”七个字，也生硬得可观。

这就是二三十年代众口交誉的散文家、诗人、剧作家所写的白话文。在抽样的时候，我不用苦心搜寻，也无意专挑最差的段落来以偏概全，因为类似的病句败笔，正如梁锡华先生所说，俯拾皆是，并不限于前引的少数作家。半世纪来，在政治背景和文学风气等的影响下，课本、文选、新文学史对白话文作者的取舍扬抑，经常显示批评眼光的偏失。其结果，是少数未尽成熟的作家被誉为大师，几篇瑜不掩瑕的作品被奉作范文，竟而忽略了少人吹嘘却大有可观甚至更好的一些作家、作品。坊间流行的不少散文选，都收入了郭沫若、茅盾、巴金等人的作品，似乎只要是名家便无所不能。其实这些人绝非当行本色的散文家，入选的作品也都平庸无味。反之，像梁实秋、钱锺书、王力这些学贯中西、笔融文白的文章行家，却遭到冷落。另一方面，像陆蠡这样柔美清雅的抒情小品，也一直无缘得到徐志摩、朱自清久享的礼遇，而声名也屈居在毛病较多的何其芳之下。看来散文选必须重编，散文史也必须改写。

三十年代白话文西化之病，近三十年来在中国愈演愈烈，恐已积习难返，不是少数清明雅健的作家学者所能挽回。目前的现象是，句长语繁，文法几已全盘西化，文气笔势，扣得刻刻板板，绷得紧紧张张，几乎不留一点余地给弹性。下面的一句，摘自一九八〇年出版的《历代游记选》，颇能代表这种繁硬文体：

> 优秀的游记作者，在再现这样或那样的自然景象时，往往把自然“拟人化”，以他自己对于现实的认识和态度去丰富这种描写，去发现并且美学地评价它的典型的、本质的方面，使得这个被包含在社会实践中的描写，在社会意义上凝固起来。

我不相信这句话的意思不能用浅白的语言、清畅的音调表达出来。这种文句语法僵硬，语言枯涩，语意纠缠难解，正是民初白话文许多不良倾向长期演变的结果。当时的作家学者对中国传统文化及其流传所赖的文言，虽然态度激烈，必欲尽废而后快，毕竟曾在其中涵泳，语文的表达能力总无问题。不幸到了三十年代，文言早成所谓封建的遗产而遭唾弃，英文呢，真正读通而能消化的文人毕竟太少；至于白话文本身的基础，如果不上溯到红楼、西游、水浒，就只能乞援于"五四"以后的单薄成就，和一些不太可读的翻译，何况就这单薄的成就而言，取法的青年也往往蔽于俗见，未必取法乎上。这么一来，这位青年作者的师承和锻炼，也就少得可怜了。

前面引述的这种繁硬文体，在今日的中国大陆固然最为常见，但其堂兄表弟，面目依稀，谈吐仿佛，在台湾和香港的白话文里，也不时露面，尤其是某些自命科学的人文学科和社会科学的学术论文。其实这种繁硬文体，对中文说来已成远亲，对西文说来才是近邻，真已骎骎然变为第三种语言了，也难怪读者无论如何努力，只能跟它发生第三类接触。

白话文运动推行了六十年的结果，竟然培养出这么可怕的繁硬文体。章学诚列举古文十弊，但至少那时候还没有文白夹杂，西化为害，术语成灾。我不相信，使用这样的白话文，能想得畅通，写得清楚。这个危机目前当然不像政治、经济、人口等问题这么迫切，但是长此以往，对于我们的文化必有严重影响。胡适当初期待的"文学的国语"，绝对不是这个样子。

——一九八三年四月

李清照以后

1

今年是李清照诞生九百周年，台北的学术界在师范大学举办了一个专题研讨会，来评析中国文学史上这位空前杰出的女词人。女作家钟玲也从香港前去开会，并提出论文《李清照人格的形成》。这气氛，对于奥韦尔笔下不祥的一九八四年，未尝不是一种排遣，而令人回溯时光，暂游于九百年前那一段美丽的哀愁。

李清照在中国诗词上的成就，以女性的创作而言，不但空前，到目前为止，恐怕也还是绝后的。一九八一年尔雅出版社所出的三十年来台湾女诗人选集《剪成碧玉叶层层》里面所收的二十六位；一九八四年大陆出版的“五四”以来中国女诗人选集《她们的抒情诗》[1]，里面所收的一百一十六位；都还找不出一位，在一唱三叹的情韵上能直追《漱玉词》。这一点说明了，九百年来我们只出了一个李清照。就目前台港的文坛说来，女作家最活跃的园地仍是散文与小说，而不是诗。

小说大家伍尔芙夫人（Virginia Woolf）在《花岗石与七彩虹》（*Granite and Rainbow*）里就说过："女子一向在客厅的人来人往之间讨生活，正可锻炼她们的心灵，来观察并且分析别人的性格。这样的锻炼足以成小说家，而非诗人。"伍尔芙夫人这么说时，心里所想的样品应该是简·奥斯汀。如果我们把英国浪漫时代的小说一分为二，则户外的世界由司谷特（Sir Walter Scott）驰骋，而户内，正是奥斯汀的世界。难怪司谷特这样赞她："这位女士长于描写芸芸众生的复杂关系、感情与性格，其精妙为我生平所仅见。大部头粗线条的东西我写起来不会输给任何人，可是那种微妙的笔触，由于描写与情感的真实，竟能使家常琐事与惯见人物引人入胜，我却无能为力。"

一九二二年，美国名作家门肯（H.L.Mencken，1880—1956）在他的《偏见集：卷三》里，有一段宏文畅论女作家，十分有趣，值得译给中文的读者一阅：

---

① 此书所选一百一十六位女诗人中，二十六位与尔雅版的《剪成碧玉叶层层》所列者完全相同，显然是利用尔雅版的数据，连她们的画像也是径用席慕蓉的素描，却无一字声明资料的来源。

小说的读者仍以女人为主，这件事每个书店的店员都知道：不久之前，小说家赫格希默（Joseph Hergesheimer）就曾埋怨，说这件事害苦了他这一行。另有一件事比较少人提起，就是女人自己，这些年来知识大开，已经挤到前面来亲手调制自己的食品来了；看那样子，迟早她们会抢走男人的生意。抒情诗无须组织思想，只求畅达感情；除此之外，她们在文学上迄无像样的作品。古往今来，女人没有写过稍具分量的史诗，也没有写出够格的剧本；无论喜剧或悲剧，或是形而上思考的著作，或是历史，或其他思想范围的任何基本文献。至于文学批评，无论是批评艺术创作或是其背后的观念，能超越斯达尔夫人（Madame de Staël）《论德国文学》（*De L'Allemagne*）那种狂热呓语的女作家，实在太少。散文方面呢，最称职的女作家，比起报上那些饶舌碎嘴之徒或是哈佛教授之流来，也高明不了多少。可是在小说方面，自从简·奥斯汀以来，女士们甚至可与最杰出的男性平分秋色，而且不限于英美同文之邦，在其他国家亦然——也许俄国是例外。

我的论点是：女人写小说颇有成就——只要她们能把一向蒙蔽住自己心灵的种种禁忌逐渐解开，其成就当更令人刮目——因为她们比男人更宜于表现现实——因为她们所见的生之真相比男人更真切，而不像男人这么一心在做发财大梦。那种病态的心智，一向含糊其词叫作“想象”

的那东西，女人很少具备。我们很少听见女人会像狗那样，在梦中为寻见庞然巨骨而呻吟，或是像男人那样，要建设井然的天国或完美的政体。女人关心的总是较为客观的实体——屋顶啦，三餐啦，房租啦，衣服啦，生儿育女啦之类。我相信她们大致上要比男人快乐，至少她们对人生的要求不像男人这么过分，这么浪漫。男人走过这生之谷，最大的苦恼无非是美梦幻灭；女人最大的苦恼却是分娩。其间的区别意义重大。前一种苦恼是制造出来的，乃自寻烦恼；后一种呢却与生俱来，无可逃避。我无须在此详述这种差别所造成的心理发展史：起因显然在男人体力较强，不用生育，所以在冒险犯难时更为机动，较有能耐。男人所以梦见乌托邦，是因为自觉有建立乌托邦的机会；女人却必须管家。

女人既然不得不整天面对生命的不快真相，当然最宜于写小说，因为小说若不对付真相，便一无所有了。在实际写作上，她们还需要两个条件。首先，她们需要社会给她们充分的安全感，让她们记下所见所闻。其次，她们需要培养写小说的平实技巧，也就是对文字与思想的掌握。我相信，自从三百年前她们学习读书写字以来，这第二项条件她们早已具备；女人学写作比男人快，也比男人写得自如。第一项条件她们也正迅速取得。在贝恩夫人（Aphra Behn，1640—1689）与拉德克利夫夫人（Ann Radcliffe，

> 1764—1823）的时代，女人要把自己的观感登在刊物上，简直就像把大腿露出来一样不名誉；就算到了简·奥斯汀与夏绿蒂·勃朗特的时代，这件事仍被视为全然有失淑女身份。但是今日，除了某些限制之外，女人已可随意发表作品，不久之后，就连那些残余的限制也会除去。如果我能活到一九五〇年，我真希望能见到由女人来写的小说，用女人的观点来描写依基督教规成亲的一对普通夫妇，而其写实之逼真，不下于辛克莱在《爱之朝圣》里用男人的观点来写的婚姻。

接下来门肯更详论当日美国女小说家的功过得失，为免中文读者难以领会，我的翻译到此为止。

门肯对女人写小说的潜力，期许很高，推断也颇正确。他对女人在其他文类上的表现，则几乎一口气加以否定，必然引起女读者的不快。如果她们看到比门肯早一百年的叔本华（一七八八——一八六〇）对女人从事文艺持有怎样的见解，一定会骂他“大男人主义之猪”。叔本华是我最爱读的西方哲学家之一，因为他文笔简洁，说理明畅，还特具独来独往的气派。他对女人的偏见是有名的，这当然是时代、家庭、体质各方面所造成。在《论女人》一文中，叔本华认为女人到十八岁便已成熟，男人的成熟期却要等到二十八岁才来临，而一样东西愈慢成熟，则愈趋完美。他更认为女人最适于照顾并教导儿童，因为她们本身就是大孩子，富孩子气。和门肯一样，他也说女人比男人散文化，较为实事求是，不像男人热情起来，容易夸大其词，耽于想象。他大做翻案文章说：

> 女人素称“美丽之性”(the fair sex)，其实应称“不雅之性”(the unaesthetic sex)。无论对音乐、诗歌，或是造型艺术，她们都毫无真正的感受或悟性：如果她们做出欣赏的样子，那也只是装腔作势，想要讨人欢喜而已。这是由于她们无论对什么东西都不会发生纯客观的兴趣；在我看来，其原因如下。不管做什么事情，男人总是志在“直接”掌握局势，其方式不是了解，便是克服。可是女人无时无地不被赶向一边，只能做到“间接”掌握，其方式就是利用男人，所以说来说去，只有男人是女人必须直接掌握的东西。因此，女人天生就把一切事物都当作只是捕捉男人的工具；除此之外她们的兴趣都只是装出来的，无非是迂回战术，大不了搔首弄姿、装腔作势而已。你只要看看女人在剧场、歌剧院、音乐厅的表现好了；她们往往儿戏一般心不在焉，偏偏挑上伟大杰作演到最美的一段来大谈其天。据说古希腊人不准女人进剧场，如果真是那样，他们就做对了：至少大家能听清楚在演什么。其实我们还能指望女人怎样呢？想想看，就算是女性之中最杰出的头脑，到头来在艺术界也提不出一项十足伟大、纯真而独创的成绩，其实呢，

任何有耐久价值的东西都创造不出来：这现象在绘画方面尤其显著，因为她们对画技的掌握并不下于男人，而实际上也画得十分勤快，可就是提不出一幅伟大的画来：原因正在女人毫无客观头脑，而这一点正是绘画最高的要求。综而观之，女人素来是彻头彻尾而又无可救药的俗物（philistines）：这情况，不因个别与部分的例外而有所改变。

叔本华的偏见有目共睹。他认为女人欣赏艺术，不过是附庸风雅，其实附庸风雅之辈有很多是男人。我觉得男女在文艺上的成就，尚难有公平的比较，因为两性机会并不均等：先天上，女人要忙于做孕妇与母亲；后天上呢，女人要管家，时间和经验都受限制，而且直到近年才能和男人一样进学校。不过男人要赚钱养家，也并不闲着。为了出路，“有为”的男孩多进理工医商等学科，务实起来；女孩却去主修文艺，追求想象的世界了。将来两性机会均等，再过半个世纪或一个世纪，假如还是出不了伟大的女诗人、女画家、女作曲家等，那就不能再怪别人。叔本华说女人在绘画上没有杰作，百多年后此语仍然不虚。在西方的现代艺术史上，充其量只能找到卡萨特（Mary Cassatt）、罗兰珊（Marie Laurencin）、奥·吉弗（Georgia O'Keeffe）这样的女画家。女性的克利或毕加索能不能出现，还是一大疑问。[①]

叔本华、门肯、伍尔芙夫人都认定女人比男人实际，宜写小说，不宜写诗。到目前为止，情形确乎如此。西方的女性里还没有出现能与荷马、但丁相比的诗人，中国的李清照毕竟也还去李白、杜甫很远。英国十九世纪的诗坛，毕竟仍以丁尼生、勃朗宁、安诺德、霍普金斯为主，勃朗宁夫人、罗赛蒂（C.G.Rossetti）、勃朗特（Emily Bront）等还是次要。到了二十世纪，英国的女诗人虽有西特韦尔（Edith Sitwell）、史密斯（Stevie Smith）等，却不如美国之盛。美国二十世纪女诗人选集《涨潮》（*Rising Tides*），收罗了斯泰因（Gertrude Stein）以降的作者，多达七十位，可谓洋洋大观。班坦版的《五十位大诗人》（*50 Great Poets*，Bantam，1961）只选了两位女人，狄金森与穆尔（Marianne Moore），也都是美国人。这当然是美国人的标准，换了法国人来选，未必入选。《企鹅版法国诗选》（*The Penguin Book of French Verse*，1978）里只有四位女诗人：其中三位都在文艺复兴时代前后，只有一位凯瑟琳·波齐（Catherine Pozzi）属于现代。这情形出现在文艺发达社会开放的法国，倒颇出我意料。照理重男轻女的闭塞社会，女人的表现自较落后。例如土耳其，自一九三二年改建共和国以来，妇女即宣告解放，早于其他回教国家，但是《企鹅版土耳其诗选》（*The Penguin Book of Turkish Verse*，1978）

---

① 班坦版《五十位大画家》（*50 Great Artists*，Bantam Books，1953），及牧神版《五十位名作曲家》（*Fifty Famous Composers*，Pan Books，1964），均未列女性。

从一三〇〇年到一九七五年，只列了一位女诗人，真正是万绿丛中一点红了。

《企鹅版拉丁美洲诗选》（*The Penguin Book of Latin American Verse*，1971）的八十三位诗人里，只有四位女作者；由十四个国家来分，平均三个半国家才得一位女诗人，显然太少了。不过四人之中却有一位诺贝尔奖得主，那就是智利的米斯特拉尔（Gabriela Mistral，1889—1957），这却是任何女诗人都罕见的殊荣。另一本企鹅版的译书《战后俄国诗选》（*Post War Russian Poetry*），在二十六位诗人里列了七位女性，所占分量之重也出我意料。

最值得我们注意的，是日本诗坛的变化。今年五月我去东京参加国际笔会的年会，在地主国日本笔会分发的资料里，拿到一本英文小册子，叫作《当代日本文学概况》（*A Survey of Japaness Literature Today*）。其现代诗一章，说日本的现代诗坛一向没有什么杰出的女作者，二次大战后尤其如此。但是到了六十年代中期，女诗人开始增加，目前人数竟已超过男性。日本销路最大的非同人诗刊《现代诗手帖》（*Gendaishi Techo*），去年年底调查的结果，显示日本全国的诗人，包括已成名的在内，在四千人左右，其中百分之六十五皆为女性。这些女诗人作品的素质，据说也比男性的为高。非但如此，日本的两大诗社去年的社长也都是女性：日本现代诗人会的主持人是新川和江（Shinkawa Kazue），而日本诗人则由三井嫩子（Mitsui Futabako）领导。去年日本更创立了一本纯女性的诗刊，名为 *Ra Meeru*，亦即法文 La Mer 的日文化。在法文里，mer（海）与

m é re（母）同音，而且都是阴性。日文的“海”（umi）用汉字，里面也包含了“母”字。该刊的两位女编辑，新川和江与吉原幸子（Yoshihara Sachik），正好也身为人母。

日本笔会在这本英文小册子里这样解释：“女作家如此大量出现，原因固然很多，可是一大缘故在于出生率之减低与家用电器之普及，所以女人，尤其是家庭主妇，在生儿育女与日常家务上的工作，都摆脱了不少。如果她们不做专任职员，则她们用来写诗的时间多于劳工阶级的日本男性。日本的家庭主妇，在教育和阅读水平上，一般而言，都高于其他国家的家庭主妇；只要条件充分，她们颇有希望会展示高超的诗才。”日本的近况对叔本华的偏见，可谓有力的反击。

门肯说女人写不好散文，这在西方确是如此。翻遍英美文学史，实在找不到能与培根、约翰逊、兰姆等大师相比的女性散文家；无论如何，她们在这方面的成就绝对追不上狄金森、玛丽安·穆尔等在诗上的贡献。且以十七世纪的叙事文为例，一般英国文学史总不免要提到沃尔顿（Izaak Walton）和佩皮斯（Samuel Pepys），而哈钦森夫人（Lucy Hutchinson）之类的女作者则可有可无。其实女作家不是写不好散文，而是她们最好的散文往往出现在小说里。例如“塘鹅版丛书”的英国散文选（*The Pelican Book of English Prose*，1956）里，浪漫时代的一册就摘录了简·奥斯汀的小说，而维多利亚的一册也摘录了乔治·艾略特。

正如门肯与伍尔芙夫人所言，女人在写作上最杰出的表现是在小说。以十九世纪的英国而言，除了勃朗特姊妹、盖斯凯尔夫人（Mrs.Elizabeth Gaskell）、拉德克利夫夫人（Ann Raddiffe）、埃奇沃思（Maria Edgeworth）、雪莱夫人（Mary Wollstonecraft Shelley，科学寓言小说《法兰肯斯坦》的作者）等之外，还有一位著作等身的大师乔治·艾略特。二十世纪的伍尔芙夫人不但是意识流手法的健将、现代小说的重镇，还是一位批评家。他如较早的曼斯菲尔德（Katherine Mansfield）、理查森（Dorothy Richardson），与后起的莱辛（Doris Lessing）、默多克（Iris Murdoch）、斯帕克（Muriel Spark），都有卓越的成就。在美国那一方面，以小说驰名的女作家则有华顿夫人（Edith Wharton）、凯瑟（Willa Cather）、波特（Katherine Anne Porter）、韦儿蒂（Eudora Welty）、麦卡勒斯（Carson McCullers）、奥茨（Joyce Carol Oates）等，名单之长几乎无限。这些女作家虽然不专攻散文，但是她们在小说里塑造的文体对散文当然也有影响。例如伍尔芙夫人笔下的文体就非常精练；康拉德死时她写的那篇追悼文字，文采斐然，就被收入了哈拉普版的《现代散文选》（*A Book of Modern Prose*：Harrap's English Classics，1957.）。

门肯说女作家“没有写出够格的剧本”，当然失之过火。不过在英语世界，像爱尔兰的葛瑞歌丽夫人那样的剧作家，跟她的同乡王尔德、萧伯纳等还是不能相提并论。除她之外，整部英国文学史里，没有一个值得一提的剧作家是女性。放眼西方各国，一流的剧作家也都是男性。女人善演戏却不善写戏，正如她们善唱歌却不善作曲。不知道这能不能说明：在某些艺术里，女人是诠释者而非创造者？

总而言之，在西方的文坛，女作家最出色的表现，是小说，其次是诗，至于散文与戏剧，则无足轻重。这次序，却不适用于近年台湾的文坛。

去年，香港青年作者协会出版文集，我在总序中写了这么一段："另一现象十分有趣，便是女作者在本文集中表现不凡，但是均在散文和小说。文学批评的八位作者均为男性；诗的三十位作者里只有一位女性；但是二十四位散文作者，女占其九；十二位小说作者，女占其五；均接近半数。台湾的文坛上，年青一代也有这现象。"

近年各种文学作品的选集大盛于台湾，其中也许可以看出女作家活动的趋势。先以一九七二年出版的巨人版八大册《中国现代文学大系》为例：入选诗人七十，女性占八位；散文作者六十八，女性占三十一位；小说作者九十六，女性占二十三位。在诗、散文、小说三项之中，女性的比例依次约为九分之一、二分之一、四分之一。《中国现代文学选集》出版于一九七六年，女性在二十二位诗人里占二位，二十二位散文家里占六位，十七位小说家里也占六位。两本选集合而观之，女性在散文和小说上比例最高，诗最低。巨人版选集的散文由张晓风主编，该集散文部分女性比例偏高，或许与此有关。

近期的选集可以一九八二年问世的为例。尔雅版《七十一年诗选》，入选的九十九位诗人里，女占十五。九歌版《七十一年散文选》，四十七人里女占十一。尔雅版《七十一年短篇小说选》，十人里女占其四。女性作家占的比例，仍以小说最高，散文次之，诗最低。前卫版同年推出的《一九八二年台湾散文选》，四十位散文家里有十三位女性，占百分之三十二点五，比起九歌版的百分之二十三点四，高了不少。或许这又与主编的性别有关，因为九歌版由林锡嘉主编，而前卫版的主编是季季。无论如何，女作家在台湾文坛上活跃的程度，仍以小说居先，散文紧随，至于诗，则仍遥遥落后。大致的趋势，仍不出伍尔芙夫人与门肯当日所料。

只有散文一项与西方的倾向不合，这一点，夏志清也曾提过。散文为何盛行于台湾，台湾的散文为何有这许多蛾眉在大扬其眉？实在是十分有趣，值得探讨的现象。从早年的张秀亚，到后来的胡品清，以至近年的张晓风、三毛、席慕蓉，更不用说贯串其间的琦君、林海音、罗兰、林文月等，三十年来台湾的散文一直不是唐宋八大家须眉独茂的世界。

散文一道，在西方的现代文坛似已日趋沉寂，十八、十九世纪大师辈出的盛况，已经淹没于大众传播的新闻报道和杂文政论了。英美各国报纸的副刊，例皆不登创作，文学刊物则以小说与诗为主，批评也罕及散文。普立策奖只给诗人、剧作家和小说家，却不为散文家而设；传记虽为其中一项，但并不等于散文。诺贝尔文学奖大半颁给诗人、小说家、剧作家；像卡内提那样凭文集得奖，却是罕见，但是卡内蒂的声名亦有赖小说与戏剧，不纯靠散文。散文在中国古典文学里有悠久而深厚的传统；在新文学里它不像诗和小说那么讲究技巧，虽然难工，却较易入手。诗是自言自语，小说是他言他语，散文却是作者对读者直接讲话，自然得多，而女人，总比男人口舌伶俐。散文多讲日常生活，身边琐事，不像诗和小说那样常常牵连什么主义和派别。散文，尤其是抒情小品，天生是用来言志的，一旦载起道来，就跟论文分不清了。加以中国的副刊常登创作；各种文体之中，小说虽属热门，毕竟太长，诗只是冷盘而已，散文则长度适中，容易入口，不碍消化，最受编者欢迎。近年来教育普及，家务简化，加以“有为”的男人不是去读理工医科，便是投身企业，剩下的文科，女人便乘虚而入，不但造就许多女作家，更培养了千千万万的女读者。套一句流行的术语，“文艺市场的结构”变了。

女作家越来越活跃，因素固然很多，但是和女读者日益增多必有关系。叔本华和门肯当日认为女人先天上的局限，到了今日，未必不能随有利的环境而起变化，因而把久隐的潜力发挥出来。散文家之中虽多男性，但大致说来，散文得以繁荣，却大半是女性之功。女性小说家和散文家，无论在销路、见报率、得奖率上，都逐年上升。在诗坛上，突起的“席慕蓉现象”也令人注目；夏宇的《备忘录》更令人耳目一新。女作家活跃的范围也日渐扩大：只要我们回顾一下，就可发现，首先把留学生活写热了的，是女作家；首先把大陆生活写热了的，是女作家；首先把流浪异乡写成风气的，也是女作家；甚至为保护生态而大声疾呼的生力军里，也有一半是女作家。今日的李清照也许写不出《漱玉词》那么清丽的作品，但是她们行踪之广，思路之宽，笔锋之健，也不是九百年前的那一颗慧心所能想象。

我唯一的杞忧，是在“张爱玲磁场”之中，不少男作家都写得有点像女人，倒令我渴望男性而充血的阳刚之作了。苏东坡和辛弃疾啊，你们在哪里?

——一九八四年十月

艺术创作与间接经验

1

一切艺术的创作，包括文学创作在内，在心智上的活动大致需要三个条件：知识、经验、想象。且以一篇描写登山的作品为例。山有多高，地理与地质如何，生态有何特色，山名从何而来，有何历史与传说，诸如此类数据，皆属知识范围，最好能够尽量掌握。这些知识不一定全派得上用场，但是知道了总令人放心，不知道却易犯错；同时，知道了，可以印证经验，更可以引导想象。例如山名龙山或僧帽山，相传明末有高士隐居，或者清初有志士逃亡，立刻，想象就有所依附，遐想乃找到空间。至于经验，就是实际去登山，去体会峰回路转的山势，俯仰古木寒泉的风景，为游记取得踏实的亲身感受。没有经验，当然一切都是空的。但是仅有经验，却未仔细观察，深切体会，和事后的回味咀嚼，则仍嫌不足。其结果，也许是一篇平实甚至周详的报道，也许是地方志、新闻稿、调查报告，却未必是艺术作品。因为若要生动有趣而令人难忘，往往还需要想象。

所谓想象，不是胡思乱想，而是顺着人情、事态、物理，对于现实有所取舍，有所强调，终于超越时空，突破常识的限制，重组自然，做更自由而巧妙的安排。法国作家沙泽（Malcolm de Chazal）说得好："艺术是造化加速，神明放缓。"意思就是，艺术可以下摄自然而上窥天机，乃是超凡入圣的途径。艺术能够如此，正有赖于想象。以柳宗元的《钴鉧潭西小丘记》为例。他说："其石之突怒偃蹇，负土而出，争为奇状者，殆不可数。其嵚然相累者，若牛马之饮于溪；其冲然角列而上者，若熊罴之登于山。"第一句写石虽然也有相当的拟人化，但是大致上还停留在写实的层次。第二句经过想象的作用，便完全跳出了现实的秩序，赢得了自由，正是超越了造化而逼近了神明。

同样，王质的《游东林山水记》有这么一句："天无一点云，星斗张明，错落水中，如珠走镜，不可收拾。"前面的大半句只是写实，到了后面八个字，虚实之门忽然洞开，乃借想象之力而入自由之境。

想象，可以视为艺术的特权，真理的捷径。诗艺之中，诸如明喻、隐喻、换喻、夸张、拟人、象征等手法，皆可视为创造性想象的锻炼，因为综而观之，这些手法都使用"同情的摹仿"（sympathetic imitation），使两件原不相涉的东西发生关系。前引柳宗元句

“其嵚然相累者，若牛马之饮于溪；其冲然角列而上者，若熊罴之登于山”。正是用明喻把奇石与家畜野兽组合在一起。我写过一首小诗叫《山中传奇》，起头四句如下：

落日说黑蟠蟠的松树林背
后那一截断霞是他的签名
从焰红到烬紫
有效期间是黄昏

断霞是落日的返照所形成，正如名是人所签成，而晚霞如果横曳半空，也真有落日挥笔签名之势，挥的还是彩笔。但是这半空断霞不能持久，只绚烂一个黄昏而已，正如签了名的支票，过期就失效一样。就这么，自然的变化用人事来表现，天南地北的晚霞和签名便发生了关系，而落日和晚霞之间也建立了新的秩序。

雪莱在他宏丽的论文《诗辩》里就指出：“想象所行者乃综合之道；理性重万物之异，想象重万物之同。”想象，正是一股莫之能御的亲和力，能将冷漠的荒原凝结成有情的世界。现实赖它重组，新的秩序赖它建立。

鲁克斯（Joseph Roux）说：“我们所知者有限，而所预感者无穷；在这方面诗人远超过学者。”比彻（Henry Ward Beecher）更直截了当，他说“想象乃文明之天机与神髓，诚为真理之不二法眼”。诗人的知识不如学者、专家，而其经验也不如各行各业的行家、业者，但是诗人善于运用知识，使它充满感性，而且敏于诠释经验，使它富于意义。凭了这种同情的想象力，诗人才能突破物我之异，进入生命之同。

且回到前文所述描写登山的作品。有了知识，掌握了山的资料，还是不够，得实地去登山。实地登山，流汗之余，在峰顶饱览野景，但若神魂未能完全投入，未能如柳宗元登西山那样，“心凝形释，与万化冥合”，仍然是不够的。如果登山者徒有登山的经验，却无兴会淋漓的想象，对万物缺乏同情，无由交感，则虽然上山，却未见山，仍不足以成作品。李白说他“相看两不厌，只有敬亭山”。辛弃疾说他“我见青山多妩媚，料青山见我应如是”。麻革说他既入龙山，“月出寒阴，微明散布石上，松声翛然自万壑来，客皆悚视寂听，觉境愈清，思愈远”。这才算是想象起了作用，真见了山，真动了心。

2

自从十九世纪以来，批评家往往强调所谓写实主义，并且主张吸收生活经验。这当然是一条创作的大道，但并非唯一的出路。一个人的生活经验毕竟有限，如果作家取材的对象只能限于亲身的所经所历，限于他个人直接介入的时空，那他的创作天地就无法拓广。前面我指出，创作所赖的三个条件是知识、经验、想象。一位作家如果拙于运用知识，又不善于发挥想象，凡事只能凭借自己赤裸裸的经验，那他的作品就不免近于报告文学。何况有许多题材，作家根本无法直接体验，只能多加观察，并佐以知识与想象。例如男作家写女子，无论如何强调写实，总不能真的变成女子去直接体会，最多只能就近观察，并且设身处地，将心比心，也就是运用同情的想象，以补不足。中国古典文学里许多入情入理的闺怨诗与宫词，十分动人，却是男人所写，正是此理。

直接经验的天地虽然比较真实，却也比较狭窄。一个人到底不能事必躬亲，不少敏捷的作家因此乞援于间接经验。

我所谓的间接经验，往往得之于他人的直接经验。例如要将某一历史事件写成小说或叙事诗，我们不能躬逢其盛，只能尽量搜集他人的口述与笔述，包括录音、访问、日记、书信，甚至针对同一事而写的其他作品。这些间接经验对我们来说只是一堆数据，但是经过我们想象的重组与催化，可以点铁成金，令死数据活起来。我所谓的间接经验，还有另一个来源，具有另一层意义，那就是他人凭借自己的直接经验所创造的作品。杜甫、苏轼等诗人常有题画之作。苏轼的七绝："竹外桃花三两枝，春江水暖鸭先知。蒌蒿满地芦芽短，正是河豚欲上时"，咏的乃是惠崇所绘的春江晚景。此一画面对惠崇而言，无疑是直接经验，但是对于观画的东坡，毕竟隔了一层，是间接经验了。当然，此情此景，东坡在自己的生活里，也就是自己的直接经验里，或许也曾见过，但是未曾明确把握，发为文字，要等惠崇以画家的眼光手到擒来，焦点对准，境界全出，东坡的诗心才有所依附，而把它"转化"为诗。

各种艺术形式之间的转化，正是艺术创作的一大取材，其意义，不外乎借他人的眼光来充实并变化自己的主题与手法。东坡化他人之画为自己之诗，而他自己的《赤壁赋》，自宋以来，也不知有多少画家怀着仰慕之情以它入画。同样，曹操《观沧海》名句："日月之行，若出其中；星汉灿烂，若出其里。"也变成了溥儒的画境。

西洋的绘画在印象派出现以前，虽也取材于现实生活，例如宫廷画师为贵人画像，一般画家写乡野节庆或市井众生，但是神话、宗教、历史等题材，却占了大宗。处理这些题材，难以乞援于实际的经验，只能凭借一些文献或传说，用超凡的想象来发挥。

达·芬奇的《蒙娜丽莎》画的是佛罗伦萨的贵妇，真正含笑坐在他眼前的世间女子；可是《最后的晚餐》要处理的，却是无法亲身经验、更无所谓写实的宗教场面。根据新约《马可福音》第十四章第十三节至第二十节所载，耶稣在逾越节的餐桌上对众徒说："你们之中，与我共餐的一人会将我出卖。"此语一出，举座愕然，十二门徒逐一问耶稣说，"是讲我吗？"耶稣答道："是十二人中，与我共蘸一盘的那位。"在达·芬奇的画中，"举座"是一张长桌，耶稣端坐中央，众徒分坐两旁，左右各为六人，一律朝向观画的我们。这当然只是达·芬奇的布局，因为当日那一餐师徒十三人究竟是怎么一个坐法，谁也没有见过。《马可福音》里只说那房间是一间"客房"（guest chamber），宽大而在楼上（a large upper room）。达·芬奇这样的画法颇有专家不以为然。例如耶路撒冷圣经研究中心的神学家伏雷明，就指出当时的桌面应该较矮，众人应该是依罗马统治者的习俗，坐在地上，同时餐桌也不会排成长条，耶稣与众徒更不会朝着同一方向并排而坐。

其实，不但后人不以为然，前人也有相异的想法。比达·芬奇早生约四十年的荷兰画家鲍茨（Dierick Bouts，1410—1475）也画过一幅《最后的晚餐》，布局却大不相同：餐桌要短许多，耶稣与四位使徒坐里朝外，左右两旁各坐二徒；打横而坐在桌之两侧者各为三人；余下的二人则坐外朝里，背对着观画者，面对着耶稣。耶稣举起右手，讲的也是那一句话，但众徒的反应要淡得多，整个画面远不如达·芬奇那一幅生动。鲍茨的《最后的晚餐》高仅七十二厘米，宽五十八厘米；达·芬奇的《最后的晚餐》宽达九百一十厘米，高四百二十厘米，形态完全不同。两幅画有一点却是相同的，即餐桌都颇高，坐者也都有椅子。达·芬奇的名画也许有违常情，不够“写实”，可是人物的表情与姿势热烈得多，十二使徒分成四组，每组三人，自成格局，而四组之间又互相呼应，造成律动不绝的气势，令人震慑。

用同一题材来创作，而结构与风格迥异，正是作家的想象有别之故。同样地，根据同一普遍的宗教题材，例如“圣母与圣婴”或“圣乔治屠龙”，各家画出来的作品也有很大出入。拉斐尔的《圣母与圣婴》体态丰满，埃尔·格列柯的同题作品则体态清瘦。拉斐尔的《圣乔治屠龙》名作里，白马痴肥，妖龙猥小，背景的风光明媚安详，宜于郊游；德拉克洛瓦的同题绘画里，则将白马改为彪悍的赤骏，猥小的妖物改成庞然的猛兽，背景则放在峭壁之间，风云变幻，战况惊险。同一题材，在拉斐尔手下具古典的静趣，到了德拉克洛瓦手下，就激起浪漫的动态，正由于想象留下了广阔的空间，足供艺术家回旋。

在西洋的古典时代，诗、画、雕塑、音乐等艺术，往往交感互应，彼此转化，将他人的直接经验变成自己的间接经验，透过同情的想象换胎重生，成新的艺术。正如在现代文苑，小说与戏剧也往往换胎重生，变成了电影。

3

回顾自己写诗四十年，从前述的间接经验取材而成的作品，亦复不少。一位作家如果不甘于写实主义的束缚而有心追求主题的多般性，这样的取材法该有相当的效益。以下容我就这种多元的取材法略加分析，或可提供同道参考。

历史不能经验，却可以靠知性来认识，靠想象来重现，并加以新的诠释。我国的古典诗人原就习于咏史，甚至为历史翻案。我写《刺秦王》与《飞将军》，灵感来自《史记》的列传。《梅花岭》一诗，来自清人全祖望述史可法成仁始末的《梅花岭记》；其他如《昭君》《黄河》《秦俑》等也都取材于我国历史。

古典文学更是一大宝库，若能活用，可谓取之不竭。理想的结果，是主题与语言经过蜕变，应有现代感，不能沦为旧诗的白话翻译，或是名言警句的集锦。若是徒知死参，古典的遗产就成了一把冥钞，必须活用，才会变成现款。从李白的诗与生平，我曾经企图转化出《戏李白》《寻李白》《念李白》《与李白同游高速公路》等作。杜甫感召了《湘逝》与《不忍开灯的缘故》。屈原附灵于《水仙操》《漂给屈原》与《招魂》。其实，早在四十年前，爱读《楚辞》的我就已在《中央副刊》发表《淡水河边吊屈原》了。在香港教书的时候，曾经耽读苏轼作品，并企图在《夜读东坡》与《橄榄核舟》里重现坡公的风神。和陈子昂抬杠，则抬出了《诗人》。前述诸诗大半成于香港，说明了我在中文大学中文系的那十年，耳濡目染，受了古典芬芳多大的启示。

传说也提供了《夸父》《羿射九日》《公无渡河》等诗的酵母。

绘画一直令我神往：《我梦见一个王》《发神》《飞碟之夜》诸诗，分别取自王蓝、席慕蓉、罗青的画境。《寄给画家》及《你仍在岛上》两首都从席德进的水墨脱胎：前一首写于他临终之前，说他将有远游，“去看梵高或者徐悲鸿”，许多朋友担心他看到会不悦，不料他看了却很高兴。迄今我写过三首《向日葵》，都起意于梵高的名画。最近的这一首是梵高百年祭三篇之一，其他两篇：《星光夜》与《荷兰吊桥》也是以梵高名画命名。《造山运动》一首，则是观赏了江明贤、李义弘、陈牧雨、黄才松、蔡友五位画家当众连手挥毫，再造黄山，兴起而作。

音乐亦然。我早年的诗集《万圣节》，几乎整本都有西洋古典音乐的回音。《月光曲》里有德彪西幽冷的琴韵。《江湖上》里有鲍勃·迪伦苦涩的鼻音。《白玉苦瓜》一集里，包括《民歌》《乡愁》《乡愁四韵》《摇摇民谣》在内，至少有半打作品是仿民谣；《歌赠汤姆》则是汤姆·琼斯的反响。早年我很迷格什温（George Gershwin）忧郁而潇洒的古典爵士，有意在《越洋电话》一诗中学习切分法，恐怕并未奏功，字里行间也听不出来吧。国乐也往往令我有写入诗中的清兴，例如《炊烟》一首，便是聆赏了古筝伴奏舞蹈的结果。另外一例，便是在六龟的龙眼树下“听容天圻弹古琴”。

电影也令我感发兴奋，例如《海妻》一诗，便是有感于理查德·伯顿与琼·考琳丝合演的影片*Sea Wife*，《史前鱼》则是纪念阿拉伯的劳伦斯。《甘地之死》《甘地纺纱》《甘地朝海》三首，则是在香港看了艾登保罗导演的影片《甘地》，感动之余，一口气完成的。但愿中国人拍的片子也能令我有入诗的冲动。

摄影越来越普遍，水平也越见提高，更是写诗的上佳触媒。摄影是静态的艺术，但可以满含动感，而且暗示某种意义。在时间之流里摄影机攫住了奇妙的一瞬，只有诗人能把那一瞬接通其上下文，使静态解冻为事件，而流动起来。摄影可以听其自然，不落言筌，诗却必须言诠自然，抉出自然无言的含义。我曾前后两年，为柯达公司所制的照片月历配合二十四首小品，后来保留了六首，辑成《戏为六绝句》，收入了《白玉苦瓜》。在《垦丁公园诗文摄影集》的巨册里，我也为王庆华的照片写了十九首短诗，后来辑为一组，纳入《梦与地理》。他所拍摄的“兰屿颂”里，也有我题诗六首。近年我存摄影有得，《妇女杂志》曾经按月选刊，免不了又要我配上小诗，就这么，又写了一年。摄影家徐清波的摄影集《玻璃·窗的世界》专拍纽约的摩天楼群，也有我的六首诗对照印证。

新闻报道也可以提供题材，尤其是富于感性配有图片的一类。《进出》一首虽有我抗战的经验为本，却是日本政府粉饰侵略的新闻所触发。《哀鸽》是有感于苏联军机击落民航客机之残暴。纽约大停电，秩序大乱，却有古道热肠的人在广场分赠白烛，消息见报，入了我的《大停电》。《慰一位落选人》是写福特竞选失败。全斗焕寂寞而屈辱的下场，令我慨叹权柄之不足恃，而写了《百潭寺之囚》。一九八九年，我一共写了七首诗，取材的来源除了新闻报道外，更有赖静态的图片与动态的电视。后来，戈尔巴乔夫遭遇政变，奥黛丽·赫本死于结肠癌，消息见报，佐以照片，我也各写一首以记。

电视在当代生活中日见重要，带来的信息又快又生动，百闻不如一见，最能动人感性。经国先生逝世，那一连串感性的形象，半旗、黑纱、黄菊、人群、灵车，都逼到家家的荧光幕前，令人过目难忘。所以，等到高雄市的追思大会邀我写诗，那些镜头不禁逼人而来，在视神经上还感到痛楚隐隐，自然就成了诗。冬季奥运会上，东德溜冰选手薇特在冰上踢蹈卡门舞曲，天衣无缝，叹为观止，乃成诗二首，一名《冰上舞者》，一名《冰上卡门》。我不用去奥运现场，仅凭电视转播的间接经验——多强烈的视觉经验啊——亦可得诗。足见写实主义的框框囚不住艺术创作的想象，至少于诗为然。

我们已经进入信息的时代，在地球村里，实际生活经验之不足，可由各种媒体来补充，无须事必躬亲。要寻找题材，途径很多，无须效古人“骑驴觅句”。为免误会，我得郑重指出，实际生活当然仍是我们主要的经验，其理至明，但是各种媒体既已延伸了我们的耳目，各种学问、各种艺术既已启迪了我们的心灵，只要我们能善用这些间接经验来开展自己的天地，创作的题材当不至于迅趋枯竭。

——一九九〇年十一月

诗与音乐

1

自从苏轼说王维诗中有画、画中有诗以来，诗画相通相辅之理，已经深入人心。非但如此，东坡先生还强调："诗画本一律，天工与清新。"他自己的诗中更多题画、论画之作，例如诗画一律之句，便出于《书鄢陵王主簿所画折枝》，而"春江水暖鸭先知"之名句也出自题画诗《惠崇春江晚景》。杜甫对绘画也别具只眼，咏画之作，从早年的《画鹰》到晚年的《丹青引》，都有可观。不过题画的诗，要等宋以后才真盛行，有时甚至把空白处都题满了，成了名副其实的"画中有诗"。这现象，在西洋画中简直不可能。

诗可以通画，但在另一方面，也可以通乐。套苏轼的句法，我们也可以说："诗中有乐，乐中有诗。"诗、画、音乐，皆是艺术。

但是诗不同于画与音乐，乃是一种综合艺术，因为它兼通于画和音乐。诗之为艺术，是靠文字组成。文字兼有形、声、义，而以义来统摄形、声。形可指字形，更可指通篇文字在读者心中唤起的画面或情境，所以诗通于画，同为空间的艺术。声可指字音，更可指通篇文字所构成的节奏与声调，所以诗也通于音乐，同为时间的艺术。

凡时间艺术，必须遵守顺序，不得逆序，也不得从中间开始。例如听贝多芬的交响曲，必须从第一乐章到末一乐章顺序听下去；同样，要读柳宗元的《江雪》，也必须顺着千山、万径、孤舟、独钓，一路进入那世界，而终于抵达寒江之雪。若是《江雪》这首诗由王维绘成一幅水墨画，则我们观画时，很可能一眼就投向“独钓寒江雪”的焦点，然后目光在千山万径之间徘徊，或者逡巡于寒江之上，总之，没有定向，没有顺序。正如我们观赏米开朗琪罗在西斯廷教堂的宏伟壁画，到上帝创造亚当的一景，惊骇的目光不由会投向神人伸手将触而未触的刹那，因为那是戏剧焦点的所在；但是此情此景若写成诗或谱成曲，大半不会径从这焦点开始，总要酝酿一番才会引到这高潮。

如此看来，经由意象的组合，意境的营造，诗能在我们心目中唤起画面或情景，而收绘画之功。另一方面，把字句安排成节奏，激荡起韵律，诗也能产生音乐的感性，而且像乐曲一样，能够循序把我们带进它的世界。诗既通绘画，更通音乐，乃兼为空间与时间之艺术，故称之为综合艺术。诗中有乐，乐中有诗，其间的亲密关系，实在不下于诗、画之间。

2

中国文学传统常称诗为“诗歌”，足见诗与音乐有多深的渊源。从诗经、楚辞到乐府、宋词、元曲，一整部中国的诗史可谓弦歌之声不绝于耳。有时候倒过来，会把诗歌叫作“歌诗”；例如李贺的诗集就叫作《李长吉歌诗》，杜牧为之作序，也称为“歌诗”，《旧唐书》称贺诗为“歌篇”，《新唐书》则称之为“诗歌”。这种诗、歌不分的称谓，在诗题上尤为普遍。诗作以歌、行、曲、调、操、引、乐、谣等为题者，不可胜数。李白的诗风颇得汉魏六朝乐府民歌的启迪，二十五卷诗集里乐府占了四卷，乐府诗共有一百四十九首，约为全部产量的六分之一。李贺更是如此，无论新旧唐书，都说他有乐府数十篇，云韶诸工皆合之弦管。

诗歌一体，自古已然。毛诗大序：“情动于中而形于言，言之不足，故嗟叹之；嗟叹之不足，故咏歌之；咏歌之不足，不知手之舞之，足之蹈之也。”这抒情言志的过程，始于诉说而终于唱歌，更继以舞蹈，简直把诗、歌、舞溯于一源、合为一体了。古人如何由诗而歌、由歌而舞，我们无缘目睹，但是当代的摇滚乐，从贝里（Chuck Berry）到猫王普雷斯利到迈克尔·杰克逊，倒真是如此。强烈的情感发为强烈的节奏，而把诗、歌、舞三者贯串起来，原是人类从心理到生理的自然现象，想必古今皆然。

沈德潜编选的《古诗源》，开卷第一首就是《击壤歌》，而《古逸》篇中以歌、谣、讴、操为题名者有四十五首，几近其半。楚汉相争，到了尾声，却扬起两首激昂慷慨的歌：项羽的《垓下歌》是在被围之际，听到四面楚歌，夜饮帐中而唱出来的；刘邦的《大风歌》也是在酒酣之余，击筑而歌。《垓下歌》是因夜闻汉军唱楚歌而起，而《大风歌》更有敲击乐器伴奏。今日仅读其诗，已经令人感动，若是再闻其歌，更不知有多慷慨。这两位作者原来皆非诗人，却都是担当历史的当事人，在历史沉痛的压力下，乃迸发出震撼千古的歌声。若是没有了这些“诗歌”，历史，就不免太寂寞了。

宋词之盛，最能说明诗与音乐如何相得益彰。时人有善歌者，苏轼问他，自己的词比柳永的如何。那人说：“柳中郎词只合十七八女郎，执红牙板，歌‘杨柳岸，晓风残月’。学士词须关西大汉，铜琵琶，铁绰板，唱‘大江东去’。”这虽然是作品风格的比较，却也要用歌唱方式与乐器来对照。至于诗、乐兼精的姜夔，如何将诗艺、声乐、器乐合为一体，但看他的七绝《过垂虹》，就知道了：“自作新词韵最娇，小红低唱我吹箫。曲终过尽松陵路，回首烟波十四桥。”

其实中国的古典诗词，即使没有歌者来唱，乐师来奏，单由读者感发兴起，朗诵长吟，就已有音乐的意味，即使是低回吟叹，也是十分动人的。其实古人读书，连散文也要吟诵，更不论诗了。中国文人吟诵诗文，多出之以乡音，曼声讽咏，反复感叹，抑扬顿挫，随情转腔，其调在“读”与“唱”之间。进入中国古诗意境，这是最自然最深切的感性之途。我以往在美国教中国文学，去年在英国各地诵诗，每每如此吟咏古诗。有时我戏称之为“学者之歌”

(scholarly singing)，英美人士则称之为chanting。

其实英美诗人自诵作品，只是读而已，甚至不是朗诵。弗罗斯特、威尔伯（Richard Wilbur）、贝杰曼（John Betjeman）等人读诗，我曾在现场听过。叶芝、艾略特、卡明斯、奥登、迪伦·汤默斯等人读诗，我也在每张五美元的唱片上听过，觉得大半都只是单调平稳，不够动人。艾略特的读腔尤其令我失望；叶芝读《湖心的茵岛》，曼声高咏，有古诗风味，却因录音不佳，颇多杂声，很可惜。唯一的例外是韦尔斯的迪伦·汤默斯：他的慢腔徐诵，高则清越，低则沉洪，音量富厚，音色圆融，兼以变化多端，情韵十足，在英语诗坛可称独步。不过他的方式仍然只是朗读，不似中国的吟咏。中国文人吟诗的腔调，在西方文化里实在罕见其俦，稍可相比的，我只能想到“格利高里式吟唱”(Gregorian chant)。这种唱腔起于中世纪的弥撒仪式，天主教会沿用至今，常为单人独唱，节奏自由，起伏不大，且无器乐伴奏，所以也称“清歌”(plainsong or plainchant)。不过这种清歌毕竟是宗教的穆肃颂歌，听起来有点单调，不像中国文人吟诗那么抒情忘我。

《晋书》有这么一段：“王敦酒后，辄咏魏武帝乐府歌曰：‘老骥伏枥，志在千里。烈士暮年，壮心不已。’以如意打唾壶为节，壶边尽缺。”后世遂以“击碎唾壶”来喻激赏诗文，可见国人吟诗，节奏感有多强调。杜甫写诗，自谓“新诗改罢自长吟”，正是推敲声律节奏。《晋书》又有一段，说袁宏“曾为咏史诗。谢尚镇牛渚，秋夜乘月泛江，会宏在舫中讽咏，遣问焉。答云：是袁临汝儿朗诵诗。尚即迎升寺，谈论申旦，自此名誉日茂”。可见高咏能邀知音，且成佳话，也难怪李白夜泊牛渚，要叹“余亦能高咏，斯人不可闻”。更可体会，为什么朱熹写《醉下祝融峰》，会说自己“浊酒三杯豪气发，朗吟飞下祝融峰”。

英国诗人豪斯曼说，他在修脸时不敢想诗，否则心中忽涌诗句，面肌便会紧张，只怕剃刀会失手；又说他生理对诗的敏感，集中在胃。中国人的这种敏感，更形之于成语。龚自珍《己亥杂诗》里便有这么一首：“回肠荡气感精灵，座客苍凉酒半醒。自别吴郎高咏减，珊瑚击碎有谁听？”又自注道“曩在虹生座上，酒半，咏宋人词，呜呜然。虹生赏之，以为善于顿挫也。近日中酒，即不能高咏矣”。可见定庵咏起诗来，一唱三叹，不知有多么慷慨激楚，所以始则回肠荡气，终则击碎珊瑚。

3

在西方的传统里，诗与音乐也同样难分难解。首先，日神阿波罗兼为诗与音乐之神。九缪斯之中，情诗女神埃拉托（Erato）抱的是竖琴（lyre），而主司抒情诗与音乐的女神欧忒耳珀（Euterpe）则握的是笛。英文 lyric 一字，兼为形容词“抒情的”与名词“抒情诗”，正是源出竖琴，而从希腊文（lurikos）、拉丁文（lyricus）、古法文（lyrique）一路转来，亦可见诗与音乐的传统，千丝万缕，曾经如此绸缪。

古典时代如此，中世纪亦然。例如 minstrel 一字，兼有“诗人”与“歌手”之义，特指中世纪云游江湖的行吟诗人，其尤杰出者更入宫廷献艺。法国的 jongleur 亦属同行，不过地位较低，近于变戏法的卖艺人了。中世纪后期在法国东南部普罗旺斯一带活跃的行吟诗人，受宫廷眷顾而擅唱英雄美人故事者，称为 troubadour，在法国北部的同行，则称 trouvère；在英国，又称 gleeman。

西洋的格律诗，每一行都有定量的音节，其组合的单位包含两个或较多的音节，称为“步”（foot），依此形成的韵律称为“格”（meter）。例如每行五步，每步两个音节，前轻后重，这种安排，就称为“抑扬五步格”（iambic pentameter）。蒲柏的名句“浅学诚险事”（A little learning is a dangerous thing），即为此格。可是 meter 更有计量仪器之义，例如温度计（thermometer）、速度计（speedometer）。作曲家在乐谱上要计拍分节、支配时间，同样得控制数量，如此定量的格律，也是 meter。所以英文“数量”一词的多数 numbers，就有双重的引申义，可以指诗，也可以指音乐的节拍。蒲柏在《论批评》的长诗里，说明“声之于义，当如回音”。并举例说：“当西风轻吹，声调应低柔，／平川也应该更平静地流。”原文是：

> Soft is the strain when Zephyr gently blows,
> And the smooth stream in smoother numbers flows.

其中 strain 和 mumbers 两字，都可以既指诗的声调，也指乐曲。蒲柏幼有夙慧，自谓“出口喃喃，自合诗律”（I lisp'd in mumbers for the numbers came）。西方诗、乐之理既如此相通，也就难怪诗人常以乐曲为诗题了。诸如歌（song）、颂（ode）、谣（ballad）、序曲（prelude）、挽歌（dirge）、赋格（fugue）、夜曲（nocturne）、小夜曲（serenade）、结婚曲（epithalamion）、变奏曲（variations）、回旋曲（rondeau）、狂想曲（rhapsody）、安魂曲（requiem）等，就屡经诗人采用。其实，流行甚广的十四行诗（sonnet），原意也就是小歌。

4

诗与音乐的关系如此密切，真说得上“诗中有乐，乐中有诗”了，但两者间最直接的关系，应该是以诗入乐。诗入了乐，便成歌。有时候是先有诗，后谱曲。例如王维的一首七绝，本来题为《送元二使安西》，后来谱入乐府，用来送别，并将末句“西出阳关无故人”反复吟唱，称为《阳关三叠》，遂成《渭城曲》了。至于李白的《清平调》三首，则是先已有曲，就曲赋诗。据《太真外传》所记，玄宗与贵妃赏牡丹盛开，李龟年手捧檀板，方欲唱曲。玄宗嫌歌词太旧，乃召“翰林学士李白立进清平乐词三章……命梨园子弟略约词调，抚丝竹，遂促龟年以歌之”。

苏格兰诗人彭斯以一首骊歌《惜往日》（*Auld Lang Syne*）名闻

天下，其实此诗并非纯出他一人之手。彭斯当日，这老歌已流传多年，一说是沈皮尔（Francis Sempill，一六八二年卒）所作，但可能更古。彭斯在致汤姆森（George Thomson）信中说："这首老歌年湮代远，从未刊印……我是听一位老叟唱它而记下来的。"这恐怕是世界上最有名的歌了，离情别绪本已荡人愁肠，再经哀艳的《魂断蓝桥》用烛光一烘托，更是愁杀天下的离人。彭斯在世的最后十二年间，收集、编辑、订正并重写苏格兰民谣，不遗余力，于保存《苏格兰乐府》（*The Scots Musical Museum*）贡献至巨。

以诗入乐，还有一种间接的方式，那便是作曲家把诗的意境融入音乐，有些标题音乐便是如此。贝辽士的灵感常来自文学名著，莎士比亚的诗剧《李尔王》《罗密欧与朱丽叶》《无事自扰》，歌德的诗剧《浮士德》，都是他取材的对象。拜伦的长诗《海罗德公子游记》，也激发他谱成交响曲《海罗德游意大利》。肖邦的钢琴曲抒情意味最浓，给人的感觉像是无字之歌，只由黑白键齿唱出，乃赢得"钢琴诗人"之称。另一位音乐大师与诗结缘更深，其诗意也更飘逸婉转，便是象征派宗师德彪西。他的钢琴小品无不微妙入神，令人沦肌浃髓，而且时见东方风味，奇艳有如混血佳人。《宝塔》一曲，风铃疏落，疑为梦中所敲；那种迷离蛊惑之美，虽比之李商隐的"一春梦雨常飘瓦，尽日灵风不满旗"，也不逊色。德彪西的曲名，例如《水中倒影》《雨中花园》往往就像诗题。有一首序曲叫作《声籁和香气在晚风里旋转》，简直是向波德莱尔挑战了。德彪西曾将波德莱尔、魏尔伦、罗赛蒂的名诗谱成歌曲，却把马拉美的《牧神的午后》转化为一首无字而有境的交响诗。

5

诗与音乐还可以结另一种缘，便是描写音乐的演奏。诗艺有赖文字，在音响上的掌握当然难比乐器的独奏或交响，但文字富有意义和联想，还可以经营比喻和意象，却为乐器所不及。例如摹状音乐最有名的《琵琶行》，有这样的一段：“轻拢慢捻抹复挑，初为霓裳后六幺。大弦嘈嘈如急雨，小弦切切如私语；嘈嘈切切错杂弹，大珠小珠落玉盘。”我们一路读下去，前两句会慢些，后四句就快了起来，因为“拢、捻、抹、挑”是许多不同的动作，必须费时体会，但后四句的“嘈、切、大、小、珠”各字重叠，有的还多至四次，当然比较顺口。“嘈嘈切切错杂弹”七字都是摩擦的齿音，纷至沓来，自然有急弦快拨之感。急雨、私语、珠落玉盘等比喻，兼有视觉与听觉之功，乃使感性更为立体。“轻拢慢捻”那一句，四个动作都从手部，也显得弹者手势的生动多姿。由此可见，诗乃综合的艺术，虽然造型不如绘画，而拟声难比音乐，却合意象与声调成为立体的感性，更因文意贯串其间而有了深度，仍有绘画与音乐难竟之功。

中国诗摹状音乐的佳作颇多，从李白的“为我一挥手，如听万壑松。客心洗流水，余响入霜钟”，到韩愈的“跻攀分寸不可上，失势一落千丈强”，从李颀的“长飙风中自来往，枯桑老柏寒飕飕”，到李贺的"昆山玉碎凤凰叫，石破天惊逗秋雨"，不一而足。不过分析之余可以发现，这些诗句运用的都是比喻与暗示，绝少正面来写音乐，正由于音乐不落言筌，所以不便诠解。例如李白《听蜀僧濬弹琴》的四句，挥手只见姿势，万壑松风也只是比喻，诗艺真正见功，还在后两句。流水固然仍是比喻，但是能涤客心，就虚实相生，幻而若真，曲折而成趣了。至于余响未随松风散去，竟入了霜钟，究竟是因为琴声升入钟里而微觉共振吗，还是弹罢天晚，余音不绝，竟似与晚钟之声合为一体了呢，则只能猜想。所以描写音乐的诗，往往要表现听者的反应或者现场的效果，而不能从正面着力。德莱顿为天主教音乐节所写的长颂，《亚历山大之宴》，便是将描写的主力用在听者的感应上。

6

诗和音乐结缘，还有一种方式，便是以乐理入诗。艾略特晚年的杰作《四个四重奏》(*Four Quarters*)，摆明了是用四重奏，也就是奏鸣曲的结构，来做诗的布局与发展，因此评论家常用贝多芬后期的四重奏，来分析此诗的五个乐章。除了长的乐章合于典型的快板、慢板之外，第四乐章总是短而轻快，近于贝多芬引入的谐谑调。

我听爵士乐和现代音乐，往往惊喜于飘忽不羁的切分音，艳羡其潇洒不可名状，而有心将它引进诗里。所谓切分法，乃是违反节奏的常态，不顾强拍上安放重音的规律，而让始于弱拍或不在强拍开端之音，因时值延伸而成重音。我写《越洋电话》，就是要试用切分法，赋诗句以尖新倜傥的节奏。开头的四行是这样的："要考就考托福的考试／要迷就迷很迷你的裙子／我说，Susie ／要签就签上领事的名字。"这样的句法，本身是否成功，还很难说，恐怕要靠朗诵的技巧来强调，才能突出吧。

早年我曾在《大度山》和《森林之死》一类的诗里，实验用两种声音来交错叙说，以营造节奏的立体感。后来在《公无渡河》里，我把古乐府《箜篌引》变为今调，而今古并列成为双重的变奏曲加二重奏：

公无渡河，一道铁丝网在伸手
公竟渡河，一架望远镜在凝眸
堕河而死，一排子弹啸过去
当奈公何，一丛芦苇在摇头
一道探照灯警告说，公无渡海
一艘巡逻艇咆哮说，公竟渡海
一群鲨鱼扑过去，堕海而死
一片血水涌上来，歌亦无奈

西方音乐技巧有所谓"卡旦萨"（Cadenza）一词，是指安排在协奏曲某一个乐章的尾部，可以自由发挥的过渡乐段，其目的是在乐队合奏的高潮之余，让独奏者有机会展示他入神的技巧，那即兴的风格通常是酣畅而淋漓。我把这观念引进自己早年探险期的散文里，在意气风发的段落，忽然挣脱文法，跳出常识，一任想象在超速的节奏里奋飞而去，其结果，是“秋夜的星座在人家的屋顶上电视的天线上在光年外排列百年前千年前第一个万圣节前就是那样的阵图”。或是“挡风玻璃是一望无餍的窗子，光景不息，视域无限，油门大开时，直线的超级大道变成一条巨长的拉链，拉开前面的远景蜃楼摩天绝壁拔地倏忽都削面而逝成为车尾的背景被拉链又拉拢”。

7

诗中有画，诗中亦有乐，究竟，哪一样的成分比较高呢？诗不能没有意象，也不能没有音调，两者融为诗的感性，主题或内容正赖此以传。缺乏意象则诗盲，不成音调则诗哑；诗盲且哑，就不成其为诗了。不过诗欠音调的问题还不仅在哑，更在呼吸不顺。我们可以闭目不看，但是无法闭气不吸；即使睡眠，也无法闭住呼吸，却可以一夜合眼。诗的节奏正如人的呼吸，不能稍停。反过来说，呼吸正是人体最基本的节奏。一首诗的节奏不妥，读的人立刻会感到呼吸不畅，反感即生。

且以《古诗十九首》为例：“生年不满百，长怀千岁忧。昼短苦夜长，何不秉烛游？为乐当及时，何能待来兹。愚者爱惜费，但为后世嗤。仙人王子乔，难可与等期。”除了三四两句意象生动之外，其余并无多少可看，所以感性的维持，就要偏劳音调了。

一首诗不能句句有意象，却不可一句无音调。音调之道，在于能整齐而知变化，也就是能够守常求变。再以贺知章的《回乡偶书》为例：“少小离家老大回，乡音无改鬓毛衰。儿童相见不相识，笑问客从何处来。”如果每句删去第六个字，文意完全无损，却变得不像诗了。原因正在文意未变，节奏却变了，变单调了，也就是说，太整齐了。“少小离家老回”的节奏，是“少小——离家——老回”，全是偶数组成，有整齐而无变化。“少小——离家——老大回”便有奇数来变化，乃免于单调。

大凡艺术的安排，是先使欣赏者认识一个模式，心中乃有期待，等到模式重现，期待乃得满足，这便是整齐之功。但是如果期待回回得到满足，又会感到单调，于是需要变化来打破单调。变化使期待落空，产生悬宕，然后峰回路转，再予以满足，于是完成。贺知章这首七绝正是如此：第二句应了首句起的韵，是满足；第三句不押韵，使期待落空，到末句才予以延迟的满足，于是完成。其实，每句七字，固然是整齐，但是平仄的模式每句都在变化，也是一种艺术。

音调之道，在整齐与变化。整齐是基本的要求，连整齐都办不到，其他就免谈了。若徒知整齐而不知变化，则单调。若变化太多而欠整齐，也就是说，只放不收，无力恢复秩序，则混乱。说得更单纯些，其中的关系就是常与变。若是常态还未能建立，则一切变化也无由成立，只能算混乱了。所谓变，是在常的背景上发生的。无常，则变也不着边际，毫无意义。

七十年来，新诗一直未能解决音调的困境。开始是闻一多提倡格律诗，每诗分段，每段四行，每行十字，双行押韵，以整齐为务。虽然闻氏也有二字尺、三字尺等的变化设计，但格律诗之功仍在整齐而欠变化，把一切都包扎得停停当当，结果是太紧的地方透不过气来，而太松处又要填词凑字。后来是纪弦鼓吹自由诗，强调用散文做写诗的工具。对于少数杰出诗人，这主张确曾起了解除格律束缚的功效：但对于多数作者，本来就不知诗律之深浅，却要尽抛格律去追求空洞的自由，其效果往往是负面的。对于浅尝躁进的作者，自由诗成了逃避锻炼、免除苦修的遁词。

所谓自由，如果只是消极地逃避形式的要求，秩序的挑战，那只能带来混乱。其实自由的真义，是你有自由不遵守他人建立的秩序，却没有自由不建立并遵守自己的秩序。艺术上的自由，是克服困难而修炼成功的“得心应手”，并非“人人生而自由”。圣人所言“从心所欲，不逾矩”，毕竟还有规矩在握，不仅是从心所欲而已。

至于用散文来写诗，原意只是要避免韵文化，避免韵文的机械化，避免陈腐的句法和油滑的押韵，而不是要以错代错，落入散文化的陷阱。艾略特就曾痛切指陈：“许多坏散文都是假自由诗之名写出来的……只有坏诗人才会欢迎自由诗，把它当成形式的解放。自由诗反叛的是僵化的形式，却为建立新形式或翻新旧形式铺路；它坚求凡诗皆必具的内在统一，而坚拒定型的外在貌合。”

目前许多诗人所写的自由诗，在避过格律诗的韵文化之余，往往堕入了散文化，沦为现代诗的一大病态。就单纯的形式来说，散文化有以下的几个现象。

首先是诗行长短无度，忽短忽长，到了完全不顾上下文呼应的地步，而令读者呼吸的节奏莫知所从，只觉得乱。诗行忽长忽短，不但唐突了读者的听觉，抑且搅扰了读者的视觉，令人不悦。如果每一行都各自为政，就失去常态，变而不化，难称变化，只成杂乱。

其次是回行，回行对于自给自足的煞尾句，也是一个变化。在煞尾句的常态之中，为了悬宕或顿挫，偶插一两个待续句，也就是回行，原可收变化之效，调剂之功。但如不假思索地一路回行下去，就会予人欲说还休，吞吐成习之感。有时我细读报刊上的诗作，发现回行屡屡，大半没有必要，因此也无效果，徒增迟疑、闪烁之态而已。李白的《静夜思》到了回行癖的笔下，说不定会嗫嚅如下：

我床前明月的
光啊，疑惑是地上的
霜呢。我抬头望望
那明月，又低头思思
故乡。

再次是分段。一般的现象是任意分段，意尽则段止，兴起就再起一段；每段行数多欠常态，所以随便分下去，都是变化，因此凌乱。若是长诗，每段行多，则虽不规则尚不很显眼。若是诗短而偏偏段乱，则更不堪。若是段多而行少，总是三三两两成段，就显得头绪太多而思考不足。也许有人要问：这也嫌乱，那也嫌乱，难道要我们回头去写格律诗吗？答曰，那倒不必，自由诗写不好的人，未必就写得好格律诗。只是目前泛滥成灾的散文化，自由诗要负一大责任。

——一九九三年十一月

图书在版编目（CIP）数据

从徐霞客到梵高 / 余光中著. — 北京：中国友谊出版公司，2019.6

ISBN 978-7-5057-4729-6

Ⅰ. ①从… Ⅱ. ①余… Ⅲ. ①文艺评论—文集 Ⅳ. ①I06-53

中国版本图书馆CIP数据核字（2019）第089514号

著作权合同登记号　图字：01-2019-2740

本书由台北九歌出版社有限公司授权出版。

书名　从徐霞客到梵高
作者　余光中
出版　中国友谊出版公司
发行　中国友谊出版公司
经销　新华书店
印刷　天津旭丰源印刷有限公司
规格　880×1230毫米　32开
　　　　8.5印张　168千字
版次　2019年6月第1版
印次　2019年6月第1次印刷
书号　ISBN 978-7-5057-4729-6
定价　45.00元
地址　北京市朝阳区西坝河南里17号楼
邮编　100028
电话　（010）64678009

如发现图书质量问题，可联系调换。质量投诉电话：010-82069336